# MAUVAIS CŒUR

DE LA MÊME AUTRICE

Les Malvenus
*Seuil, 2023, Points, 2025*

AUDREY BRIÈRE

# MAUVAIS CŒUR

Roman

*ÉDITIONS DU SEUIL*
*57, rue Gaston-Tessier, Paris XIX^e^*

ISBN 978-2-02-155234-8



www.seuil.com

# Prologue – 1920

L'aube le cueillit qui pataugeait dans le sang depuis des heures.

Il avait passé la nuit les yeux dans les yeux avec les morts, ces êtres finis, réduits au silence. Au début, il avait voulu attendre, s'assurer qu'ils n'allaient pas subitement se réveiller. Lazare avait déjà fait le coup – un instant aussi raide et blanc qu'un cierge de communiant, la seconde suivante les yeux grands ouverts. D'autant que ces morts-là, ils tenaient davantage de la vermine que du saint homme, et la vermine il n'y avait jamais moyen de s'en débarrasser. Peut-être n'en avaient-ils pas fini avec lui.

Mais ni l'un ni l'autre ne se releva, et le sang commença à sécher. Sur la pendule de la salle à manger, les secondes s'égrenèrent et bientôt les pâles lueurs du petit matin repoussèrent l'obscurité. Il ressentit un certain soulagement, comme si une nouvelle journée qui commençait suffisait à clore le désastre de la nuit.

D'une main maladroite, il déplaça un guéridon bringuebalant et s'assit à même le sol, ramenant ses genoux sous son menton. De la sorte, il pouvait les contempler tous les deux, l'une près de lui dans la salle à manger, l'autre dans le bureau, de l'autre côté du couloir. Il s'était si souvent retrouvé entre eux, pris en tenailles, attendant de savoir lequel des deux porterait le premier coup. Il avait haï cette posture. L'impression constante d'en avoir un dans le dos dès qu'il faisait face au second. D'être cerné. À présent, il trouvait reposant le simple fait d'être assis par terre, sans avoir à s'inquiéter de ce qu'ils lui réservaient. Il pouvait même s'autoriser à rire un peu : elle était tellement ridicule, vautrée sur le parquet le long de la cheminée, ses chaussons de vieille (alors qu'elle était encore jeune) qui avaient mis le désordre dans les bouteilles vides entreposées dans l'âtre. Ça faisait sale, selon lui, ce tas de bouteilles qu'on gardait là parce qu'on était trop paresseux pour les jeter, sale et poivrot. Sans parler du chambard infernal qu'elle avait fait, en s'affalant dans les bouteilles. Sa robe sévère était remontée, on lui voyait le haut des chaussettes et son tablier brodé de petites fleurs blanches était froissé. Il avait toujours trouvé absurde cette manie de porter des robes qui lui donnaient l'air austère, mais des tabliers à la gaieté toute pastorale. Elle avait la bouche entrouverte de surprise. Il ne voyait pas bien pourquoi ; la méchanceté, ça ne s'emporte pas au paradis. S'il lui était resté des yeux, il aurait certainement pu y lire ce même étonnement idiot, cette candeur stupide de celle qui s'était laissé prendre de court. Mais d'yeux il n'y avait plus. À la place, une espèce de bouillie de chairs sanglantes dans laquelle surnageaient quelques os broyés, assez moche à regarder, comme un guillotinage raté.

Quant au corps du mari dans le bureau, c'était à peu près la même histoire. Impossible de discerner l'emplacement des yeux ou du nez. Sur sa chemise, l'une de ses bretelles avait cédé, cela donnait au mort un air débraillé par-dessus le marché.

Le jeune homme, puisque c'était un jeune homme, se releva et posa sur la table la pince-monseigneur ensanglantée qu'il tenait à la main.

Il régnait dans la pièce un désordre gigantesque, qui faisait penser à un dépôt de brocanteur, le genre qui disait *oui allez-y je prends tout*. La femme et le mari entassaient depuis si longtemps sans trier ni ranger qu'il n'était plus possible de passer un chiffon à poussière entre les bibelots. Cela renseignait sur l'état de crasse. Sur le manteau de la cheminée, des bouteilles de liqueur entamées se disputaient l'espace avec des papiers gras et une cafetière en étain. Sur la table, une lampe à pétrole, des verres sales, des œufs, des cartouches de revolver, d'autres papiers pliés, froissés, roulés, une boîte d'allumettes, de vieux journaux. Quant au vaisselier, il croulait sous un monceau de choses et d'autres, toutes relativement inutiles. Le jeune homme enjamba le corps, écrasant la main de la morte sous son godillot. Du bout des doigts, il fouilla l'intérieur de l'âtre à la recherche de la cassette d'argent que cette sale radine planquait quelque part. Tout ce temps, il n'avait jamais pu la surprendre ; elle agitait l'argent sous son nez en ricanant comme une hyène, mais la cassette avait toujours l'air de sortir de nulle part. Ne la trouvant point dans l'âtre de la cheminée, le jeune homme balaya la salle à manger du regard.

Avisant le vaisselier, il entreprit de le vider avec minutie ; c'est-à-dire qu'il balaya d'un revers de bras tout ce qui s'y trouvait, provoquant un vacarme retentissant ; si les morts ne se réveillaient pas avec ça ! Pas de cassette.

On l'avait tenu à l'écart, on avait choisi de l'ignorer, eh bien c'en était fini. Il allait faire du bruit, maintenant. Voilà, plus question de se taire, de s'effacer, de se faire petit, discret, misérable. Comme un fichu cloporte. Cette cassette, il comptait bien mettre la main dessus. Il brûlerait le contenu, tiens, il s'en fichait pas mal des sous, il voulait juste la trouver pour faire un pied de nez à la mégère, elle était morte et alors, si le diable existait comme les curés le prétendaient, alors le diable lui montrerait la scène : lui, le jeune homme, qui brandissait la cassette triomphalement. Ce serait bien cocasse.

Il saisit un pan de la nappe et tira dessus avec force. Lampe, verres, œufs s'écrasèrent sur le sol et chaque brisure, chaque éclat qui se fichait entre les lattes du parquet lui rappela les morceaux de son propre cœur qu'on avait broyé et disséminé aux quatre vents. Tout faisait sens, à présent. Il avait percé le mystère, il avait compris. Compris que malgré ses efforts, ses tentatives, son désir, il n'aurait pu être mieux aimé que ce qu'il avait été. D'un coup de soulier, il détruisit une pile d'assiettes dans un fracas de verre et de porcelaine. Puis, n'ayant plus rien à saccager dans cette pièce, il passa dans le bureau. Sans un regard pour le cadavre du mari, il fouilla l'armoire aux portes vitrées, les tiroirs du secrétaire, les étagères de la bibliothèque. Livres, documents, flacons de pharmacie jonchèrent bientôt le sol, et il trouva beaux les premiers éclats de lumière qui se reflétaient dans les lambeaux de verre brisé. Le désordre ressemblait à sa vie ; une succession de choix faits par d'autres, de mauvais choix, il suffisait de le regarder. Un tout jeune homme, abîmé, une fleur à peine éclose et déjà flétrie. Et cette cassette qui restait introuvable, il n'y avait pourtant pas mille cachettes !

Le jeune homme gravit l'escalier, se rendit dans la chambre à coucher ; une odeur régnait qui lui soulevait le cœur, une odeur de matelas vétuste et de corps sale. Il n'avait pas de mal à s'en tenir à l'écart, d'ailleurs il aurait voulu se tenir à l'écart de tout. De la femme et du mari, de leur taudis répugnant, de leurs sarcasmes, du monde. De l'avant et de l'après. Il lui semblait à présent que la femme aurait pu cacher la cassette dans cette chambre. Avec une violence nouvelle – il perdait patience –, il éventra la literie malodorante, vida les tiroirs des commodes, renversa les armoires à linge. En vain. Les larmes lui brouillaient la vue. Le soulagement était passé, émotion fugace et trompeuse qui poussait naïvement à croire en la délivrance. Quelques heures de paix, c'était vraiment tout ce qu'il avait gagné. La mort n'effaçait rien, Dieu qu'il fallait être con pour penser le contraire.

Alors il voulut rendre les armes, se rouler en boule sur le sol tel un animal blessé. Il suffisait d'attendre ; on viendrait l'arrêter, lui passer les fers et un juge quelque part déciderait de son sort. La vacuité de sa propre vie lui parut si lourde qu'il chancela.

Un éclat doré attira son regard dans le miroir suspendu au-dessus de la cheminée. Par la fenêtre à croisillons qui donnait sur le levant, un mince rayon de soleil s'infiltrait, nimbant de lumière le désolant spectacle de la pièce saccagée. Et, aussi simplement que le petit matin succède à la nuit, la soif et le désir revinrent dans cette jeune poitrine, chassant le renoncement qui le guettait un instant plus tôt. Apercevoir le soleil qui se levait, cela ressemblait à un espoir.

Il restait une personne. Une personne encore, la dernière sans doute, pour réussir là où les autres, tous les autres, avaient échoué. Une personne qui, peut-être, saurait l'aimer.

Le jeune homme abandonna l'idée de chercher la cassette ; provoquer sa vieille ennemie dans son nouvel enfer ne lui apparut plus si important. Elle allait rôtir à petit feu un sacré bout de temps, ce n'était plus son affaire. À la place, il attrapa une feuille froissée et un crayon qui avait roulé au sol après qu'il avait renversé les tiroirs de la commode, et traça quelques mots maladroits sur le papier, qu'il abandonna ensuite sur les draps. Puis il redescendit au rez-de-chaussée et, sans se retourner, enfila son veston suspendu dans l'entrée, ajusta sa casquette sur ses cheveux et sortit dans la fraîcheur du jour nouveau.

L'aube, enfin.

# Novembre 1922

# Chapitre 1

# L'inspecteur principal

Montant des tréfonds de la terre, une déflagration perça le soir.

Jusqu'alors, on n'entendait guère que la pluie qui tombait en rideaux drus depuis le début d'après-midi, une averse dense, compacte, comme si le ciel avait à rattraper une sécheresse imaginaire. Selon les instants, c'était le son d'un tambour régulier ou celui de coups sourds frappés sur les vitres et les toitures du petit bourg.

Venant de la rue de Robbe, qui descendait d'Arras, une série d'explosions brèves et rapides retentit, accompagnée d'un grondement profond dont les vibrations vous résonnaient jusque dans le cœur. L'engin responsable de ce tapage franchit un coude de la route et s'engagea sur la rue André-Godin, toute proche de sa destination. C'était une Rover Imperial de 1918, une cylindrée de 500 $cm^3$ et 3,5 chevaux, dont le phare avant jetait sur la chaussée un faisceau puissant, presque incongru dans cette discrète fin de journée. Cet éclairage avait quelque chose de belliqueux.

L'autre chose incongrue était sans nul doute le conducteur de la Rover. Sa silhouette voûtée indiquait un homme grand, trop grand peut-être pour sa motocyclette. Accoutré d'un long cache-poussière noir dont les pans claquaient dans le vent, l'homme portait un casque de cuir souple fermé par une boucle sous le menton et une paire d'épaisses lunettes qui empêchait les rares passants de capter son regard. Une barbe fournie mangeait le bas de son visage, si bien que toute velléité de description du bonhomme aurait été étouffée dans l'œuf. Ses pieds étaient chaussés de bottes à grosses boucles, au nombre de sept sur chaque chaussure. Les doigts enfermés dans des gants marron, il manœuvrait son bolide avec dextérité et assurance, indifférent à la pluie. Un étranger.

La Rover traversa le canal du Moulin et le conducteur ralentit, atténuant du même coup le vacarme qui le précédait. Roulant au pas, il bifurqua sur sa gauche et franchit un portail invisible entre deux pilastres. Laissant sur sa droite un bâtiment de briques rouges, il arriva bientôt sur une sorte de place centrale surmontée de la statue d'un homme en habits de bourgeois.

L'homme gara la Rover sous la statue, coupa le moteur et, descendant de l'engin avec souplesse, déplia son grand corps. C'était un colosse. Il ôta ses gants, lunettes et casque de cuir, qu'il rangea sans façon dans l'une des sacoches de la moto, et de la main ébouriffa ses cheveux bruns, éclaircis par endroits de stries argentées. Les pattes-d'oie sur ses tempes et les sillons de son front racontaient un homme qui approchait à pas lents des quarante-cinq ans, sa peau tannée et le pli de sa bouche un individu pas commode. Son regard, qui n'était pas sans rappeler la couleur du ciel qui se prépare à l'orage, flambait d'une intensité redoutable, voilé par les boucles indisciplinées de sa chevelure un peu trop longue. Tirant de sa poche un paquet de cigarettes, il en ficha une entre ses lèvres minces et, sans se soucier qu'il plût encore, l'alluma au moyen d'un briquet en laiton. Alors seulement, il leva ses yeux gris sur l'endroit dans lequel, bien malgré lui, il venait d'atterrir.

Jamais encore l'étranger n'avait contemplé ce genre d'édifice. La lumière déclinante ne permettait plus de discerner précisément les choses, mais ce qu'il avait devant les yeux ressemblait à trois vastes immeubles d'habitation reliés par les angles. Le bâtiment central, le plus grand des trois, était implanté en retrait des ailes droite et gauche, dégageant ainsi la place centrale sur laquelle la Rover était garée. Bien que l'aile gauche soit en chantier, l'ensemble avait des prétentions de palais. De l'autre côté de la place, un quatrième édifice présentait un avant-corps bordé de deux renflements, aux fenêtres illuminées comme un arbre de Noël. Une musique entraînante s'élevait de l'endroit ; à l'évidence, un lieu de divertissement.

Détachant les yeux des façades de briques rouges, le nouveau venu scruta le ciel crépusculaire, comme s'il s'était attendu à en voir surgir quelque chose. Mais le ciel ne cracha rien que la pluie, et l'homme se dirigea vers la porte du bâtiment principal, sans se soucier des regards qu'il sentait peser sur lui. Des individus discutaient par petits groupes, abrités sous des couvre-chefs ou des journaux tenus au-dessus de leurs têtes. D'une voix rocailleuse et sans ôter la cigarette de ses lèvres, l'étranger en apostropha quelques-uns :

– L'administrateur-gérant Saint-Simon. Où puis-je le trouver ?

Après une seconde de silence – on ne s'attendait pas visiblement à ce que l'inconnu eût une langue –, on s'étira, on se concerta du regard, on tordit le cou pour chercher, parmi les badauds de la place, si ce fameux Saint-Simon se trouvait là. D'un geste du bras, un jeune garçon désigna le porche, dont les portes ouvertes laissaient entrevoir le faible éclairage.

– À cette heure, il est souvent dans la cour.

L'étranger inclina le menton pour remercier et, sans s'occuper davantage de la curiosité peinte sur les visages, reprit sa progression, son cache-poussière lui battant les chevilles, ses bottes produisant de surprenants cliquetis. On le vit pénétrer sous le porche, s'arrêter un instant pour examiner les lieux. Il tira sur sa cigarette, se retourna brièvement pour contempler de nouveau le ciel, puis disparut à l'intérieur.

Dehors, on s'en retourna bien vite aux discussions légères de fin de journée, aux idées que l'on échangeait sur la politique, sur les événements de l'usine, sur les prochains spectacles qui se joueraient dans le théâtre, sur les mesquineries colportées par les ouvriers *d'en ville*. L'inconnu disparut dans la cour du bâtiment et on l'oublia – pour un temps du moins.

Ayant traversé le porche, l'homme s'arrêta sur le seuil de la cour, soufflé.

Il se trouvait à présent dans une immense halle, une sorte de patio surmonté d'une verrière magistrale. Au juger, il estima que l'espace frisait les mille mètres carrés. Au rez-de-chaussée, des boutiques étaient aménagées de part et d'autre de l'entrée principale. Il avisa ce qui ressemblait à une mercerie à l'ouest et à une épicerie à l'est. Les commerces s'ouvraient sur la cour au moyen de larges baies vitrées, et l'étranger pouvait apercevoir au travers des femmes qui remplissaient des paniers de commissions – à ce spectacle, son estomac gronda, lui rappelant qu'il était à jeun depuis le matin. Plus loin, une porte ouverte sur un local révélait la présence d'un individu en blouse blanche ; à l'évidence une pharmacie ou un service de santé. Sur les trois niveaux supérieurs, une ceinture de coursives irriguait ce qui était, selon toute vraisemblance, des appartements. Protégées par des garde-corps aux barreaux de fonte, ces galeries suspendues évoquaient un système de rues intérieures pour le moins étonnant. Plus haut encore, la verrière translucide arborait des milliers de carreaux montés sur des profils métalliques, fixés à une charpente de bois. Les murs étaient peints en jaune et, malgré la pénombre du dehors, les lieux baignaient dans une splendide luminosité.

Une véritable place de village à ciel de verre, dans le ventre d'un fabuleux palais.

L'inconnu n'avait jamais vu pareil endroit. Il en avait oublié son mégot qui, pendant à ses lèvres, faillit bien lui brûler la barbe. Il l'éteignit prestement entre deux doigts et, avisant le sol aux dalles impeccables, le glissa dans sa poche.

Alors qu'il s'apprêtait à interpeller une jeune femme qui passait non loin de lui, un enfant trottant docilement derrière elle, un homme vint à sa rencontre. Il était fort élégamment vêtu d'un gilet de costume sur une chemise blanche, dont les manches retroussées sur ses avant-bras musclés conféraient à son allure un chic décontracté. L'homme avait les yeux verts, d'épais sourcils châtains, un nez fin et droit, des cheveux poivre et sel coupés court et coiffés en arrière. N'eût été la violente inquiétude qui assombrissait l'éclat de son regard, ce dernier aurait été doux et rieur. Un sacrément bel homme.

Il tendit la main vers le nouvel arrivant.

– Gabriel Saint-Simon, se présenta-t-il d'une voix grave et posée. Je suis l'administrateur-gérant. Bienvenue au Familistère de Guise. Merci d'être venu aussi vite. Vous m'avez été… chaudement recommandé.

L'étranger saisit la main tendue, lui rendit une poigne ferme et sèche.

– Inspecteur principal Matthias Lavau, 2e brigade régionale de police mobile.

Saint-Simon eut un geste impressionné en désignant la haute taille de l'inspecteur.

– Je croyais qu'on recrutait des hommes de petite taille dans les brigades mobiles. Pour qu'ils passent inaperçus lors des filatures. Ça ne peut pas être votre cas.

L'inspecteur ficha son regard gris et froid dans les yeux clairs de son interlocuteur, l'air de se dire que leur entretien commençait bien. Il n'était pas là depuis dix minutes qu'on l'emmerdait déjà. Il répondit placidement :

– J'ai d'autres talents. Où est la victime ?

L'administrateur-gérant jeta un coup d'œil autour de lui en posant une main sur le bras de Matthias – lequel se tendit davantage.

– Je vous en prie, parlez bas. J'ai réussi à ne pas ébruiter le… la… Bref, personne n'est au courant et je tiens à ce que cela reste ainsi jusqu'à ce que le médecin légiste ait emmené le… la… Je veux éviter un vent de panique. Les gens d'ici sont très proches les uns des autres.

– Je vois. Votre Famili-chose.

– Le Familistère, inspecteur principal.

Saint-Simon eut un geste du bras englobant la cour intérieure, les logements et la verrière.

– C'est le nom de ce lieu.

– C'est une sorte de copropriété pour gens de la même famille ?

Le gérant secoua la tête, tâchant de ne point apparaître trop consterné par l'ignorance du policier.

– Euh, non. C'est une expérimentation sociale, créée par Jean…

– Certes. La victime, où est-elle ?

Saint-Simon se reprit, lissa ses poches, essuyant ses paumes moites contre la flanelle de son gilet. Un tic nerveux agitait sa paupière, et son regard se fit fuyant. D'un geste de la main, il invita Matthias à le suivre.

– Bien sûr. C'est par ici. Mais vous êtes seul ?

L'inspecteur laissa traîner le silence. Il l'étira jusqu'au malaise, tandis qu'il allumait une autre cigarette sans se soucier de savoir si cela était permis dans ce lieu dont il n'avait jamais entendu parler et dont, il le pressentait, il ne saisirait pas l'essence de sitôt. Il inspira trois bouffées et en exhala la fumée tout en sortant de sa poche une paire de gants en caoutchouc.

– Oui, je suis seul. Mes collègues sont mobilisés sur d'autres affaires et nos effectifs sont limités. Allez-vous me faire lanterner ici encore longtemps ou peut-on enfin y aller ?

Saint-Simon ne répliqua pas, se contentant de se diriger vers l'escalier de l'angle sud-ouest. Matthias lui emboîta le pas, écoutant craquer les marches de bois sous ses bottes. L'administrateur-gérant salua un vieil homme qui descendait au rez-de-chaussée puis, s'étant assuré qu'aucune oreille indiscrète ne pouvait les entendre, siffla entre ses dents :

– Desconti, le médecin légiste, est déjà sur place. Il est de Saint-Quentin, c'est à moins de trente kilomètres.

Ils arrivèrent au deuxième étage et empruntèrent la coursive sud, jusqu'à un appartement qui montrait porte close.

– Quand avez-vous découvert le corps ?

– En début d'après-midi. C'est sa voisine, Mme Galland, qui est allée frapper chez elle. Elle ne s'est pas présentée à son travail ce matin – elle est institutrice aux écoles. Son mari est mort l'année dernière…

– M. Galland ?

Gabriel Saint-Simon eut l'air agacé.

– Non, M. Fontaine. Le mari de la victime, Eleanor Fontaine, est mort l'année dernière. Un accident malheureux en revenant de l'usine. Depuis, nous gardions tous un œil sur sa veuve, voyez-vous.

– Je vois. La vie en copropriété.

– Non, la vie en… Peu importe. Quand Eleanor ne s'est pas présentée aux écoles ce matin, Mme Galland s'est inquiétée. Après sa pause de midi, elle est venue frapper ici, et… Seigneur, je préfère que vous constatiez par vous-même.

Bien qu'il ait insisté à plusieurs reprises pour être conduit sur la scène de crime, la perspective de se retrouver nez à nez avec un cadavre ne semblait guère enchanter l'inspecteur principal. Il redressa les épaules et inspira profondément, comme un boxeur s'apprêtant à se faire rosser par plus fort que lui. Saint-Simon observa son manège, dubitatif.

– Qui est entré dans l'appartement ? demanda Matthias en rajustant ses gants.

– Mme Galland, moi-même et le docteur Desconti.

– C'est tout ?

– C'est tout. Mme Galland est une femme d'une grande discrétion.

– Bien. La scène de crime n'est donc peut-être pas complètement fichue. Allons-y.

Et le policier poussa la porte du logement.

Il pénétra dans un vestibule étroit qui desservait deux appartements, l'un à droite et le second à gauche. La mine sombre, Gabriel Saint-Simon lui indiqua que leur affaire se situait à droite. Dans un cliquetis de boucles, Matthias s'avança. La pièce était sobrement meublée d'un buffet, d'un poêle en fonte et d'une petite table. Un débarras abritait quelques articles de ménage et une paire de sabots, et une grande armoire encastrée faisait office de placard à provisions. Le sol de tomettes rouges était balayé, les murs et le plafond dressés au plâtre et blanchis à la chaux. L'endroit était propre et clair. Une cage à oiseaux vide était accrochée près de la fenêtre donnant sur la cour intérieure.

Un logis sans faste et sans histoire, qui ne racontait pas grand-chose.

Au fond de la pièce, une porte était entrouverte. Sans y penser à deux fois, Matthias fit quelques pas et la poussa du bout du gant. Presque aussitôt, il rencontra une résistance.

– Attention, mon vieux ! Y a du monde derrière ! s'exclama une voix haut perchée, au comble de l'irritation.

– Inspecteur principal Lavau, gronda-t-il. Dégagez le passage, que je puisse accéder à la victime.

– Qu'est-ce que vous croyez ? Que je m'amuse à bloquer la porte pour faire le pitre ? Cette pauvre Eleanor a crevé en plein milieu du chemin !

Interdit, l'inspecteur se tourna vers Saint-Simon, resté en retrait.

– Qui est ce clown ?

– Docteur Desconti, la police est arrivée, annonça l'administrateur-gérant.

– Ah ! glapit de nouveau la voix. Après la bataille, mais mieux vaut tard que jamais ! Attendez un instant.

Là, voilà, venez donc. Attention où vous mettez les pieds.

Matthias glissa non sans mal sa haute et large silhouette dans l'entrebâillement de la porte. Une puissante odeur de fer le saisit à la gorge. Il ne vit d'abord que la confusion et le désordre qui régnaient dans la pièce : le miroir brisé, la table renversée, le vase fracassé et les fleurs répandues sur le sol. Le lustre, arraché du plafond, gisait au sol et le lit était sens dessus dessous, les draps déchirés et imbibés de sang. Le policier laissa couler son regard sur la table de toilette surmontée d'une vasque en porcelaine emplie d'une eau rougie, puis sur le parquet taché de nombreuses empreintes ensanglantées. Son espoir de relever des indices exploitables s'amenuisa ; on s'était précipité dans cette pièce, on avait piétiné, on avait certainement touché à tout comme si on était chez soi. Les gens étaient d'un sans-gêne ! Pivotant sur ses talons, il découvrit enfin le corps d'une femme qui baignait dans une mare de sang, avachie contre le chambranle.

Matthias était un impulsif. Sa pensée première fut qu'Eleanor Fontaine, Dieu ait son âme, était belle. Et que s'il la trouvait belle dans la mort, alors même qu'elle avait les yeux vides et grands ouverts, que sa chevelure de jais collait à ses tempes – en cause l'impressionnante quantité de sang échappée de son crâne – et que les articulations de ses doigts et de ses pieds nus commençaient à adopter la posture recroquevillée que l'on ne voyait que sur les vieux et les cadavres, c'était qu'elle avait dû être, de son vivant, une véritable beauté. Cette beauté à présent s'estompait de minute en minute, la mort était avare de ce genre de chose. Pourtant, il restait une certaine poésie dans la disposition de sa chemise de nuit brodée, trempée de sang, qui se déployait en corolle autour de ses jambes glabres. De la poésie encore dans sa longue chevelure, qui tombait en cascades soyeuses sur ses épaules – exception faite des mèches plaquées à la peau du front et des joues. De la tragédie enfin dans l'effroi peint sur son visage ; Eleanor avait senti la vie la quitter.

Matthias leva la tête, fixant la peinture écaillée du plafond, et inspira une grande bouffée d'air. Il avait pâli.

– Hé là, ça va, mon vieux ? On dirait que vous allez tourner de l'œil.

Une chose à savoir sur l'inspecteur principal Matthias Lavau, c'était qu'il supportait mal la vue du sang. Une piqûre d'aiguille au bout de son doigt lui flanquait la nausée ; une scène de crime pareille avait de quoi lui démonter l'estomac pour de bon. D'aussi loin qu'il se souvienne, il en avait toujours été ainsi et cela avait toujours étonné tout le monde. Il faut dire, un garnement qui se vautrait avec complaisance dans les ennuis et les rixes en tout genre mais qui déclarait forfait à la moindre arcade fendue, ça n'était pas banal. Que dire du fait que ce garnement était par la suite devenu inspecteur : une autre aberration. Un policier qui n'aimait pas le sang, en voilà une bien bonne. On s'était attendu à ce que la chose lui porte gravement préjudice, mais Matthias l'avait dit à l'administrateur-gérant : il avait d'autres talents.

L'inspecteur fixa son regard sur le petit homme chauve qui, agenouillé près du corps, tenait entre deux doigts une paire de binocles. Son sourcil gauche s'était soulevé dans un air interrogatif et Matthias constata qu'il portait, par-dessus son pantalon, une sorte de toile de protection qui lui permettait de prendre ses aises sans toutefois barboter dans le sang. Il le salua d'un bref signe de tête.

– Docteur Desconti, m'a-t-on dit.

L'autre opina.

– Quelles sont vos premières conclusions ?

Derrière la porte de la chambre, Gabriel Saint-Simon attendait, les bras croisés sur sa poitrine, le visage baissé. Le policier crut – mais il n'en fut pas certain – qu'une larme perlait au coin de sa paupière. *Les gens d'ici sont très proches*, avait-il dit. À quel point l'étaient-ils en réalité ?

– Elle est morte aux environs de vingt-trois heures hier soir, peut-être minuit. Elle a été tuée d'un violent coup à l'arrière de la tête, commença Desconti. Ça a fait un trou. Là, regardez.

– Ça ira, merci bien. Une idée de l'arme du crime ?

– Le mur.

Le médecin légiste reposa la tête d'Eleanor avec délicatesse, se releva et désigna le chambranle contre lequel la jeune femme s'était affaissée.

– J'en saurai davantage une fois que j'aurai pratiqué une autopsie, mais comme ça de prime abord, je miserais sur une dispute qui a dégénéré. Le ton sera monté, des propos venimeux auront été échangés… et pour finir, joignant le geste à la parole, Eleanor et son interlocuteur en seront venus aux mains. Elle a été poussée avec force – Desconti mima la scène avec l'aisance d'un comédien de théâtre –, sa tête a heurté le mur, juste ici, ajouta-t-il en désignant un point précis du châssis de la porte. Tenez, on voit bien : il reste quelques cheveux et un peu de peau.

Ce disant, Desconti avait chaussé ses binocles et grattait l'endroit indiqué du bout de son gant.

– Mon Dieu…

L'administrateur-gérant, qui avait fini par pénétrer dans la pièce avec précaution, leva vers Matthias un regard empli d'épouvante. Il semblait si mal en point que le policier s'en trouva rasséréné.

– Mais… qui… qui a pu…

– Alors là, messieurs, les paris sont ouverts, coupa joyeusement le légiste.

– Elle est en chemise de nuit, fit Matthias, et il n'y a pas de trace d'effraction. Elle a donc ouvert sa porte à une heure indue. Elle connaissait très probablement son meurtrier. Un amant ?

– Non, fit Saint-Simon en secouant la tête.

– Si, affirma Desconti.

Sans pudeur, il releva la chemise de nuit d'Eleanor. Le policier et l'administrateur-gérant détournèrent le regard.

– Docteur, je vous en prie, souffla Saint-Simon, qui blêmissait à vue d'œil.

– Eh bien quoi, « docteur », ne jouez pas les vierges effarouchées, mon cher. Rien de plus naturel que la bagatelle, et figurez-vous que miss Eleanor s'y est adonnée quelques minutes avant de trépasser. C'est tant mieux ou c'est dommage, ça je ne sais pas, ça dépend du point de vue, j'imagine. Toujours est-il que les faits sont là : votre victime avait bien un amant, inspecteur principal. Et cet amant était là peu de temps avant le crime.

– Pourrait-elle avoir été forcée ?

– À première vue, je dirais que non. Pas de plaie ni de déchir…

– On a compris, mon vieux, le coupa Matthias en voyant l'administrateur-gérant sur le point de défaillir. Et ça, qu'est-ce que c'est ?

Il désigna un cordon qui ornait le cou de la jeune femme.

– Ah, ça ! Aucune idée. Un cordon.

– Je le vois bien que c'est un cordon. Mais que fait-il ici ? Elle n'a pas été étranglée.

– Effectivement. Faites donc votre travail, inspecteur. Le cordon, c'est votre affaire.

Desconti les avait assez vus, c'était ce qu'il fallait comprendre. Matthias ne lui en tint pas rigueur ; toute compagnie a ses limites. Le légiste s'éclipsa un moment, le temps d'arranger le transport de la défunte jusqu'au fourgon de la morgue qui la conduirait ensuite à Saint-Quentin. Gabriel Saint-Simon, redressant les épaules, prit congé pour aller annoncer la terrible nouvelle aux voisins d'Eleanor. L'inspecteur resta seul dans la petite chambre, seul avec la morte qui fixait le vide comme si celui-ci allait prendre vie. Au-dehors, le ciel continuait de pleurer.

Surmontant sa révulsion, il s'accroupit près d'Eleanor et saisit entre ses doigts gantés la cordelière qu'elle portait au cou. Un simple galon de coton noir, fermé par un nœud coulissant ajustable, dont les extrémités s'effilochaient. Matthias regarda autour de lui, passa la main dans les plis de la chemise de nuit, tâta le sol sous le corps. Il ne trouva ni pendentif, ni pierre précieuse, ni bijou d'aucune sorte. Quel qu'ait été l'objet que la victime portait autour du cou, il était en possession du meurtrier qui l'avait, pour une raison encore inconnue, dérobé.

Desconti revint, escorté de deux hommes en blouse blanche chargés d'une civière ; des employés du service de l'identité judiciaire. Et tandis que les trois collègues s'en retournaient, emportant sous un drap la dépouille de la femme assassinée, Gabriel Saint-Simon les arrêta. Revenu de son annonce au voisinage, il se tenait dans l'encadrement de la porte, les épaules basses. D'un geste doux, il saisit la main d'Eleanor qui glissait de la civière et, ayant serré ses doigts dans les siens pour la dernière fois, la replaça le long de son corps. Après une ultime caresse sur son poignet, il rajusta le drap. Observant cet homme au cœur lourd comme une pierre, Matthias se demanda ce qu'il aurait ressenti si, derrière la porte, il s'était agi d'une autre femme. Si, sous le drap qui s'éloignait, épousant une forme à jamais inerte, il y avait eu Esther.

Les deux hommes étaient seuls à présent, seuls avec leurs fantômes. L'inspecteur s'ébroua et, sans plus attendre, se mit à fouiller la chambre. Saint-Simon voulut s'asseoir sur le lit, se ravisa devant les draps trempés de sang.

– Eleanor était-elle riche ? demanda abruptement Matthias, occupé à fourrager dans l'armoire béante.

– Je vous demande pardon ?

– Était-elle riche ? Et proche de ses sous ?

– Pourquoi cette question ?

Avec une moue satisfaite, le policier tira de l'armoire un petit objet plat et mou, pendu au bout d'une cordelière noire. Il le souleva devant ses yeux.

– Parce que, au bout du galon, il y avait une bourse d'argent, comme celle-ci. Votre Eleanor portait son bas de laine autour du cou. Les extrémités étaient sectionnées, la bourse a été volée.

L'administrateur-gérant ouvrit les bras en signe d'impuissance.

– On l'aurait… Vous voulez dire que… Ce carnage, pour de l'argent ?

– Non, ce n'est pas ce que j'ai dit.

Matthias reposa la bourse dans l'armoire, puis se déplaça jusqu'au centre de la pièce.

– Tout indique que le tueur n'avait pas prémédité son geste. Le légiste a raison : il s'agit probablement d'une dispute qui s'est envenimée, si vous me passez l'euphémisme. L'homme – ce doit être un homme, il faut de la force physique pour défoncer un crâne sur un coin de porte, et n'oublions pas qu'il y a eu un rapport sexuel – a paniqué. Quand il s'est rendu compte de ce qu'il venait de faire, il s'est précipité vers la couche d'Eleanor.

L'inspecteur s'approcha du lit et fit mine d'arracher les draps dans un geste exagérément ample.

– Il a voulu éponger le sang. Tout ce sang qui se déversait comme un torrent. Desconti a dit *ça a fait un trou*. Je n'ai pas regardé, il ne faut pas pousser, mais la pauvrette a dû sentir la vie la quitter comme un oiseau s'envole de sa cage. Le tueur a vu ce bouillonnement de sang, l'affolement lui a fait faire n'importe quoi. Il a tenté de l'essuyer avec les draps, mais il n'a réussi qu'à en mettre partout.

Matthias se retourna et fit quelques pas jusqu'à la table de toilette.

– Puis il a voulu se laver les mains. Dans cette vasque. L'eau est souillée.

– C'est peut-être Desconti qui…

– Ce n'est pas Desconti. Un légiste n'altère pas une scène de crime.

L'inspecteur tourna sur lui-même, les mains en coupe devant lui, singeant l'assassin.

– Il s'est mis à piétiner, il ne savait que faire, où aller. Il y a plus d'empreintes de pieds sur ce parquet que si on y avait dansé la valse. J'ai d'abord cru qu'un régiment avait traversé cette pièce et avait tout salopé. En réalité, c'est le tueur qui est passé et repassé sur ses propres pas. Déboussolé comme un poulet décapité.

Gabriel Saint-Simon ferma les yeux. Le policier scruta le sol de longues minutes, puis s'arrêta au-dessus d'une empreinte de soulier complète, dont les contours se dessinaient avec davantage de netteté que les autres. Sortant de sa poche un papier adhésif spécial, il entreprit de décalquer l'image ensanglantée.

– Cet endroit doit grouiller de traces digitales, grogna-t-il en glissant son relevé dans une enveloppe, puis dans la poche de son cache-poussière. Ça va me prendre des heures. Vous n'êtes pas obligé de rester.

Puis, dardant son regard gris dans les yeux verts éclaircis par le chagrin, il ajouta d'un ton moins rogue :

– Je comprendrais que vous ayez besoin de vous recueillir un moment.

L'administrateur-gérant hocha la tête, partagé entre un soulagement visible et un sentiment de culpabilité manifeste à l'idée de fuir l'appartement d'Eleanor.

– Je... je vais aller m'assurer que l'on vous arrange un logement pour la nuit, dit-il enfin.

– Pour la nuit, et pour toute la durée de l'enquête.

– Bien.

Saint-Simon s'apprêtait à sortir de la chambre quand il se ravisa.

– Vous pensez qu'elle a été tuée pour l'argent ? Eleanor n'était pas riche, la bourse ne contenait que la monnaie de ses commissions... Je ne peux pas croire qu'on assassine pour si peu.

Sans le regarder, Matthias tira de sa poche un sachet de poudre noire, qu'il posa sur la table qu'il avait redressée. D'une voix neutre, il répondit :

– Laissez-moi vous raconter quelques affaires qui ont pu faire la une des journaux, ces vingt dernières années. Nous sommes en 1902, au numéro 17 passage du Poteau, dans le XVIII$^e$ arrondissement de Paris. La veuve Lucie Chausse, née Cordier, est étranglée par quatre bandits venus la voler. Ernest Saillet, Léon Hénique, Charles Demesson et Jean-Lucien Manceau ont entre dix-neuf et trente ans, pourtant ils vont se mettre à quatre sur la pauvre vieille Lucie, âgée de quatre-vingts ans. Leur butin ? Quelques francs et une médaille de la Vierge en toc. Rien que de la pacotille.

Matthias fit une pause, portant son regard par la fenêtre, scrutant le ciel devenu noir.

– 1906, cette fois, à la Plaine Saint-Denis. Joséphine Pouillaude – la mère Pouillaude, comme on l'appelle dans son quartier – est étranglée avec sauvagerie et les quatre crétins auteurs de cet immonde forfait (Charles Milard, Joseph Le Tutoures, Joseph Lizan et Achille Orth) ne sont pas foutus de dérober autre chose que deux pièces de cent sous, dont une fausse. Une fausse, vous avez bien entendu. Cent sous, Saint-Simon, cela fait cinq francs. En 1916 encore, au 12 rue de la Charbonnière, Édouard Von Der Berg, un ouvrier de vingt-huit ans, est égorgé comme un cochon par Jean Roose, qui agissait avec deux complices, Camille Bolle et Henri-Jean Mortelé, dit Tourneau. Leur butin ? Cent quatre-vingt-dix-huit francs.

L'administrateur-gérant considéra l'inspecteur sans mot dire, abasourdi. Tout en parlant, ce dernier avait parsemé un peu de poudre noire sur le rebord de la vasque de toilette, et scrutait à présent la surface en porcelaine. Sans quitter son ouvrage des yeux, il ajouta d'une voix étonnamment douce :

– Vous seriez surpris, monsieur Saint-Simon, par le peu de cas que les hommes font de la vie humaine. Ils tuent pour des sommes misérables et des larcins dont ils se seraient sortis avec une tape sur les doigts si, au passage, ils n'avaient commis l'irréparable.

– Vous savez par cœur toute l'histoire criminelle de la capitale, inspecteur ?

– J'ai beaucoup lu.

– Vous avez lu ?

– Oui, j'ai lu. Et je me souviens de tout, tout le temps.

Saint-Simon ne trouvant rien à répondre, il prit finalement congé.

Durant plus d'une heure, l'inspecteur s'affaira dans l'appartement d'Eleanor. Il poudra la table de nuit, les bois de lit – qui portaient peut-être les traces de l'étreinte évoquée par le médecin légiste –, les poignées de porte, les verres abandonnés sur le petit bureau de l'entrée. Une cigarette fichée au coin des lèvres, il travailla dans le silence, goûtant la solitude. Il appréciait les gestes mécaniques, précis et répétitifs que nécessitait le relevé de traces papillaires. Poudrage, révélation, prélèvement. Poudrage, révélation, prélèvement, mantra lénitif pour policier amer.

*L'assassin a laissé la marque de son passage.* Combien de fois avait-il entendu ces mots, assénés sans relâche par son maître, Edmond Locard, lorsqu'il faisait ses armes dans son laboratoire lyonnais, vingt ans auparavant ? Locard, pour lequel Matthias continuait de nourrir – fait rare – une solide estime, aimait à répéter qu'il y avait de la grandeur dans les petites choses, de la noblesse à se courber jusqu'à terre pour *regarder*. Auprès de lui, Matthias avait appris à entendre un aveu dans un geste anodin, à percer un secret dans une attitude ambiguë. Seuls les mots mentaient. Une scène de crime était une confession ; il fallait simplement lire ce qui était caché.

L'inspecteur préleva les traces digitales sur des bandes adhésives, qu'il mit en sécurité dans ses poches en attendant de pouvoir les transmettre aux services experts. Si l'assassin était fiché, des empreintes correspondraient aux relevés et résoudre le crime serait l'affaire de quelques heures. Il avait espoir que l'histoire serait vite soldée, qu'avant longtemps il enfourcherait à nouveau la Rover et poursuivrait sa route.

Comme il achevait sa tâche, il se demanda ce qu'Esther aurait pensé de ce carnage.

Esther qui, deux ans plus tôt, s'était envolée. Sans crier gare, sa partenaire, la femme avec laquelle il partageait sa vie, avait quitté leur tanière au creux des vallons de Bourgogne. Esther la taiseuse, la cynique, avait disparu. Percuté de plein fouet par cette absence, privé d'elle et de ces nuits où ils se retrouvaient, Matthias avait cru devenir fou. Esther, qui n'était pourtant ni rire ni soleil, avait emporté toute la chaleur qu'avait contenue le cœur de Matthias.

Alors, il avait attendu. Des semaines et des mois il avait scruté l'horizon, mais elle n'était pas rentrée, et lui-même avait fini par plier bagage.

Il s'apprêtait à fermer boutique et à quitter l'appartement quand un détail attira son attention. Dans les replis des draps souillés, un morceau de papier blanc dépassait, se confondant avec les lambeaux de tissu restés blancs. Matthias enfila de nouveau ses gants et s'empara délicatement du feuillet. Il écarquilla les yeux.

Tracés d'une main maladroite, trois mots. Incongrus, absurdes presque. Trois mots qui ne faisaient aucun sens.

*Je vous pardonne.*

# Chapitre 2

## L'administrateur-gérant

Peu après minuit, Gabriel Saint-Simon regagna l'appartement 265, au premier étage de l'aile droite du Familistère, et ferma la porte derrière lui en prenant soin de ne pas la claquer.

Il s'effondra sans faire de bruit, sans heurt ni choc, juste l'affaissement de son corps sur le parquet ciré, tandis que les larmes ravinaient son visage. Secoué par les hoquets, il tâchait malgré tout de rester silencieux. Il ne savait pas bien pourquoi : il se trouvait seul dans l'appartement, son chagrin ne dérangeait personne. Mais il était ainsi, M. Saint-Simon, discret et sobre jusqu'à l'éclatement, jusqu'à ce que ses jambes cèdent et que son cœur soit réduit en miettes.

Eleanor était morte et Gabriel s'en trouvait broyé.

Broyé en fines particules de sable, en un nuage de matière sans consistance. Il lui semblait que tout avenir venait de s'évaporer dans le néant. Le monde, soudain, était plongé dans le noir. Tout s'arrêtait là sur le parquet ciré qui sentait l'encaustique, dans cet appartement noyé dans la pénombre. Son amour était mort et Gabriel gisait sur ce parquet. Son amour secret disparaissait et avec elle cette beauté qui n'avait appartenu qu'à eux seuls, cette folie qui les avait brûlés et consumés jusqu'aux confins de la nuit. Et comme il lui fallait se cacher pour pleurer, l'incendie de glace qui lui ravageait la poitrine n'en était que plus intense.

Gabriel Saint-Simon, l'administrateur-gérant du Familistère de Guise, avait aimé Eleanor Fontaine, l'institutrice. Il l'avait aimée discrètement puis avec passion, parce que tout chez Eleanor lui rappelait ce qu'étaient la vie, la joie, le rire. Il l'avait aimée parce qu'elle ne demandait pas à l'être, parce qu'elle était ce savant mélange de délicatesse et d'audace et, quand le désir la prenait, de libertinage. Eleanor était un souffle. Le sien.

À présent, elle n'était plus. Gabriel étouffait, prêt à mourir à son tour.

L'horloge sonna deux heures, le tirant de son hébétude. Il devait réagir. Il ne faudrait pas longtemps à l'inspecteur Lavau pour s'intéresser de près à son cas et Saint-Simon n'avait guère de doutes sur les capacités du policier à mettre la main sur l'assassin de la jeune femme. L'administrateur-gérant se remit debout, ce dont il s'était cru incapable quelques instants plus tôt, et sortit un mouchoir de sa poche. Il s'essuya le visage, effaçant les traces de son affliction, recomposant cette figure aimable et souriante que chacun au palais lui connaissait. La figure de celui qui à chaque problème trouvait une solution, qui apaisait les tensions, démêlait les conflits. Il était pour tous à la fois le pilier et le meneur, celui sur lequel on comptait, vers lequel on se tournait. Les plus rigolards le surnommaient sans méchanceté : Papa.

Gabriel Saint-Simon traversa l'appartement et alla se servir un verre d'eau à la cuisine. Puis, revenant sur ses pas, il pénétra dans le bureau et s'assit derrière l'imposant secrétaire qui jouxtait une bibliothèque en peuplier. Il ne pourrait trouver le sommeil, aussi était-il résolu à faire avancer les affaires du palais pour s'occuper l'esprit. Un dossier notamment le préoccupait : quelques années plus tôt, son prédécesseur avait fait le choix, lourd de conséquences, de ne plus construire de nouveaux corps de logements au Familistère, alors même que la main-d'œuvre des usines continuait d'augmenter. Les Allemands ayant incendié l'aile gauche pendant la guerre, les surfaces habitables avaient encore été réduites de près d'un tiers et, très rapidement, les appartements familistériens étaient venus à manquer. Comme il n'était pas question d'expulser les travailleurs après toute une vie de bons et loyaux services, les locataires demeuraient au palais aussi longtemps qu'ils étaient en mesure de payer un loyer. La proportion de retraités occupant les habitations, bâties à l'origine pour les ouvriers actifs, allait croissant. L'habitude avait été prise par la gérance du Familistère d'attribuer les rares logements vacants aux enfants des Familistériens ; il s'agissait par là de satisfaire les attentes des habitants, mais également – et l'argument était d'importance – de favoriser une population étant déjà rompue à la vie en collectivité. De la sorte, on s'épargnait des soucis.

Gabriel Saint-Simon alluma une lampe à huile en poussant une exclamation de dépit. Les soucis venaient de lui tomber dessus à bras raccourcis. Non seulement il avait appuyé – avec succès – la demande de logement de son propre fils, s'attirant le ressentiment de certaines familles d'ouvriers éconduites, mais il avait encore été dans l'obligation d'en mettre un à la disposition de l'inspecteur principal. Les travaux de l'aile gauche, qui avaient commencé au début de l'année, allaient à bonne allure, mais ne seraient pas achevés avant plusieurs années. Bref, on manquait de place et beaucoup se trouvaient relégués dans les miteux appartements du bourg de Guise.

Aux usines, la colère grondait. Il se murmurait entre les ateliers que le Familistère se repliait sur lui-même, que les inégalités entre les ouvriers d'en ville et ceux du palais s'aggravaient. On comparait les habitations insalubres aux logements sains et aérés, on critiquait les privilèges, les services gratuits, les écoles, les spectacles de théâtre, les cours de natation ; tous ces avantages qui avaient été destinés au plus grand nombre et qui, par la force des choses et la mesquinerie de certains, ne profitaient plus qu'à quelques-uns. Les contestataires les plus virulents avaient cru bon d'accepter le soutien – l'administrateur-gérant en levait les yeux au ciel d'agacement – du parti communiste local.

Et voilà qu'un crime survenait, ce qui ne manquerait pas d'attiser les angoisses et la méfiance des uns envers les autres… Les rumeurs avaient commencé à enfler dès l'instant où Saint-Simon avait frappé chez les voisins d'Eleanor pour leur annoncer son décès. *C'est qu'elle vivait seule, madame Eleanor ! Seule, dans un grand deux-pièces comme celui-là, elle faisait des jaloux ! Vous savez, le Gaston, qui vit impasse Chassagne, en ville ? J'ai entendu dire qu'il allait se faire expulser parce que ses enfants, ils salopent tout ! Et Édouard Vaillant, figurez-vous qu'un incendie a détruit la moitié de son immeuble, ruelle des Tanneurs !* On lui avait tapoté l'épaule, l'air de dire *mon pauvre monsieur Saint-Simon, nous n'aimerions pas être à votre place.* De fait, il aurait préféré ne pas y être non plus.

Bien entendu, l'administrateur-gérant avait cherché à apaiser les esprits, incitant les Familistériens à ne pas tirer de conclusions hâtives ; un policier était arrivé qui présentait toutes les compétences pour mener à bien les investigations et débusquer l'infâme individu qui avait occis l'une des leurs. On avait hoché la tête, on était toujours d'accord avec lui, on lui faisait confiance. Il y avait quand même eu quelques regards en coin qui disaient *cause toujours.*

Gabriel Saint-Simon se plongea dans le compte rendu de la dernière assemblée des associés qui s'était tenue quelques jours plus tôt, relisant sans enthousiasme les décisions statuées. Il constata qu'effectivement les demandes de logements de Gaston Ledeux et d'Édouard Vaillant avaient été rejetées, à l'instar de plusieurs autres demandeurs. Ledeux et Vaillant étaient deux forts en gueule, toujours à brailler et à se plaindre pour un oui ou pour un non. Il se promit d'en parler à l'inspecteur et tâcha de poursuivre sa lecture. L'effort ne servit à rien. Épuisé par les événements, son esprit divaguait et, incapable de se concentrer, il ne songeait qu'à Eleanor. Il éteignit la lampe et posa la tête entre ses bras, imbibant de ses larmes le compte rendu de séance.

Quand l'aube vint, une pensée le traversa qui le fit se redresser.

Il lui restait Étienne. Son fils.

Pour Étienne, Gabriel ne pouvait se laisser aller indéfiniment au chagrin. Pour lui, Gabriel avait toujours tenu bon, et il tiendrait toujours. Car s'il était un excellent administrateur et un remarquable gérant, il était encore un meilleur père. Étienne, son petit, sa raison d'être.

Étienne. Certainement l'unique sujet de discorde qu'il ait eu avec Eleanor.

# Chapitre 3

## Le palais

Au petit matin, il pleuvait toujours. L'esprit embrumé, surnageant dans un reste d'alcool bon marché, Matthias considéra la possibilité de rester au lit, à somnoler toute la journée entre les draps rêches, avant de se payer une autre cuite dans les règles de l'art un peu plus tard dans la soirée. La migraine qui lui vrillait le crâne faisait le boucan de toute une forge.

On frappa à la porte de l'appartement 23, et il se leva pesamment. D'une humeur de dogue, il enfila sa chemise sans la fermer, traversa le deux-pièces que lui avait attribué l'administrateur-gérant la veille et alla ouvrir. Une femme – *l'âge d'Esther* – se tenait devant lui, avec un sourire surpris – *pas comme Esther, qui ne souriait pas souvent.* Une paire de grands yeux noirs le fixait avec intensité – *Esther avait les yeux… Stop.*

– Quoi ? grogna-t-il.

– Eh bien, quel accueil ! Bonjour à vous aussi ! Vous… vous êtes l'inspecteur principal ?

Comme la visiteuse le détaillait sans pudeur de bas en haut et de haut en bas, Matthias s'aperçut qu'il ne portait sous sa chemise qu'un caleçon long en coton froissé, dont la ceinture était délacée. Il se redressa pour masquer son embarras.

– En dépit des apparences, oui. Bonjour.

La femme, dont les ondulations châtaines venaient chatouiller les épaules, pénétra dans l'appartement sans attendre de permission et déposa sur la table un panier recouvert d'un linge blanc.

– Même les inspecteurs dorment, n'est-ce pas ? Enfin, j'imagine. Je ne connais pas d'autre inspecteur que vous. Je veux dire, je ne vous connais pas encore très bien. Je m'appelle Astrid. Astrid Vignot, je tiens la mercerie en bas, au rez-de-chaussée du palais. C'est M. Saint-Simon qui m'a demandé de vous porter à manger. Il a dit…

Astrid Vignot, d'un sans-gêne frisant l'impudence, passa la tête par la porte de la chambre. D'un seul regard, elle avisa le lit défait, encore empreint de la chaleur du dormeur, les vêtements en boule sur les tomettes, la bouteille de rhum vide, renversée sur la table de nuit. Sa bouche s'étira en une moue entendue.

– Il a dit qu'à son avis, vous aviez passé une sale nuit.

– Je…

– Je ne vous blâme pas. C'est horrible, cette histoire. Pauvre Eleanor, je ne comprends pas comment cela a pu lui arriver. Il n'est guère étonnant que vous soyez secoué, tout policier que vous êtes.

– Que je sois…

– On craquerait à moins, c'est sûr. Vous avez une petite mine, mais enfin, pour quelqu'un qui s'est soûlé comme un Polonais (c'est étonnant, cette expression, j'ai toujours cru qu'au contraire, les Polonais tenaient bien l'alcool), vous restez assez beau. Dans votre genre, s'entend. Enfin voilà, vous avez du pain, du fromage, du café et je crois que… Oui, voyez, j'ai pensé à mettre un pot de marmelade. Je la fais moi-même, c'est un de mes talents. Quelles pistes avez-vous pour Eleanor ? La pauvre. Quelle horreur. Qui a pu faire une chose pareille ? Pas quelqu'un d'ici, c'est impossible. Un de ceux d'en ville, alors.

Matthias résista à la pulsion d'aller laper les dernières gouttes de rhum à même le goulot. Il resserra la ceinture de son caleçon, sous l'œil attentif et curieux d'Astrid, et boutonna sa chemise. Enfin, il lâcha un rictus – son intention était de sourire, aucun doute là-dessus, et c'était l'intention qui comptait.

– Astrid, c'est ça ? Je vous remercie pour le panier. Maintenant dites-moi : qu'entendez-vous par « un de ceux d'en ville » ?

Matthias se souvenait d'avoir entendu l'expression sur la place, la veille au soir. Ne pas perdre le nord, combattre la furieuse envie de jeter dehors l'importune malgré ses grands yeux noirs – mais garder son café. Au rang des choses qui mettaient les nerfs de l'inspecteur en pelote, le bavardage arrivait bon deuxième, pas très loin derrière la vue du sang. Or, s'il était délicat de faire parler les corps refroidis – quoique cela se discutât –, les bavards s'en donnaient à cœur joie. Astrid Vignot était une bavarde.

– Ah, on voit que vous n'êtes pas d'ici. Ceux d'en ville, ce sont les ouvriers qui travaillent aux fonderies mais qui ne vivent pas au palais. Ils vivent en ville, à Guise donc. On a du mal à s'entendre, parfois. On n'a pas bonne réputation, ici. Un tas de brique, voilà comme ils appellent notre beau palais. Un tas de brique, un lupanar, même.

Matthias sortit du panier un pot de café, dont il se versa une tasse. Le liquide lui brûla la gorge, mais acheva de dissiper les brumes d'alcool.

– Un lupanar ?

Astrid hocha la tête d'un air affligé.

– Des ignorants, que voulez-vous. De là à ce qu'un de ces crétins s'en soit pris à Eleanor…

– Tâchons de ne pas hâter les conclusions.

– Donc vous pensez à quelqu'un d'ici ? répliqua la jeune femme, une flamme de curiosité allumant ses prunelles sombres.

Matthias, à présent tout à fait réveillé et l'humeur consolée par le café, songea qu'Astrid était assez jolie. Ces temps-ci, il avait tendance à trouver jolies toutes les femmes – même les plus mortes d'entre elles. Était-il atteint d'une pathologie quelconque ? Une autre lampée et cette idée fut balayée comme un mouton de poussière sous un tapis. Matthias Lavau avait connu plus de femmes qu'il ne s'embarrassait de compter et il les avait toutes trouvées jolies, d'une manière ou d'une autre. C'était une façon de voir le monde. Il sourit et, cette fois, ne se força pas.

– Non, Astrid, je ne pense rien. Mais je suis là pour faire la lumière sur ce crime et mettre l'assassin derrière les barreaux, alors vous pouvez me faire confiance pour diligenter l'enquête de prompte manière. Maintenant, si vous permettez, je vais m'habiller et me mettre au travail.

– Vous… Bien sûr, évidemment. Je vous laisse. Ah, si vous cherchez M. Saint-Simon, vous le trouverez dans l'aile droite où il a son appartement. Le numéro 265.

Astrid prit congé, Matthias ferma derrière elle avec un soulagement certain. L'heure n'était pas à la distraction.

Il acheva de se vêtir, dévora le petit déjeuner apporté et enfila son cache-poussière.

*

À la pleine lumière du jour, ce que Saint-Simon et Astrid avaient appelé le « palais » fourmillait de vie. Des enfants étaient en rangs, fillettes et garçonnets mélangés dans un ordre bruissant de chuchotements. Quelques femmes rassemblaient les retardataires, prenant le relais de parents qui se délestaient de leur progéniture dans ce grand hall aux allures de place de village. C'était le début de la journée, les hommes en veston et les femmes en tablier s'en allaient aux usines, les enfants à l'école. Chacun sortait de chez soi, saluait ses voisins, embrassait son conjoint, pressait ses enfants. On se croisait dans les rues suspendues sous la verrière avec la même aisance que s'il s'était agi du pavé de la ville.

Depuis la coursive du deuxième étage, l'inspecteur observait cet étrange manège avec une certaine incrédulité. De son point de vue, la chose ressemblait à une sorte de secte. N'y avait-il pas d'écoles, à Guise ? D'appartements et de maisons dans le bourg ? Qu'est-ce que c'était que cet endroit saugrenu ?

Matthias ficha une cigarette au coin de ses lèvres, mais un homme qui passait lui indiqua qu'il était, pour la salubrité des lieux, préférable de se rendre à l'extérieur pour fumer. L'inspecteur le toisa comme il savait si bien le faire, c'est-à-dire avec un mélange de hauteur et d'irritation dans ses yeux couleur tempête, avant de ranger le cône de tabac dans sa poche. Il laissa les habitants du palais se disperser petit à petit avant de gagner les escaliers – Matthias avait grandi à la campagne, se mêler aux foules très peu pour lui merci bien, il s'y sentait aussi à l'aise qu'un chat sous la pluie. Suivant les indications d'Astrid, le policier se rendit dans l'aile droite du palais et frappa à la porte à double battant d'un appartement au premier étage.

Gabriel Saint-Simon ouvrit aussitôt, vêtu d'un long veston par-dessus un gilet cintré, et l'invita à entrer. Il avait l'air d'aller à l'église ou bien à un rendez-vous de mairie, quelque chose d'important et d'officiel. Bien que soucieux de faire bonne figure, il présentait un visage marqué par l'épuisement.

– J'en ai pour une minute, dit-il en disparaissant dans son bureau. Vous avez rencontré Mlle Vignot, je crois ?

Matthias resta sur le seuil, promenant son regard sur la bibliothèque en bois de peuplier, sur le bureau en chêne massif, sur les tapis et les guéridons. Il ne lui fallut guère de temps pour se faire une idée de la chose : M. Saint-Simon, au contraire des autres habitants de son Familistère, occupait un logement aux dispositions bourgeoises. L'inspecteur principal se trouvait dans un vestibule desservant plusieurs pièces ; outre le bureau, l'administrateur-gérant pouvait se prévaloir d'un salon, d'une salle à manger, d'une cuisine et d'une chambre à coucher. Des parquets recouvraient les sols, des moulures et d'imposants lustres ornaient les plafonds. Chaque pièce était luxueusement meublée ; pas grand-chose à voir avec le deux-pièces sobre et fonctionnel qui avait accueilli le policier la veille au soir. Pénétrant dans le salon, à l'angle sud-est de l'appartement, Matthias dirigea ses pas vers les consoles disposées entre les fenêtres. Sur la console du mur sud, un buste de femme taillé dans le marbre tournait son regard vers celui, en bronze, d'un homme barbu, ce dernier le long du mur est. De belle taille tous deux, leur fonction première était, à n'en pas douter, d'épater les visiteurs.

Matthias Lavau, en cela qu'il n'était guère impressionnable et semblait parfois revenu de tout, n'était pas un visiteur très coopératif.

– Ah, je vois que vous avez rencontré Godin et Marie Moret !

L'inspecteur se tourna vers Saint-Simon qui, à l'orée du salon, souriait en désignant les deux sculptures.

– Vous avez devant vous, inspecteur principal, le penseur et l'architecte du Familistère. Jean-Baptiste André Godin lui-même, ingénieur d'un rêve lumineux, fondateur d'une utopie bien réelle, qui vit et perdure depuis soixante-trois ans. Et cette femme qui le regarde était sa compagne.

Matthias fit un pas en avant pour examiner le bronze de plus près. L'homme avait le front dégarni, des yeux profonds luisants d'intelligence, un nez droit et une barbe fournie. La noblesse et la bonté émanaient de sa figure, mais n'est-ce pas le propre des artistes de faire paraître les grands hommes meilleurs qu'ils ne le sont ? Il n'y avait qu'à regarder les portraits de Napoléon : on se faisait une certaine idée du personnage, impérial comme tout, alors qu'en réalité le petit autocrate avait crevé tout seul sur une île de l'Atlantique. Matthias n'était pas optimiste de nature, il était pétri de préjugés et n'aimait pas franchement son prochain. Ses convictions, très tôt forgées, avaient la vie dure. Les hommes bons n'existaient pas. Il n'y avait que des hommes faux.

– Pour Eleanor Fontaine, ce rêve lumineux semble avoir tourné au cauchemar.

Les épaules de l'administrateur-gérant ployèrent soudain, une ombre voila son regard et Matthias se demanda de nouveau si, bien qu'il n'en fît point état, la jeune femme n'avait pas représenté pour lui davantage qu'une aimable voisine.

– Les hommes, hélas, ne sont pas ici meilleurs qu'ailleurs, inspecteur. Ce que nous leur offrons, c'est une occasion de vivre dignement et de profiter des richesses qu'ils contribuent à produire, sans avoir à se contenter de salaires pesés au trébuchet. Je ne peux cependant me porter garant de la moralité de chacun.

Après un instant d'hésitation, il ajouta :

– Pour Eleanor… Avez-vous trouvé quelque chose hier soir qui puisse vous mettre sur la piste de l'assassin ?

Matthias songea à l'étrange lettre trouvée entre les draps souillés de sang ; il jugea prudent de garder l'information pour lui.

– J'ai opéré des relevés d'empreintes. Je vais les faire expédier à Lille, nous serons fixés rapidement. Dites-m'en plus sur le fonctionnement de ce… Familistère.

Gabriel Saint-Simon haussa les épaules, invitant du bras le policier à le suivre hors de l'appartement.

– Il faudrait des heures, inspecteur, pour vous en livrer les tenants et les aboutissants. Il y a à l'origine de ce projet une vision, un idéal qui mérite que l'on s'y attarde.

– Je ne vous demande pas un roman, je n'en ai guère le temps. Tâchez de faire court.

– Eh bien, sachez déjà ceci : les ouvriers qui travaillent dans les fonderies Godin, de l'autre côté de la rivière, sont encouragés à loger ici même, au Palais social. Le Familistère est une expérience sociale basée sur le volontariat, ce fonctionnement a toujours porté ses fruits. Les locataires paient le loyer de leur appartement et font leurs courses aux magasins que l'on nomme ici les économats, mais tous les autres services sont financés et entretenus par les bénéfices des usines. Les écoles, le théâtre, la buanderie, les assurances… tout est pris en charge. Sans compter que ce palais, où nous nous trouvons, est une merveille d'ingéniosité et d'inventivité, qui garantit la salubrité de tous les logements. Ainsi, nos ouvriers sont effectivement mieux lotis que beaucoup d'autres.

– Mais… ? ponctua Matthias.

– Il n'y a pas de mais.

– Il y a forcément un mais, administrateur. Je ne crois pas aux fables pour enfants.

Tandis qu'ils conversaient ainsi, les deux hommes étaient arrivés au rez-de-chaussée et, d'un geste mesuré, Gabriel Saint-Simon embrassa le vaste espace sous la verrière. En dépit du ciel d'un gris métallique qui semblait enfermer le bâtiment dans une chape de plomb, la luminosité était remarquable.

– Il n'y a pas assez de place.

– Que voulez-vous dire ?

– Des appartements. Il n'y en a pas assez. Beaucoup de familles sont contraintes de vivre dans le bourg et certaines en nourrissent… du ressentiment.

Au-dehors, la pluie tombait dru. Matthias releva le col de son cache-poussière tandis que Saint-Simon ouvrait un parapluie.

– Assez pour se faire de la place en assassinant une femme seule ? Vous avez des noms ?

– Ce n'est pas une hypothèse en laquelle je crois, répondit Saint-Simon.

– Laissez-moi juge. Vous me donnerez les noms.

L'administrateur-gérant hocha la tête et désigna le bâtiment de briques rouges de l'autre côté de la place, en face du palais.

– Les écoles... J'imagine que vous souhaitez interroger les collègues d'Eleanor.

Le policier leva le visage, sondant les cieux orageux qui déversaient sur eux toute l'eau de leur colère.

– Il me faut la liste, répondit-il.

– La liste ?

– La liste. De tous les habitants du Familistère et de tous les ouvriers des fonderies.

– Qu'allez-vous en faire ?

– Je vais la lire.

– La lire ? Mais qu'espérez-vous y trouver ?

– Un ou plusieurs repris de justice ayant possiblement trucidé votre bonne amie, monsieur Saint-Simon.

– Comment saurez-vous qu'il s'agit de repris de justice ?

Cette fois, Matthias baissa le regard vers l'administrateur-gérant. Insondable. D'un ton neutre, il répondit :

– Je le saurai, parce que j'aurai lu leurs noms avant. Dans d'autres listes. Des listes de repris de justice.

Saint-Simon ouvrit la bouche, vraisemblablement pour émettre un « ah » sceptique, mais préféra s'abstenir.

– Bien. Je vous les déposerai dans la matinée.

Matthias hocha la tête pour le remercier et planta là son interlocuteur qui, à l'abri sous son parapluie, le regarda s'en aller vers les écoles, les pans de son cache-poussière volant derrière lui. Saint-Simon ne fréquentait pas régulièrement de policiers, mais il gageait que celui-là n'était pas commun.

*

Aux écoles, Matthias interrompit une leçon de lecture dans une classe de maternelle. La salle dans laquelle il pénétra bénéficiait d'une lumière naturelle abondante grâce aux châssis d'éclairage zénithal. Comme le ciel était bas, des lustres à gaz venaient en renfort et diffusaient dans la vaste pièce une douce lueur, propice à l'étude. Une trentaine de fillettes et de garçonnets étaient installés sur des tables-bancs à deux places, placées en rangées et séparées par de larges allées. Des travaux d'élèves, des gravures, des planches pédagogiques et des devises recouvraient les murs sans fenêtres et le regard de l'inspecteur s'arrêta sur une toile qui disait : « Ne soyez point orgueilleux. » Cela lui fit hausser les sourcils ; il n'y connaissait rien en enfants, mais ceux-là lui semblaient bien petits pour s'être déjà fourvoyés dans le péché d'orgueil.

– Je peux vous aider ?

Une femme au chignon sévère, d'un âge certain, s'avança vers lui. Il la salua d'une raide inflexion du menton.

– Inspecteur principal Matthias Lavau. J'enquête sur le m…

D'un plissement de ses paupières un peu lourdes, la femme lui enjoignit le silence et désigna les petits qui, leurs figures pouponnes levées vers l'intrus, le considéraient, interrogatifs.

– Je suis ici pour Eleanor Fontaine, dit-il plus bas.

– Venez avec moi.

Dans le couloir, elle s'autorisa un sourire, bref et sans chaleur.

– Voilà. Cette pauvre Eleanor. Je ne tiens guère à ce que nos enfants entendent les détails de cette sordide histoire.

– Vous êtes… ?

– Ah, mes excuses, je ne me suis pas présentée. Violette Champois, la directrice des écoles. M. Saint-Simon m'avait prévenue que vous risquiez de venir… poser des questions.

Il y avait quelque chose chez Violette Champois, c'était léger mais c'était bien là, une contrariété. Comme si, en se faisant assassiner, sa collègue avait flanqué la pagaille et que c'était à elle, Violette, de payer les pots cassés. Elle disait *nos enfants* alors qu'elle n'en avait pas elle-même, Matthias en aurait mis sa tête à couper. Cela faisait très chef de clan ou ministre du culte.

L'inspecteur tâcha d'ignorer le préjugé qui prenait forme dans son esprit – la directrice Champois était une emmerdeuse – et se gratta la barbe pour masquer sa propre irritation.

– Vous connaissiez bien Mme Fontaine ?

– Comme tout le monde.

Voilà, une emmerdeuse, qui ne s'étouffait pas avec la bonne volonté. Dans les deux rides profondes qui encadraient la bouche de la directrice, le policier pouvait lire une inimitié manifeste, une aversion qu'elle s'efforçait de dissimuler sans y parvenir tout à fait. Eleanor avait été belle, solaire, instruite. Eleanor avait compté, le regard voilé de tristesse de Gabriel Saint-Simon en attestait. Il y avait fort à parier que Violette Champois, avec cette figure compassée qui disait tout le dédain qu'elle jetait sur le monde, ne compterait jamais autant pour personne. C'était le genre de conclusion hâtive que tirait Matthias Lavau, avec sa manie de porter des jugements à l'emporte-pièce. Nul n'était parfait, lui moins qu'un autre.

– Mais encore. Était-elle appréciée de ses collègues ? De vous ? Des enfants ? Lui connaissiez-vous des amis ? Des amants ? A-t-elle fait montre d'une attitude particulière ces derniers temps ?

Il laissa fuser ses questions, ne dissimulant rien de son impatience et déstabilisant son interlocutrice.

– Eh bien...

La directrice balbutia, impressionnée par l'éclat de métal froid qui durcissait soudain les prunelles de l'inspecteur.

– Je... Nous étions bonnes collègues, il n'était pas question de s'apprécier plus que cela. Les autres institutrices et les enfants l'aimaient bien, oui. Elle était... joyeuse.

Le mot sonna comme une tare ou une maladie contagieuse. Violette Champois haussa les épaules avec raideur, l'air de dire *au point où nous en sommes.*

– Non, je ne l'appréciais guère, si vous voulez savoir. Mme Fontaine était une femme... bruyante. Il fallait sans cesse qu'elle attire l'attention en riant fort, voyez. C'était assez pénible. Avec elle, les petits se permettaient des libertés. Ils gigotaient et bavardaient, bien plus qu'avec les autres institutrices. M. Saint-Simon... Oh, cela ne dérangeait pas M. Saint-Simon, si vous suivez ma pensée. Une sorte d'éducation moderne.

– Que vous n'approuviez pas.

– Non. Ce n'est pas ainsi que je conçois les choses. Cela dit, ce qui est arrivé est... innommable. Mme Fontaine était... une personne correcte, malgré les griefs que je pouvais avoir contre elle.

Matthias examina le visage de la directrice et, dans la lueur d'abattement qui traversa les yeux fatigués, lut de la sincérité. Violette Champois était une vieille acariâtre, mais une vieille acariâtre désolée.

– Je vois. Savez-vous si elle avait des amants ?

La vieille femme le dévisagea, l'air ulcéré. Sa ride du lion se creusa.

– Que croyez-vous ? Que je fais attention à ces choses ? Je vous l'ai dit, nous n'étions pas amies.

– Fichtre, vous travaillez tous ensemble et vous vivez comme une communauté de gens amish. Si Eleanor Fontaine fréquentait quelq…

– Comme une communauté de gens amish ? Mais enfin, inspecteur principal, pour qui nous prenez-vous ?

C'était une question à laquelle Matthias n'avait pas encore de réponse qui ne soit pas susceptible de froisser ses interlocuteurs. Il avait son idée, elle n'était pas flatteuse, aussi préférait-il la garder pour lui.

– Donc vous ne savez pas ?

– Ma parole, vous insistez !

– C'est en quelque sorte mon travail, madame Champois.

– Certes. Eh bien oui, j'avais entendu dire que Mme Eleanor fréquentait. Et même… *plusieurs* hommes.

– Quelle dévergondée.

C'était sorti tout seul, Matthias n'y pouvait rien, deux mots d'un cynisme qui échappa à la directrice, laquelle lui lança un coup d'œil complice et appuyé.

– À qui le dites-vous, inspecteur, à qui le dites-vous.

– Leurs noms ?

– Aucune idée. Je n'ai jamais voulu en apprendre plus, ajouta-t-elle sur un ton qui laissait à penser qu'au

Familistère, le dévergondage sautait sur le monde comme la vérole sur le bas clergé.

Quand il fut établi que Violette Champois n'en savait pas davantage et que ses collègues, également interrogés, ne lui seraient d'aucune aide, l'inspecteur prit congé. Il n'y avait aux écoles personne qui eût une bonne raison d'assassiner cette pauvre Eleanor. Elle semblait n'avoir jamais causé de tort à quiconque et, dès lors, la lettre retrouvée sur la scène de crime ne faisait aucun sens. *Je vous pardonne.* Ces trois mots laissaient pourtant à penser qu'Eleanor avait offensé quelqu'un et que ce quelqu'un, qui peut-être était une quelqu'une, s'était octroyé le droit de le lui faire payer.

Appartement 23, Matthias trouva une nouvelle corbeille débordant de fruits et de sandwichs, ainsi qu'un broc de café. Il dévora les sandwichs et laissa les fruits, songeant qu'il lui faudrait dire à Astrid qu'il n'avait nul besoin d'une gouvernante, qu'il n'aimait pas que l'on rentre chez lui en son absence et sans sa permission… et qu'elle avait de jolis yeux.

Le policier se servit une tasse de café et s'attabla devant les lourds classeurs de cuir déposés sur la table de la pièce principale. Les fameuses listes des habitants du Familistère ; le temps de la lecture était venu.

Et alors que l'après-midi défilait, que le chuintement de la pluie remplissait l'atmosphère d'une musique propre à apaiser l'âme de Matthias, lui qui n'aimait ni le soleil ni la vive lumière, Gabriel Saint-Simon vint le rejoindre. L'inspecteur dénicha dans le panier une seconde tasse – Astrid la destinait probablement à son propre usage – et la tendit à l'administrateur-gérant. Les deux hommes burent d'abord en silence, les yeux perdus dans le vide, égarés dans des songes peuplés de femmes mortes ou absentes. Le taciturne policier, l'orphelin des bois de Combe-Lavau, et l'élégant directeur, si différents et si semblables. Différents en cela que l'un était naturellement porté sur l'espoir, la passion et la foi en l'utopie tandis que l'autre, élevé dans la neige et forgé dans le sang, vivait en bordure de nulle part, ne se trouvant bien que dans les forêts profondes. Semblables quand même, le cœur pareillement étreint par le manque. Cela étant dit et chacun le savait, on n'en ferait pas des amis.

Gabriel Saint-Simon termina son café et voulut savoir si l'inspecteur principal avait collecté aux écoles quelque information qui permettrait d'identifier le meurtrier.

– Aux écoles, pas la moindre, répondit Matthias. Dans ces listes, pas plus.

Il tapota les reliures de cuir.

– Je vous félicite, elles sont remarquablement tenues. Mais hélas, je ne crois pas qu'elles m'aideront à faire la lumière sur cette histoire.

– Dieu merci, l'auteur du crime n'est pas l'un des nôtres, soupira l'administrateur-gérant, ses épaules s'affaissant de soulagement.

– Ah, ça nous n'en savons encore rien.

– Vous venez de me dire que…

– Ce qu'il faut comprendre, Saint-Simon, c'est qu'aucun des membres du Familistère n'est fiché pour assassinat ou n'a effectué de peine de prison lourde. Pas que le coupable ne s'y trouve pas.

– Mais comment…

– Bien sûr, il existe une probabilité que le meurtrier n'ait été qu'un rôdeur de passage. Cependant j'en doute : le fait qu'Eleanor lui ait ouvert la porte de chez elle, le rapport sexuel… J'ai tendance à penser qu'elle le connaissait bien. Non, ce qu'il faut en déduire, c'est soit que notre homme a ici commis son tout premier meurtre, soit qu'il n'en est pas à son coup d'essai mais qu'il ne s'est jamais fait prendre. Vous n'avez pas beaucoup de repris de justice parmi vos travailleurs, monsieur l'administrateur. Et encore, du menu fretin.

– Du menu fretin, répéta Saint-Simon d'un ton neutre.

– Tenez, lui par exemple.

Matthias ouvrit le premier classeur et lui désigna un homme brun, âgé d'une quarantaine d'années, un visage sans particularité, un air de monsieur Tout-le-monde, le genre qui se fondait dans le décor.

– Fernand Bonprince, lut l'administrateur-gérant sous la photographie.

– Fernand Bonprince, acquiesça l'inspecteur. Figurez-vous qu'il a été arrêté il y a treize ans à Courbevoie pour ivresse sur la voie publique et proxénétisme. Vous voyez qui c'est ?

– Bien sûr, c'est...

– Peu importe. Confirmez-vous qu'il a une cicatrice sur la main droite et un grain de beauté derrière l'oreille gauche ? Cela ne se voit pas sur cette photo, mais j'ai un souvenir assez net de sa fiche anthropométrique.

Interdit, Gabriel Saint-Simon hocha la tête avec lenteur.

– Lui, en revanche, jamais vu, ajouta Matthias en désignant le portrait suivant. François Bonvoyage, un nom qui donne envie de s'en aller. Où, je ne sais pas, mais d'aller quelque part, ça oui. Bref. M. Bonvoyage, par exemple, n'a pas de fiche.

Matthias referma le classeur. L'envie de fumer le démangeait, il était à deux doigts de sortir une cigarette. Mais comme il n'était guère emballé à l'idée de se faire sermonner par son hôte, il résolut d'attendre d'être seul. Faire ses coups en douce, un héritage de ses années à l'orphelinat.

– Vous vous souvenez de tout, tout le temps.

– Voilà. Si vous permettez, je vais aller interroger les voisins d'Eleanor. Quelqu'un a peut-être vu ou entendu quelque chose, même si j'en doute. Ensuite, je retournerai dans son appartement. Il y a quelque chose que j'aimerais éclaircir. Un détail me chiffonne.

L'administrateur-gérant se contenta d'un geste vague qui signifiait *faites comme chez vous*. Il était dit que l'inspecteur principal opérait étrangement et qu'il ne fallait pas chercher plus loin. Matthias Lavau, avait-il appris en téléphonant à la brigade mobile régionale de Lille, avait toutes les compétences requises pour démasquer le meurtrier de Mme Fontaine. On ne tâchait plus d'essayer de le comprendre ni même de le supporter, d'ailleurs il travaillait mieux seul, mais on avait confiance en son jugement. Et surtout, si ce jugement était parfois (ou souvent) éclaboussé de flagrants manques de discernement, on avait confiance en son incroyable talent de mémoire.

Tous deux sortirent ensemble de l'appartement 23 avant de se séparer, et l'administrateur-gérant put voir comment, sans qu'il en ait conscience le moins du monde, le policier attirait les regards féminins. Quelque chose dans son air patibulaire, peut-être.

# Chapitre 4

## Le secret

Sur la coursive nord du premier étage, une porte claqua.

Une jeune fille blonde s'échappa d'un appartement, l'air pressé et les joues teintées de fureur. Parcourant la coursive au pas de charge, elle faisait résonner les talons de ses souliers vernis sur les dalles impeccables. Une toute jeune fille, menue avec ça, mais qui faisait plus de tapage qu'un escadron en plein exercice. Les yeux flambants de rage, elle dégringola l'escalier sans ralentir ni saluer les voisins qu'elle croisait.

Un peu plus tôt, alors qu'ils achevaient leur déjeuner, l'inspecteur principal avait frappé chez eux et le père avait ouvert, la bouche pleine et sa serviette tachée coincée dans l'encolure. Rosalie s'était préparée à l'entendre aboyer *c'est pour quoi* comme il faisait toujours, le père ne savait pas s'exprimer sans gueuler, ça lui faisait honte. Rosalie veillait toujours à paraître polie et bien éduquée, c'était la moindre des choses mais rien à faire, le père la traitait de bourgeoise et se moquait d'elle. Elle s'était donc attendue à ce qu'il les ridiculise devant l'inspecteur, avec ses manières de rustre, mais à son grand étonnement il était resté bouche bée. Il faut dire, ce policier était impressionnant, plus grand encore que le père et large d'épaules plus que de ventre. Rosalie avait même vu la mâchoire de sa mère se décrocher. C'était rare de voir la mère exprimer quoi que ce soit.

Arrivée au rez-de-chaussée, la jeune fille ralentit l'allure pour retrouver un semblant de calme. Elle sortit de sa poche une rangée de perles qu'elle accrocha autour de son cou, de fausses perles ça allait sans dire, on n'avait pas les moyens chez elle d'acheter ce genre de bijou et, d'ailleurs, elle portait le collier en cachette. Le père en aurait fait tout un foin, de voir comme elle minaudait. Puis elle passa la main dans ses cheveux courts, une coupe à la mode qui lui avait valu son lot de jérémiades et de quolibets. Mais Rosalie se fichait de l'opinion du père – de celle de la mère aussi. Rosalie aimait les jolies choses, les choses à la mode, qu'est-ce que ça pouvait bien leur faire ? S'apercevant qu'elle avait oublié son parapluie, elle s'empara d'un journal abandonné sur une chaise et sortit sur le parvis en brandissant la feuille de chou au-dessus de sa tête pour se protéger de la pluie.

L'inspecteur Lavau les avait interrogés pour savoir s'ils avaient vu ou entendu quelque chose le soir de la mort d'Eleanor. La mère l'avait fait entrer et asseoir à table, en face de Rosalie pétrifiée. Il avait bu un café, vraisemblablement par politesse car le geste ne paraissait pas lui faire plaisir. Les policiers, s'était dit Rosalie, ça n'était pas une engeance souriante. Celui-là moins que les autres, et vieux avec ça. La jeune fille finissait de mâchonner une pomme.

– Pourquoi on aurait vu que'que chose, nous autres ?

Le père et sa détestable manie de manger les syllabes.

– Vous vivez en face, répondit laconiquement l'inspecteur. En face, à l'étage inférieur. Une porte qui claque, quelqu'un qui court sur la coursive…

Il se leva de table avec une agilité remarquable pour quelqu'un de sa stature et se dirigea vers la fenêtre qui donnait sur la cour intérieure. D'un geste délicat, il souleva le voilage en crochet de la mère, une aigrette qui prenait son envol dans un marais, et se pencha pour regarder au-dehors. De sa chaise, le père le contemplait, piqué.

– Vous êtes aux premières loges, acheva le policier.

– N'empêche, bougonna le père. On sait rien. On dormait.

– Je vois.

L'œil d'acier sonda la figure burinée de l'ouvrier puis vint se poser sur la mère.

– Et vous, madame Escudé. Avez-vous vu ou entendu quelque chose ?

– Elle dormait, j'vous dis ! beugla le père.

Rosalie vit sa mère se recroqueviller, pas grand-chose, une contraction des épaules en dedans. Elle n'aimait pas qu'il y ait des témoins aux éclats du père, aux réflexes apeurés de la mère. Ça lui donnait le sentiment d'appartenir à une famille de dégénérés et, même si c'était peut-être le cas, point n'était besoin d'en faire étalage. L'inspecteur porta la tasse de café à ses lèvres sans quitter la mère du regard.

– Votre femme n'a pas de langue, monsieur Escudé, que vous répondez à sa place ? Je l'ai pourtant bien entendue quand elle m'a offert ce café.

– Elle était avec moi. On dormait. Rosie aussi dormait, pas vrai, Rosie ?

Bien entendu, Rosalie mentit.

– Oui, je dormais. Vous avez dit qu'Eleanor était morte juste avant minuit. Il était tard.

La jeune fille se redressa, plantant ses grands yeux bleus dans le regard couleur tempête de l'inspecteur principal. Elle n'ignorait rien du pouvoir de ces yeux bleus, de leur capacité à ramollir les volontés les plus endurcies, et en usait sans vergogne.

Sur le policier cependant, son pouvoir ne produisit pas l'effet habituel. L'inspecteur souleva légèrement un sourcil et le coin de ses lèvres frémit, l'air de dire *on ne me la fait pas, petite*. Rosalie, qui comptait tout juste dix-huit ans, mit cela sur le compte de son grand âge et haussa les épaules.

*

La jeune fille traversa le parvis en trottinant, la tête rentrée dans les épaules. Sa robe droite marron et jaune, ceinturée autour des hanches par un gros nœud, se gorgea de pluie. Elle longea l'aile gauche du palais – qui lui faisait de la peine tant c'était une ruine –, puis bifurqua sur la route des usines, dépassant rapidement les économats. Elle traversa le pont qui enjambait l'Oise, se retrouvant sur la rive droite en contrebas des manufactures, et arriva devant un bâtiment dont elle poussa la lourde porte. Une bouffée d'air chaud la cueillit, accompagnée d'une forte odeur de lessive.

Pas un instant elle n'avait envisagé de dire la vérité.

Rosalie ne doutait pas que le père, apprenant qu'elle ne se trouvait pas dans son lit la nuit du meurtre, mais qu'elle était sortie en douce fumer des cigarettes avec d'autres jeunes gens, l'aurait abattue sur place, inspecteur ou pas. Il ne pouvait comprendre qu'à l'âge de sa fille on avait envie d'autre chose que de soirées ennuyeuses à écouter la radio avec ses parents en cousant des blouses. Qu'à dix-huit ans il fallait rire, danser, conter fleurette si l'on ne voulait pas mourir. Alors non, Rosalie n'était pas sagement endormie dans son lit lorsque Eleanor Fontaine avait été assassinée. Elle se trouvait au kiosque à musique en galante compagnie, pas celle qu'elle aurait voulue mais c'était mieux que rien. Quand finalement elle en avait eu assez, son soupirant n'étant justement pas celui auquel elle pensait, elle s'en était allée. Elle avait ôté ses souliers en arrivant au palais, rasant les murs, puis avait gravi les escaliers, la main sur la rambarde parce qu'elle avait bu un peu de liqueur et que le sol tanguait. Elle ne se sentait pas mal, au contraire, elle flottait, l'esprit empli de baisers.

Au moment où elle s'apprêtait à rentrer chez elle, Rosalie l'avait vu sortir de l'appartement d'Eleanor. L'objet de ses pensées.

La jeune fille saisit un tablier suspendu à une patère à côté du bureau et se dirigea vers les bacs de lavage, tout en le nouant dans son dos. Elle était si fine qu'elle devait enrouler deux fois les cordons autour de sa taille. Elle avait trouvé ce petit emploi quand sa candidature à l'usine avait été rejetée parce qu'elle ne savait rien faire. Rosalie aimait bien son travail, et surtout elle était reconnaissante de ne pas devoir passer ses journées avec sa mère dans l'appartement. C'était quelque chose de venir ici ; large halle à trois nefs séparées par des poteaux en fonte, l'endroit bruissait d'une vie perpétuelle, des vapeurs d'eau chaude, des murmures des ménagères qui défilaient tout le jour. Le sol cimenté était bombé et creusé de rigoles pour évacuer les eaux sales, de sorte que

Rosalie n'avait jamais les pieds mouillés en travaillant. Elle passait de la machine à bouillir le linge à la machine à essorer sans effort. Elle qui était si menue, la tâche ne l'incommodait pas. La lessive lui procurait un sentiment d'apaisement et de satisfaction. Comme si nettoyer le linge revenait à laisser le monde un peu plus propre.

On appelait cet endroit la buanderie.

Une fois le contenu de son baquet proprement rincé, la jeune fille gravit l'escalier qui conduisait à l'étage du bâtiment. Dans les combles, un vaste séchoir à linge se déployait les jours où la pluie ne donnait aucun répit aux lavandières. Une grande baie cintrée occupait le pignon de la façade ouest et des claires-voies de brique étaient placées sur les façades latérales, de sorte que l'immense pièce était parfaitement ventilée. Rosalie ne savait peut-être rien faire d'autre que la lessive, mais elle s'émerveillait chaque jour du génie de l'homme qui avait conçu la buanderie.

Ses pensées la ramenèrent au soir de la mort d'Eleanor. Comme elle avait eu mal en voyant l'homme dont elle était éperdument amoureuse sortir de chez l'institutrice !

Rosalie n'était pas idiote. Elle savait très bien faire semblant de l'être quand ça l'arrangeait, mais c'était un air qu'elle se donnait. Cet homme dont elle était amoureuse n'était pas pour elle. Il ne la voyait probablement même pas, si jeune et insignifiante, lui qui était si important et occupé. Mais quand elle le regardait, Rosalie ressentait comme une chaleur inopinée, alors même qu'on était en mars et qu'il tombait en permanence une pluie fine et froide. Rosalie le voulait. Elle avait deux sœurs aînées et n'avait jamais rien possédé qui ne fût qu'à elle. Alors cet homme-là, il le lui fallait.

À la nouvelle de la mort de l'institutrice, elle s'était bien dit qu'il n'avait pas dû le faire exprès, ou alors qu'Eleanor l'avait poussé dans ses retranchements. Elle n'avait même pas songé à le dénoncer.

À présent, Rosalie connaissait le secret de son amoureux. Un secret qu'elle ne révélerait point, il pouvait lui faire confiance. Pour lui, elle emporterait ce secret dans la tombe. C'était bien ça, l'amour.

# Chapitre 5

## La bourse volée

L'enquête de voisinage que Matthias conduisit n'apporta, c'était à prévoir, aucun résultat. On vivait au Familistère à trois mètres les uns des autres, mais personne n'avait rien vu qui sortît de l'ordinaire. On dormait, on écoutait la radio, on finissait la vaisselle, chacun avait sa vie, voyez-vous, ses préoccupations, et non, nul mouvement suspect n'avait été remarqué autour de l'appartement d'Eleanor Fontaine. Matthias n'en fut pas surpris ; il songeait qu'avec toute cette proximité qu'on lui vendait, quelqu'un serait allé frapper chez elle pour s'enquérir de son sort malgré l'heure tardive. Il laissa donc là les commentaires maladroits des voisins et regagna la scène de crime.

Quelque chose lui échappait. Assis sur une chaise au centre de la pièce, les yeux résolument fixés sur l'endroit du chambranle qui avait esquinté le crâne d'Eleanor Fontaine jusqu'à y creuser un trou, l'inspecteur principal se concentrait sur cet état de fait : quelque chose lui échappait. L'affaire avait tout du crime de passion, d'une dispute qui s'était achevée en coup de sang. Un amant était venu, de l'amour avait été consommé, puis quelque chose avait dérapé. Eleanor aurait admis une infidélité ? Le mot retrouvé entre les draps souillés, *Je vous pardonne*, pouvait correspondre. Ainsi l'assassin ne regrettait pas son geste, on était sur une absolution. Un tueur sacrément gonflé.

Cependant il y avait cette bourse volée qui, selon les dires de Gabriel Saint-Simon, ne contenait certainement pas autre chose que quelques sous.

Gabriel Saint-Simon. Matthias tira de sa poche une paire de gants qu'il enfila avant de sortir le carré de papier écrit de la main de l'assassin. Il le déposa sur la table et fit glisser à côté une note manuscrite subtilisée dans les registres compulsés un peu plus tôt. Sur la note figurait la signature de l'administrateur-gérant. L'affection que ce dernier avait portée à la défunte ne faisait pas un pli, l'inspecteur en était persuadé – et l'allusion de la directrice des écoles avait renforcé sa conviction. *Oh, cela ne dérangeait pas M. Saint-Simon, si vous suivez ma pensée*. Il suivait très bien. Se pouvait-il que l'administrateur ait été l'amant en question ? *En tout cas*, songea Matthias en rempochant les documents, *il n'est pas l'auteur du billet. Les deux écritures ne concordent pas.*

L'inspecteur en revint à la bourse volée. Une fois Eleanor à terre, il avait bien fallu que le tueur s'approche au plus près du corps pour couper la cordelière et s'emparer de l'objet. Or le sang commençait à se répandre sur les tomettes, minant le terrain. Matthias se redressa. Le tueur avait marché dans le sang ; la veille au soir, il avait relevé l'empreinte d'un soulier. Ce qu'il n'avait point fait, en revanche, était de *suivre* les traces ensanglantées. Car si Desconti avait porté des protections et que lui-même avait soigneusement évité d'altérer la scène de crime, l'assassin n'avait pas pris tant de précautions. Si traces il y avait, il s'agissait forcément des siennes.

Le policier se leva et, scrutant le sol, quitta la chambre pour regagner la première pièce de l'appartement. Et parce qu'il les cherchait, il les trouva : des traces sombres sur les tomettes polies, que l'on aurait aisément pu confondre avec l'usure naturelle. Les traces sortaient de l'appartement et, une fois sur la coursive, s'enfuyaient vers la gauche, en direction du palier de l'escalier nord. Dans un froissement de cuir, Matthias pista l'assassin jusqu'à une petite pièce dont il poussa la porte dotée d'un système de fermeture à ressorts. À l'intérieur du cabinet, éclairé seulement par la fenêtre qui s'ouvrait sur le palier, il avisa une trappe, dont il saisit rapidement l'usage. Il s'agissait là d'un ingénieux système d'évacuation des déchets le long d'un plan incliné, dans un conduit d'environ cinquante centimètres de diamètre. Matthias s'agenouilla, examinant plus attentivement la grille qui protégeait l'ouverture du conduit. Glissant ses doigts par les interstices, il souleva le morceau de métal. *Et voilà*, songea-t-il en découvrant la petite bourse, dont les cordons enroulés dans la grille avaient empêché l'objet de disparaître tout à fait. *L'assassin s'est précipité et ne s'est pas aperçu que son larcin ne dégringolait pas là-dedans comme escompté. Mais pourquoi avoir voulu…*

Matthias se releva et renversa dans sa paume le contenu de la bourse. Maigre butin s'il en était, ainsi que l'avait prédit Saint-Simon, de la monnaie pour les courses. De deux choses l'une : soit le tueur, pensant faire un bon coup, avait découvert combien sa rapine était misérable et s'était débarrassé de la preuve, soit… *soit il a voulu faire croire que le vol était le mobile du meurtre, certainement pour égarer l'enquête.* L'inspecteur glissa la bourse dans sa poche et sortit du cabinet, la conviction à présent implantée dans le crâne qu'Eleanor Fontaine n'était pas morte pour sa modeste fortune.

– Dites donc, sergent… C'est bien vous le sergent, ou quelque chose ?

Matthias croisa le regard d'un homme d'âge moyen, aux cheveux gris et légèrement voûté. Il portait sous son veston un gilet boutonné de travers, décoré en son centre d'une tache de sauce, reliquat du récent déjeuner.

– Inspecteur, répondit-il, lapidaire. Inspecteur principal.

– Inspecteur, d'accord, répondit l'autre comme s'il lui faisait une fleur. Qu'est-ce que vous fabriquiez dans l'cabinet à balayures ?

– Le cabinet à…

– L'cabinet à balayures. Là qu'on jette nos ordures, nous autres. Pof, directement dans les caves. Z'aviez des ordures à j'ter ? Remarquez, c'est pas mes oignons. Paraît qu'vous z'êtes compétent. C'est Astrid qui l'dit. C'qu'elle en sait, Astrid, foutre rien à mon avis. Mais j'veux pas vous enquiquiner la bobine pendant qu'vous travaillez.

Le policier salua d'un mouvement de tête cette étrange tirade. Un excentrique, poussé dehors par la solitude. Il était prêt à prendre congé quand l'autre le retint par la manche.

– C'est fichtrement triste, ce qui est arrivé à Eleanor. Fichtrement triste, ça oui, surtout après c'pauvre M. Beaucœur.

L'homme aux cheveux gris secoua la tête en grattant la tache de sauce sur son gilet, vaincu par une sorte de fatalité. Matthias se dégagea.

– M. Beaucœur ? articula-t-il.

– Paul. Paul Beaucœur. Il tenait un commerce au rez-de-chaussée. Ah, c'était quelqu'un, Paul. Très fort aux échecs, il m'battait tout le temps. J'ai pas compris c'qui s'est passé, sergent. Pas compris, non.

Les cheveux gris continuaient de dodeliner d'avant en arrière en une danse étrange, l'inspecteur remarqua que l'homme souffrait d'une pelade sur le milieu du crâne. La voix de Matthias baissa d'un ton.

– Et diable, que lui est-il arrivé ?

– Il… il a, comment vous dites, mis fin à ses jours la semaine passée. On vous a pas dit ?

# Chapitre 6

## L'archiviste

Quand Matthias était rentré à l'appartement 23, Astrid Vignot l'attendait avec une bouteille de vin. Autre chose que le rhum infâme de l'inspecteur, avait-elle promis. Il avait voulu la chasser, on n'entrait pas chez les gens comme ça, c'était inconvenant, d'autant qu'il était policier. *Mettez-moi donc les menottes*, avait répliqué Astrid en leur servant deux verres de vin. *Ou alors nous pouvons déguster ce délicieux côtes-de-toul. Vif, très fruité, groseille, cassis, griotte.* Puis Astrid avait glissé sa langue entre les lèvres de Matthias, une langue souple et chaude ; c'en avait été fait de la belle volonté de l'inspecteur. Les yeux noirs les avaient engloutis avec insolence, lui et son indécrassable solitude.

À présent qu'il faisait face à Desconti dans sa salle d'autopsie, le corps d'Eleanor Fontaine étendu entre eux tel un bagage grand ouvert, l'intérieur chamboulé comme si on y avait cherché quelque chose en vain, Matthias Lavau songeait que la récréation était décidément terminée.

Il avait fait la route le matin même jusqu'à Saint-Quentin, la Rover avalant la trentaine de kilomètres qui séparaient le Familistère de l'Hôtel-Dieu en à peine plus d'une demi-heure. Le médecin légiste achevait l'autopsie de la jeune femme et le policier se retrouvait dans l'une des situations qu'il exécrait le plus au monde : en l'infamante et pestilentielle présence de la mort. La figure tournée vers le plafond, les yeux clos, les narines dilatées, il écoutait le docteur Desconti qui rendait ses conclusions.

– J'avais d'autres clients, figurez-vous, alors votre demoiselle, ça a un peu traîné. Mes excuses. Bon, pas de grandes nouvelles depuis deux jours. C'est bien le choc contre le chambranle de la porte qui a causé le trépas.

– Est-elle morte sur le coup ?

– Absolument pas. L'affaire a bien dû prendre une minute ou deux. Je gage qu'elle n'est pas partie en paix, avec son assassin qui devait la regarder se vider de son sang. Bigre, moi-même j'en frissonne.

Sans ouvrir les paupières, Matthias expira lentement.

– Dites, ça va aller, mon vieux ? On peut sortir, si vous préférez. Mon assistant pourra refermer le corps.

– Poursuivez, docteur.

Desconti fit claquer ses gants.

– Comme vous voulez. Le bol alimentaire a révélé qu'elle avait soupé normalement : escalope, haricots. Des produits que l'on trouve aux économats où tout le monde fait ses courses. Sinon, pas de traces de coups ou de blessures suspectes et je vous confirme que le rapport sexuel a probablement été consenti.

– Probablement ?

– La zone ne présente ni ecchymoses ni déchirures.

– En somme, grommela Matthias en baissant le regard vers le petit homme, vous n'avez rien de plus à m'apprendre.

Desconti remonta un drap sur le corps de la défunte, puis ôta ses lunettes pour se frotter l'arête du nez.

– Croyez bien que j'en suis navré. Mais Mme Fontaine est décédée des suites d'une dispute qui a mal tourné, voilà tout. Des nouvelles, du côté des traces papillaires ?

L'inspecteur ouvrit le col de son cache-poussière. Malgré le froid qui régnait dans la pièce, il transpirait.

– Je les ai fait envoyer hier à Lille, en précisant le caractère urgent de ma demande. J'aurai une réponse d'ici demain.

– Ils ne sont pas débordés, vos collègues de Lille ? soupira Desconti en regardant autour de lui.

Cinq cadavres attendaient sur des brancards en acier, enveloppés dans des housses mortuaires. Le médecin légiste avait du pain sur la planche.

– Je suis inspecteur principal de la 2e brigade régionale, maugréa encore Matthias. Mes urgences sont les urgences de tout le monde.

– Eh bien tant mieux pour vous, mon vieux. Maintenant si cela ne vous fait rien, je vais...

– Paul Beaucœur.

Les épaules de Desconti s'affaissèrent. Le doute se profila sur ses traits et Matthias se demanda s'il savait même de qui on parlait à présent.

– Quoi, Paul Beaucœur ?

– Son autopsie. Vous l'avez déjà pratiquée ?

Le médecin se gratta le crâne, puis se dirigea vers un bureau, dans le fond de la salle. Saisissant une planchette à pince sur laquelle était épinglée une liasse de feuillets, il consulta ce qui était, selon toute vraisemblance, l'emploi du temps de sa journée.

– Elle est prévue pour ce soir.

Matthias manqua s'étrangler. Sa voix caverneuse résonna contre les tables en acier, se répercutant contre les murs carrelés.

– Ce soir ? Mais cet homme est mort il y a plus de sept jours !

Vexé, le docteur Desconti claqua son porte-documents contre le bureau.

– Vous voyez d'autres légistes, dans cette pièce ? Non ? Moi non plus. Et il est écrit là que votre gars s'est suicidé. Il n'est donc pas une priorité.

Matthias Lavau émit un grondement qui, bien que le docteur ne fût pas un tendre lui-même, le fit frémir. Soudain, l'inspecteur paraissait plus grand encore, ses yeux gris prenant la teinte d'un ciel d'orage zébré d'éclairs. Il était de ces hommes dont la stature tenait naturellement en respect ses interlocuteurs, à moins que ceux-ci ne fussent de parfaits crétins, et Desconti ne se considérait pas comme un crétin. Mais ce fut bien le regard du policier qui le fit flancher, un regard telle une lame de scalpel, qui vous tranchait dans le cœur comme un boucher dans un carré de bœuf.

– Bon, céda-t-il avec mauvaise volonté. Je peux m'y mettre maintenant.

– Les suicides.

La voix de Matthias claqua de nouveau, faisant chuter la température de la pièce de plusieurs degrés. Desconti sentait monter la vexation de se laisser dominer sur son propre territoire.

– Eh bien quoi, les suicides ?

– Au Familistère, ça arrive souvent ?

– Jamais. En tout cas, pas à ma connaissance.

– Et les meurtres ?

– Si les meurtres arrivent souvent ? Au Familistère ?

Le légiste approcha le brancard d'acier sur lequel reposait le cadavre de Paul Beaucœur et, d'une habile manœuvre qui traduisait ses années d'expérience, transposa le corps sur la table d'autopsie. Puis, d'un geste théâtral dans lequel il puisait un certain plaisir, il ôta le drap qui le recouvrait.

– Non plus. Je vois où vous voulez en venir. Vous trouvez étrange qu'un suicide et un meurtre aient lieu à quelques jours d'intervalle dans un environnement plus connu pour sa paix sociale que pour ses échauffourées. Ma foi, la question se pose, en effet.

– Précisément. Beaucœur s'est pendu, m'a-t-on dit.

Desconti rechaussa ses lunettes et se pencha sur le cou du malheureux. D'impressionnantes ecchymoses recouvraient la peau ; à l'orée de ses narines, il gratta un peu de sang coagulé et, du bout de ses gants, effleura la langue violacée qui pointait entre les lèvres blanchies. Matthias s'empara du dossier et se planta sous une ampoule nue pour en lire la teneur.

Paul Beaucœur avait été retrouvé dans sa boutique au rez-de-chaussée du pavillon central du Palais social, pendu avec un morceau de rideau de sergé vert arraché à la cage d'escalier. Deux employés de l'identité judiciaire étaient venus relever le corps – Desconti ce jour-là était occupé ailleurs – en dépit des règles médico-légales les plus élémentaires, bâclant joyeusement l'examen des lieux et les premiers constats. Depuis, le macchabée dormait dans un tiroir de la morgue de l'Hôtel-Dieu. Le policier darda sur le légiste un regard lourd de reproche, mais Desconti d'un coup se trouvait tout entier absorbé par le cadavre. Dans un soupir excédé, Matthias se replongea dans sa lecture. Bien que l'ensemble manquât cruellement de rigueur policière et scientifique, les deux clowns ayant opéré la levée du corps s'étaient tout de même fendus de quelques observations. Il n'était fait état d'aucune trace d'effraction ou de lutte, rien dans l'échoppe ne semblait avoir été dérangé. Chaque chose était à sa place, la boutique briquée comme à son habitude, Paul était tatillon. De même, les habits du vieil homme ne présentaient aucune déchirure ni aspect inhabituel.

Matthias jeta le dossier sur le bureau et, surmontant sa répulsion, se tourna vers le légiste.

– Eh bien ? aboya-t-il. Vous confirmez le suicide ?

– Un instant.

Desconti, sans doute désireux de rattraper sa bévue, s'appliquait à l'examen externe du corps. L'inspecteur, pressé de passer aux conclusions – l'endroit commençait à lui porter sur les nerfs –, patienta néanmoins. Le médecin légiste se redressa soudain dans une exclamation épatée.

– Eh bien ça ! Vous avez du flair.

– Ce n'est pas un suicide.

– Pas le moins du monde. Voyez-vous, la mort par pendaison est due à une constriction passive, verticale et brusque, produite par le poids du corps.

Ce disant, le petit homme chauve mima le geste de sauter d'un perchoir, le poing fermé au-dessus de son cou figurant une sorte de corde, la tête inclinée.

– Comme ça. La pression se fait d'un coup, dans ce sens.

Matthias Lavau croisa les bras, impassible. À nouveau, le regard tranchant, froid comme le métal. Mais cette fois, Desconti continua sur sa lancée, exultant comme un jouvenceau lors d'un premier rendez-vous.

– Si votre homme s'était pendu, nous observerions ici – il désigna du bout de son stylo la partie supérieure du cou du macchabée – un sillon oblique, profond et parcheminé. Un sillon franchement marqué, insista-t-il.

Matthias jeta un coup d'œil au cou ravagé de la victime, magma d'ecchymoses aux nuances jaunâtres, et ne vit rien du tout. Il haussa un sourcil sceptique. Le légiste saisit la question au vol.

– Ah, mais c'est très différent ! Dans le cas de notre gus, le sillon est horizontal, sous le larynx, et parfaitement circulaire. On voit bien, si vous vous penchez un peu – non toujours pas, d'accord –, que ce sillon est multiple. C'est-à-dire que M. Beaucœur, qui n'était ni très jeune ni très robuste, n'a pas dû opposer grande résistance, mais qu'il a quand même gesticulé un peu. Ce qui explique les différentes marques. Et ces lésions, là… elles témoignent de la mort par asphyxie. Quand vous étranglez quelqu'un, inspecteur, je ne sais pas si vous avez déjà essayé, vous devez faire subir une pression de douze à quinze kilos sur le cou de votre victime. Cette pression aplatit la trachée contre le plan vertébral, paf, comme une crêpe. Cela entraîne l'obturation du larynx et, quelques instants plus tard, l'anoxie cérébrale.

Desconti se redressa et s'essuya le front. Les efforts qu'il déployait à mimer ses paroles comme un comédien de théâtre étaient remarquables.

– Dans le cas d'une mort par pendaison, ces marqueurs de l'asphyxie seraient moins prononcés.

Se déplaçant le long du corps, il saisit les mains puis les pieds du cadavre et scruta la surface de la peau.

– Pas de lésions agoniques. Tenez, pas de fractures, de plaques parcheminées ou d'épanchements sanguins. Si monsieur s'était pendu, ses extrémités en seraient constellées.

Satisfait, il fit face au policier, dont le teint cireux se rapprochait de la couleur des carreaux immaculés qui tapissaient les murs.

– Je vais l'ouvrir, pour confirmer tout cela. Mais je sais déjà ce que je vais trouver. C'est un meurtre. Aucun doute là-dessus.

L'inspecteur Lavau prit congé du légiste et quitta l'Hôtel-Dieu avec un soulagement indéfinissable. Et tandis qu'il tendait son visage vers le ciel, laissant la pluie le laver des odeurs de mort et de viscères, il songea que ce fameux rêve du Familistère était décidément peuplé de spectres qui ne reposaient pas en paix. L'utopie en prenait un coup.

*

Matthias Lavau avait été, dans ses jeunes années, un impatient.

Le genre précipité, à se ruer sur toute chose avant tout le monde, à répondre plus vite plutôt que plus juste, à courir plutôt que marcher, à lire la fin des livres avant le reste. La sœur Marie, qui l'avait recueilli et élevé au clos des Ursulines, un couvent niché à flanc de colline au cœur de la Bourgogne, prétendait que l'enfant, arraché aux affres de l'hiver par un comte ivrogne, avait été frappé par une terrible fièvre. Cette fièvre, vaincue par les potions et les bons soins des sœurs, ne s'en était jamais tout à fait allée et continuait de teinter le tempérament du garçon.

Matthias avait grandi entre la frustration, la rancœur et une faim de loup. Il n'avait point de mère, cela revenait à ne pas avoir d'existence – sa mère, il n'en doutait pas, était la cause de tous ses maux. Une idée reçue qui tendait à le rendre plus idiot qu'il n'était. Longtemps, il en avait voulu à la terre entière de cette absence, aveugle à la chance qui l'avait placé sur le chemin de sœur Marie. Longtemps, le jeune garçon n'avait rien fait d'autre que provoquer des heurts et des catastrophes, électrisé par les foudres des punitions, vibrant sous les semonces, vivant ô combien vivant sous les poings de ses camarades.

Pourtant, Matthias avait été aimé dès le premier regard. La jeune religieuse ayant pris sous son aile ce petit orphelin s'était attachée à lui comme à aucun autre. Elle n'avait jamais jugé bon d'expliquer cette préférence, sœur Marie n'était pas du genre à se justifier. D'ailleurs c'était plutôt une libre penseuse, elle s'en référait à Dieu uniquement quand ça l'arrangeait. Elle avait élevé Matthias comme elle aurait élevé son propre fils. Et même si elle avait eu, pendant près de cinquante ans, la charge d'innombrables enfants, le lien qu'ils partageaient était resté unique. Toute cette rage la touchait. Et Matthias, malgré sa tête de nœud, aimait sœur Marie comme il pensait qu'il aurait aimé une mère.

La rencontre de Matthias avec la police avait quand même rebattu les cartes et coulé un peu de plomb dans sa cervelle. Auprès des illustres Bertillon et Locard, qui en passant ne pouvaient pas se sentir et se livraient une âpre concurrence, il s'était formé aux procédés de la police scientifique, avait appris à observer et à faire bon usage de sa formidable mémoire. Il était toujours pressé, mais avec de la méthode cela donnait de meilleurs résultats. Matthias Lavau était un excellent policier.

Pendant la guerre, une femme était entrée dans sa vie. Esther Louve, par ses gestes lents et sa voix rauque, par ses regards interminables qui se substituaient à n'importe quelles paroles, avait freiné la course de Matthias. Pour elle, il avait cessé de courir et depuis il ne se hâtait plus. Il n'y avait en ce monde rien d'urgent, seulement le sort qui finissait toujours par frapper et seulement les êtres qui disparaissaient. Depuis, Matthias attendait.

De sombre humeur, l'inspecteur principal pénétra dans l'échoppe de Paul Beaucœur vers le milieu d'après-midi. Gabriel Saint-Simon se trouvant aux usines, il n'avait pu informer l'administrateur-gérant de ses récentes découvertes à la morgue de l'Hôtel-Dieu, aussi dut-il crocheter la serrure au moyen d'un nécessaire qui ne quittait jamais la poche de son cache-poussière. Astrid Vignot, qui tenait la mercerie à deux boutiques de là, lui assura que la quincaillerie était restée fermée depuis le prétendu suicide. Nul n'y était entré, nul n'avait touché à rien. Cela étant dit, elle était ravie que Matthias passât la voir en coup de vent, c'était charmant comme attention.

Les employés de l'identité judiciaire n'avaient point menti dans leur rapport : les lieux étaient impeccables. Derrière un imposant comptoir en acajou briqué, de hautes vitrines déployaient des dizaines d'articles de quincaillerie, ordonnés avec minutie sous diverses étiquettes : *fer et métaux*, *ménage*, *outillage*. Des chaises à dos droit étaient alignées le long d'un mur surmonté à mi-hauteur de panneaux de verre fumé arborant d'élégantes gravures. Au fond de la pièce, un escalier en colimaçon menait à l'étage supérieur. Recouvrant la rampe, un drapé de sergé vert auquel il manquait un morceau. Matthias leva les yeux au plafond. *Ça, ce n'était pas dans le rapport*, songea-t-il en avisant le tissu noué autour du lustre. *On s'est donné un sacré mal pour faire croire à un suicide : on a suspendu le bonhomme.* L'inspecteur fouilla la pièce du regard, cherchant la dissonance. La bizarrerie. Se plaçant sous le lustre, il tendit les bras autour de lui pour mesurer la distance qui le séparait du comptoir ou des chaises placées le long du mur. *C'est bien ce que je pensais. Trop loin.*

Matthias entreprit, comme il l'avait fait dans l'appartement d'Eleanor Fontaine, de relever les traces papillaires. Considérant qu'un grand nombre de personnes devaient chaque jour se présenter au comptoir de Paul Beaucœur, il délaissa la plupart des surfaces pour se concentrer sur la rampe de l'escalier, à l'endroit où l'on avait découpé le sergé, et sur le lustre qui, de toute évidence, n'avait été manipulé que par l'assassin. Une fois sa tâche complétée, il rangea l'enveloppe dans sa poche et considéra les papiers proprement empilés sur le comptoir. *Et si…*

L'inspecteur feuilleta la liasse, ne trouvant que factures et bons de livraison relatifs au commerce de la quincaillerie. *Rien.* Paul Beaucœur rangeait et classait avec un soin qui confinait à la maniaquerie. Scrutant la pièce à la recherche de la moindre anomalie, les yeux d'aigle de Matthias finirent par accrocher l'escalier en colimaçon. Abandonnant là la paperasse du quincaillier, le policier gravit les quelques marches, maudissant l'étroitesse du passage et le grincement inquiétant du bois.

À l'étage, il découvrit une petite pièce encombrée d'objets enveloppés dans des paquets, de caisses de provisions ainsi que d'un petit bureau sur lequel trônaient un livre de comptes et un stylo plume. C'était ici que le commerçant travaillait quand il n'y avait pas de clients à servir.

Matthias feuilleta le livre, à la recherche d'un carré de papier blanc griffonné. À nouveau, il fit chou blanc.

*Est-ce que je me méprendrais ? La proximité de ces deux morts serait-elle le fruit du hasard ? Dans ce trou, quelles sont les probabilités ?* Son regard tomba alors sur une étagère dissimulée derrière plusieurs caisses d'articles ménagers, dans le fond de la pièce. Il n'y avait pas de lampe et la lumière grise du dehors peinait à éclairer la petite réserve, aussi l'inspecteur ne l'avait-il pas immédiatement remarquée. En s'approchant, il s'aperçut qu'il s'agissait d'une bibliothèque d'un format réduit, tout entière occupée par des cahiers et des livres qui semblaient reliés à la main. En tirant au hasard un premier ouvrage, Matthias souleva un nuage de poussière et Esther lui manqua plus que jamais. C'était elle, les livres, les pattes de mouche, les heures passées à s'esquinter les yeux sur des textes écrits en d'autres temps. C'était elle, la patience, les vieilles archives. C'était elle qui assemblait ces bouts-là, lui agitant sous le nez d'un air excédé des morceaux de page, de mot, de passé. Avec l'impression qu'un dogue lui mordait le cœur, il la chassa de ses pensées et ouvrit le volume.

*Tiens, tiens.*

L'inspecteur tenait entre les mains un vieil album de photographies. Sur des dizaines de pages, on voyait des clichés d'enfants sagement rangés, aux côtés d'adultes bien mis, qui posaient devant des tableaux noirs. Sur l'une des photographies, Matthias reconnut Paul Beaucœur, qu'il n'avait pourtant vu que défunt et tout entier rigidifié par la morbidité cadavérique, en la personne d'un homme d'une cinquantaine d'années, soit environ vingt ans plus tôt. L'homme souriait à l'objectif, droit comme s'il essayait de toucher le ciel de la pointe de son crâne. En légende, il lut : *L'instituteur et la classe de dessin complémentaire du Familistère ; 1900.* Ainsi, avant de faire commerce d'outils et de fers à repasser, le sieur Beaucœur avait été professeur. Cela lui faisait un deuxième point commun avec Eleanor Fontaine – le premier étant une mort sordide.

Matthias continua à compulser d'autres cahiers de la bibliothèque. L'éducation au Familistère était rigoureusement documentée. Le policier découvrit des plans présentant l'élévation et la coupe latérale des tables-bancs qu'il avait aperçues dans les salles de classe, mais également des reproductions des couvertures de cahiers des écoles. D'un coup d'œil circonspect, il parcourut un pamphlet intitulé *Préceptes de morale* et ne put retenir une exclamation cynique. « Par le travail l'ouvrier est l'auxiliaire de Dieu sur la terre car il fait fructifier la vie. » *Ben voyons.* Il tourna les pages, contemplant des images immortalisant des exercices de gymnastique sous le préau couvert, de leçons de lecture ou d'arithmétique. Paul Beaucœur, ancien instituteur enseignant selon toute probabilité le dessin, avait réuni une impressionnante collection de documents d'archives. Dans les volumes suivants, Matthias s'attarda dans l'étude de photographies représentant des enfants plus jeunes – il estima les âges entre deux et six ans, mais vraiment il n'y connaissait rien. Les légendes, toujours rédigées avec soin, indiquaient que les petits se livraient à des leçons de première instruction, garçons et filles ensemble ; faisaient l'apprentissage de la discipline d'une salle de classe sur les fameuses tables-bancs d'écoliers ; suivaient une leçon sur les nombres avec bouliers dans le pouponnat de la crèche du Familistère. *Le pouponnat. Allons bon.* L'inspecteur nota intérieurement d'interroger l'administrateur-gérant sur cette nouvelle trouvaille.

En professeur de dessin passionné qu'il avait été, Paul Beaucœur avait conservé un grand nombre de travaux d'élèves, des premières esquisses des plus petits jusqu'aux schémas industriels réalisés par les plus âgés avant leur passage aux études supérieures. Chaque ouvrage était soigneusement annoté, commenté, et le nom et l'âge de chaque enfant étaient renseignés. La mémoire de toute une vie sur des pages et des pages.

Oubliant un instant qu'il avait détesté les recherches studieuses au cours de ses enquêtes, préférant déléguer cette tâche chronophage et ennuyeuse à Esther, Matthias se remémora les milliers d'heures passées à lire les carnets DKV à la préfecture de police de Paris, lors de son apprentissage auprès de Bertillon. Ces petits carnets de cuir présentaient les photographies anthropométriques et les descriptions physiques détaillées de tous les délinquants tombés dans les filets de la police et lui, Matthias Lavau, alors sans expérience, sans discipline et sans vision aucune de son propre avenir, s'était paluché toutes ces faces de criminels pour pouvoir les reconnaître par la suite. D'une certaine façon, il pouvait comprendre qu'un homme comme Paul ait voulu consigner ses années d'enseignement. Professeur, c'était un noble métier. Il avait archivé l'espoir et l'éducation, quand Bertillon avait fait ingurgiter à Matthias toute la misère du monde.

L'inspecteur se leva, les bras encombrés des nombreux volumes pour les rapporter dans son logement provisoire. Son instinct lui soufflait que, davantage que les factures de quincaillerie, ces vestiges du passé pouvaient avoir un lien avec le meurtre de Paul. Également, il comptait s'en servir pour comprendre un peu mieux l'environnement dans lequel il évoluait depuis quelques jours et qui continuait de le laisser perplexe.

Tandis qu'il se redressait, engoncé dans son cache-poussière et de toute manière trop grand pour le petit espace qu'était cette réserve au-dessus du magasin, un feuillet s'échappa de l'un des cahiers. Matthias se pencha et le saisit.

Il tenait entre ses doigts un carré de papier blanc portant les trois mêmes mots que ceux qu'il avait trouvés dans les draps d'Eleanor. *Je vous pardonne.* Et toujours, ce tracé étrange, maladroit, comme déguisé.

*Je le savais.*

*

Quand vint le soir, Matthias rédigea une lettre. Dans ce billet adressé au docteur Taillandier, une vieille connaissance de l'époque où il travaillait à Lyon dans le laboratoire du professeur Locard, le policier décrivit les deux scènes de crime. Il ne s'embarrassa pas de verbiage ou de décorum, cependant il n'omit aucun détail, sachant bien que, parfois, c'était un œil neuf qui remarquait ce qu'on avait pourtant sous le nez depuis le départ. Il s'attarda ensuite sur les conclusions de Desconti. Matthias était méfiant de nature, toujours à suspecter une entourloupe, et il trouvait douteuse l'excentricité du légiste – sans parler de son sens des priorités, passablement merdique. Marcus Taillandier, de l'avis de Matthias, était autrement fiable.

Satisfait, il cacheta sa missive et l'adressa à Paris, où Taillandier exerçait dorénavant ses fonctions. Puis il interpella, dans la cour intérieure du palais, un enfant qui voulait se faire un peu d'argent et l'envoya porter son pli au bureau de poste.

Le jour, déjà, avait disparu. Matthias se sentit las. Son regard tomba sur l'enveloppe qui contenait l'empreinte de soulier relevée chez Eleanor Fontaine. Identifier le modèle de la chaussure n'avait pas été sorcier, mais l'inspecteur s'était rendu compte qu'il s'agissait ni plus ni moins de la paire réglementaire portée par les ouvriers. Si l'on savait à présent qu'il ne s'agissait pas d'un rôdeur de passage et que l'assassin travaillait aux usines, cela faisait quand même un sacré paquet de suspects. La pointure était commune, ce n'était pas avec ces godasses que l'on démasquerait le coupable.

Matthias entendit quelques coups grattés à la porte, mais ne bougea pas de sa chaise. Si Astrid ne s'était pas invitée, pénétrant dans la pièce comme si c'était entendu, il aurait probablement ignoré sa présence. Il aurait bu ce qui restait de la veille et aurait sombré dans le sommeil. Peut-être aurait-il rêvé de sœur Marie comme cela lui arrivait parfois. Ce genre de rêve était utile ; chaque fois qu'il émergeait de l'un de ces songes, Matthias dégotait un téléphone pour joindre le couvent et prendre des nouvelles de celle qui était, désormais, une vieille femme.

Mais Astrid était là et n'entendait pas se laisser éconduire. Elle avait des plans, Astrid, et décidément elle avait des arguments. Matthias capitula avant d'avoir lutté. Il se promit cependant de téléphoner à sœur Marie le lendemain.

*

Les jours suivants, Matthias poursuivit son enquête. Il entama la rédaction de son rapport et envoya à Lille les nouveaux relevés de traces digitales qu'il avait effectués. Il interrogea les hommes qui, éconduits par le conseil de gérance du Familistère, avaient fait tout un foin de devoir crécher comme des bohémiens dans les logements insalubres du centre-ville. Édouard Vaillant, qui comptait quatre enfants à nourrir avec un emploi de céramiste, jouait aux cartes le soir du meurtre dans un établissement de jeux. Quand l'inspecteur se rendit sur place, on s'empressa de lui confirmer la chose avec hilarité. Non seulement Vaillant jouait, mais en plus il perdait, l'imbécile ! C'était sa bonne femme qui était contente, tiens.

L'inspecteur interrogea ensuite le dénommé Gaston Ledeux. Gabriel Saint-Simon l'avait prévenu, Ledeux était le plus belliqueux, celui qui n'aimait pas les patrons, qui n'aimait pas les cognes, qui n'aimait pas l'autorité, qui n'aimait pas Guise, qui n'aimait pas vraiment non plus le Familistère, bref il n'aimait rien ni personne. Ledeux, il avait la tête près du bonnet, toujours à s'emporter pour un oui ou pour un non.

– Bah, c'est évident que j'trouvais pas normal qu'm'dame Fontaine, elle ait un appartement pour elle toute seule ! cracha-t-il à la figure de Matthias quand ils se retrouvèrent face à face. Toute cette place pour une seule morue !

– Vous parlez d'une morte, Ledeux. Restez correct.

– Si vous voulez. N'empêche. Pas normal.

– Où étiez-vous et que faisiez-vous le soir du meurtre, Ledeux ?

L'homme, qui était assis sur une chaise, se pencha en avant, les coudes sur les genoux.

– Je sautais ta mère, inspecteur.

Matthias soupira. Une migraine commençait à lui vriller les tempes, et l'individu peu coopératif qui lui adressait un rictus provocateur n'aidait pas. Il envisagea un instant de lui envoyer son poing dans la figure, ça l'aurait détendu à coup sûr. Son regard tomba sur les pieds de Gaston Ledeux, deux petites choses fichées dans les fameux souliers, et l'inspecteur se demanda comment le bonhomme tenait debout. Il se leva.

– Allez, dégage, fit-il d'une voix lasse.

– Quoi, c'est tout ?

– Tu as des pieds de fillette, Ledeux. Tu as peut-être une sacrée grande gueule, mais tu as surtout des pieds de fillette. Casse-toi, maintenant.

Et Matthias planta là le malotru, qu'il entendit grommeler sur le fait qu'il ne voyait pas le rapport entre l'assassinat d'Eleanor Fontaine et sa pointure de souliers.

# Chapitre 7

## Une conversation

Il y avait aux économats une petite salle de restauration, une sorte de buvette où les hommes s'arrêtaient parfois en rentrant des usines pour boire une chope ou deux. Un soir, près de cinq jours après la découverte du corps sans vie d'Eleanor, l'inspecteur principal y retrouva l'administrateur-gérant Gabriel Saint-Simon.

Ayant requis pour son logement – il fallait s'y faire, le 23 allait rester *son* logement pour quelque temps – un grand tableau noir emprunté aux écoles, Matthias avait passé la journée à y coller tous les éléments de l'enquête au moyen d'une pâte adhésive. Les photographies de la scène de crime prises par les employés de l'identité judiciaire, juste avant qu'il ne débarque dans la chambre d'Eleanor Fontaine ; les conclusions des deux rapports d'autopsie transmises par Desconti (et confirmées le matin même par un télégramme de Marcus Taillandier) ; les notes manuscrites laissées par le tueur ; ainsi qu'une sélection de clichés prélevés dans les albums de Paul Beaucœur, sur lesquels on apercevait l'ancien instituteur en compagnie de ses élèves.

Par ailleurs, l'inspecteur avait eu la bonne surprise, quelques heures plus tôt, de trouver une enveloppe glissée sous sa porte : le laboratoire de dactyloscopie de Lille lui adressait les résultats de l'analyse des traces papillaires prélevées chez Eleanor. Leur lecture avait plongé Matthias dans un abîme d'incrédulité.

Attablé devant une pinte de bière brune, le policier relatait ses récentes découvertes à Saint-Simon. Derrière un comptoir en bois massif, une femme à l'air absent essuyait des verres, le regard perdu. Quand Matthias eut achevé son résumé, l'administrateur-gérant secoua la tête, en proie à la sidération. Il n'avait pas touché à son propre breuvage.

– Je n'arrive pas à y croire… Deux meurtres ! Paul… Paul n'aurait pas mis fin à ses jours ? En êtes-vous tout à fait sûr ?

– Affirmatif. Il a été étranglé, puis suspendu au lustre pour faire croire à un suicide par pendaison. Suspendu, comme une carcasse dans une chambre froide.

– Seigneur…

L'administrateur-gérant, plus accoutumé aux querelles d'ouvriers qu'aux crimes sanglants, plus à l'aise à discourir devant un parterre de quatre cents âmes qu'à répondre aux questions inquisitrices d'un seul officier de police, était blanc comme une aube de communiant.

– Ce que je me demande, continua Matthias d'une voix tranquille, aussi douce que basse, c'est ce qui a pu vous faire croire que Beaucœur s'était suicidé. Il avait des antécédents ?

– À ma connaissance, aucun. Cependant…

Gabriel Saint-Simon jeta un coup d'œil autour de lui pour s'assurer que personne ne pouvait l'entendre ; parler des morts lui donnait mauvaise conscience.

– Des rumeurs circulaient.

– Quelles rumeurs ?

– Eh bien, il se disait que Paul avait des dettes qu'il ne parvenait plus à honorer.

– Des dettes ? Auprès de qui ?

– Je ne sais pas. Je ne prêtais guère l'oreille aux racontars. Mais quand on l'a retrouvé mort et que vos collègues ont conclu à un suicide, je me suis dit que c'était le remords, ou la peur de ne pouvoir rembourser ses créanciers, qui l'avait conduit à cette extrémité.

Matthias but une gorgée de bière, fixant le visage défait de l'administrateur-gérant. Ce dernier leva brièvement les yeux pour saluer un groupe d'hommes qui pénétraient dans la salle et allaient s'installer à une table un peu plus loin. Il semblait à l'inspecteur que le poids du monde s'était abattu sur Saint-Simon.

– Parlez-moi de lui. Paul. Il n'a pas toujours été le quincaillier de votre… expérience sociale.

Matthias s'était retenu de prononcer le mot « secte ». Gabriel Saint-Simon réprima un soupir.

– Non. Paul était professeur de dessin. Un véritable passionné, très investi auprès des enfants. Il a longtemps été directeur des écoles. Il donnait des cours de dessin industriel pour les élèves de quatorze ans, avant que ceux-ci ne quittent le Familistère pour suivre des études supérieures, et également aux tout-petits, au pouponnat.

– Le pouponnat. J'ai vu ça dans ses archives. De quoi s'agit-il ?

Saint-Simon eut un geste irrité ; les lacunes du policier le laissaient sceptique, il se demandait comment on pouvait être à la fois aussi brillant et aussi ignare.

– Comme son nom l'indique : une crèche destinée à l'accueil des enfants de moins de six ans, avant leur entrée à l'école. Les nourrissons à la nourricerie, les autres au pouponnat, à partir de deux ans. Cela permettait aux mères de travailler, même pendant la petite enfance de leur progéniture.

– Et où est-elle, cette crèche ?

– Elle n'existe plus. Les Allemands ont occupé le Familistère pendant la guerre, et elle a été endommagée au point qu'il est apparu trop coûteux de la reconstruire.

– Je vois. Et Beaucœur ? Vous disiez qu'il s'occupait aussi des petits ?

– Oui. Entre deux et six ans, les enfants recevaient une éducation qui leur permettait de se préparer aux bancs de l'école. De fait, les instituteurs venaient leur dispenser des leçons. Paul, notamment, leur faisait faire des arts plastiques.

Un brouhaha s'éleva du fond de la salle, et Gabriel Saint-Simon s'éclipsa un instant pour aller voir de quoi il retournait, laissant Matthias à ses réflexions. Une nouvelle fois, il s'était abstenu de partager avec l'administrateur-gérant l'existence des billets retrouvés sur les lieux du crime, vraisemblablement rédigés de la main du tueur. Et s'il s'avérait que Paul et Eleanor avaient bel et bien été assassinés par cette même main, ça rendait caduques, dans le cas de la jeune femme, les hypothèses d'un amant frappant par jalousie ou d'une tentative de vol ayant mal tourné.

Matthias pivota sur son siège, avisant Saint-Simon qui, debout entre deux hommes, tentait de régler une querelle. Ses yeux verts et francs, son port altier et son expression affable poussaient à l'aimer ; il y avait chez cet homme une force tranquille, une aura de bonté que peu possédaient et qui faisait son petit effet. Les individus qui, un instant plus tôt, cherchaient à se mettre sur la figure buvaient à présent ses paroles.

– Quel était le lien entre Beaucœur et Fontaine ? demanda l'inspecteur quand Saint-Simon vint se rasseoir. Ils se connaissaient bien ?

Cette fois, son interlocuteur prit une gorgée de sa chope. Du coin de l'œil, il continuait de surveiller le groupe qu'il venait de quitter, et cette mission sembla lui redonner une certaine prestance. Il était dans son rôle.

– Vous voulez dire, à part le fait qu'ils aient tous deux travaillé aux écoles ? Je crois savoir qu'ils s'entendaient assez bien. Paul aimait évoquer son expérience de professeur, c'était quelque chose dont il était fier, et Eleanor…

La voix de l'administrateur flancha d'un ton.

– … Eleanor écoutait volontiers. C'était une femme patiente, et d'une grande gentillesse. Si Paul avait cherché chez elle une oreille pour radoter son passé – passez-moi l'expression –, il l'aurait sans doute trouvée. Hormis cela, je ne crois pas qu'ils aient été particulièrement proches.

*Et pourtant*, songea Matthias, *ils avaient tous les deux quelque chose à se faire pardonner auprès de quelqu'un.*

– Pourquoi ? Vous pensez que les deux meurtres sont liés ?

Saint-Simon n'était pas idiot, les questions du policier ne pouvaient que le conduire à cette déduction, même s'il n'avait pas connaissance des billets. Prudemment, Matthias énonça :

– Deux assassinats au même endroit à une semaine d'intervalle… Nous ne sommes pas dans un cloaque de Saint-Denis où l'on se trucide pour un oui ou pour un non, alors je dirais qu'il y a de fortes probabilités pour que ça soit le cas.

Gabriel Saint-Simon hocha la tête, confondu.

– Mais… qui pourrait… et pourquoi… ?

– Faites-moi confiance, je vais trouver.

Les yeux d'acier harponnèrent les yeux verts comme un mousqueton de métal, fouillant les tréfonds de Saint-Simon, y cherchant quelque malice ou dissimulation. Puis, avant que l'autre ne détournât le regard, Matthias asséna :

– Vous étiez l'amant d'Eleanor Fontaine. L'homme avec lequel elle a couché, le soir juste avant sa mort, c'était vous.

Une ombre de douleur passa dans les prunelles de l'administrateur-gérant, qui prit une autre gorgée de bière avant de répondre, dans un murmure :

– Vous me soupçonnez, inspecteur principal ?

– Ça m'a traversé l'esprit. Une aventure amoureuse qui se solde par la violence ultime, c'est chose banale. Mais je sèche sur le lien avec Beaucœur.

Le visage de Gabriel Saint-Simon s'éclaira d'un sourire triste, tandis que d'un geste il invitait la serveuse au comptoir à leur apporter deux chopes supplémentaires.

– Vous avez faim ? Je peux lui demander des sandwichs. Annette, pourriez-vous nous confectionner deux sandwichs ? Vous avez raison. Eleanor et moi nous étions… rapprochés, ces derniers mois. Nous restions discrets, cependant mon objectif n'était pas de vous dissimuler quoi que ce soit.

– Dans ce cas, pourquoi n'avez-vous rien dit ?

– J'ai eu… besoin de reprendre mes esprits. Je comptais le faire.

Il se tut, le temps qu'Annette vienne déposer devant eux les victuailles demandées. La nuit était tombée tout à fait, et le profil des deux hommes se réfléchissait sur les vitres de la fenêtre.

– Je n'avais aucune raison de tuer Eleanor, soupira encore Saint-Simon. Je l'aimais, je ne cherchais pas à le cacher. Voyez-vous, je suis veuf depuis longtemps, et Eleanor était veuve également depuis plus d'un an. Rien ne s'opposait à ce que nous nous fréquentions. Nous voulions simplement… nous laisser le temps de l'officialiser.

L'administrateur-gérant jouait avec la mie de pain de son encas. Il en faisait de petites boulettes qu'il alignait sur la table devant lui.

– Dites-moi un peu qui vous êtes, Saint-Simon, dit alors Matthias. C'est quoi, votre histoire ?

Son interlocuteur haussa les épaules, comme si ce qu'il s'apprêtait à raconter était de faible importance.

– Je suis arrivé au Familistère en 1907 avec ma femme, Caroline, et notre fils, Étienne, âgé de cinq ans. J'étais conseiller de gérance, à l'époque. Caroline ne travaillait pas. Elle avait décidé de s'occuper de notre fils jusqu'à ses six ans. Elle était un peu comme vous, ajouta-t-il en ébauchant un nouveau sourire empreint de nostalgie. Rétive aux préceptes de Godin et à l'organisation du Familistère. Elle n'aimait pas qu'Étienne aille au pouponnat, mais nous avions choisi la vie en communauté, il fallait l'assumer. Caroline a fini par s'adapter à ce mode de vie au bout de quelques années.

Saint-Simon balaya les boulettes d'une main, les jeta dans son assiette.

– Quand elle est morte, un peu avant le début de la guerre, j'ai cru sombrer. Une femme qui vous manque, inspecteur, c'est votre cœur qui se vide. Il bat, mais il ne bat plus que de l'air.

L'aiguillon de douleur larda la poitrine de Matthias.

– Bref. Tout cela pour vous dire qu'avec Eleanor, j'avais l'impression de revivre. Je serais mort à sa place si j'avais pu.

Et Matthias le crut. Lui qui doutait sans cesse et qui n'éprouvait pour l'espèce humaine que méfiance et suspicion sut d'instinct que l'administrateur-gérant ne lui mentait pas. Des menteurs, il en avait fréquenté une palanquée.

À cet instant, deux hommes pénétrèrent dans la salle de restauration, ôtant leur couvre-chef et saluant à la ronde les travailleurs déjà attablés. Matthias reconnut aussitôt, en la personne du grand blond à l'air un peu hagard, le type qu'il avait vu passer dans les listes du Familistère, celui dont le nom donnait envie de s'en aller. François Bonvoyage. Gabriel Saint-Simon, quant à lui, se redressa d'un coup et, repoussant le sandwich auquel il n'avait pas touché, leva le bras vers les nouveaux arrivants.

– Le voici justement ! Inspecteur Lavau, je vous présente mon fils, Étienne.

Le second individu, après un signe de tête échangé avec son compagnon, se dirigea vers eux. La première pensée de Matthias fut qu'Étienne Saint-Simon ne ressemblait pas à son père. Sa figure d'enfant, son nez aquilin et ses yeux sombres bordés de cils épais lui conféraient un air timide, le genre perpétuellement embarrassé. Après une seconde d'hésitation, le jeune homme salua le policier, marmonnant un bonjour. Matthias, guère civil lui-même, ne s'en émut pas. D'un mouvement du menton, il lui indiqua le siège à côté de l'administrateur-gérant, en face de lui. Le fils, qui n'avait guère plus de vingt ans, s'assit avec lenteur. Annette apporta un verre supplémentaire, sur le bord duquel on discernait encore la trace du chiffon. Il y avait à présent dans le réfectoire un joyeux brouhaha, les gorges s'échauffaient, les langues s'alanguissaient, les muscles se délassaient ; on se laissait aller.

– Eh bien, petit, dit Matthias en prenant une gorgée de bière, quelle sorte de métier exerces-tu dans les usines de M. Godin ?

– Je…

Étienne coula un regard vers son père, ses deux billes noires semblant demander la permission de parler. Gabriel Saint-Simon lui sourit, une main sur son épaule.

– Je travaille à la construction des nouveaux ateliers, dit-il.

– Ah. Tu n'es donc pas fondeur.

– Tous les ouvriers du Familistère ne sont pas fondeurs, inspecteur, ponctua l'administrateur-gérant, tout à sa mission d'éduquer le policier.

– Je croyais que les usines étaient des fonderies.

– Vous… Elles le sont. Il y a néanmoins différents métiers. Vous n'êtes pas tous inspecteurs dans les brigades mobiles, si ?

Matthias Lavau adressa à Saint-Simon un regard à vous fendre un roc en deux. Le notable se reprit, peinant de plus en plus à masquer son agacement.

– Les fonderies emploient des émailleurs, des meuleurs, des forgerons… Étienne, explique ton travail.

Le jeune homme, qui avait cru un temps échapper à la conversation en enfouissant le nez dans son broc, se redressa à contrecœur.

– Les Allemands, ils ont fait pas mal de dégâts pendant la guerre. Alors on reconstruit les ateliers des modèles et ceux du nickelage. On fait ça bien, appareillés en brique et pierre. L'appareilleur, c'est moi.

Matthias n'avait guère de notions en architecture ou en bâtiment, mais il devina que le fils de l'administrateur-gérant occupait une fonction importante dans la chaîne des ouvriers qui lui paraissait sans fin. Il hocha la tête.

– Tu es bien jeune. Tu n'as jamais eu envie d'aller travailler ailleurs ?

Étienne noua ses doigts gercés autour de sa chope comme il l'aurait fait avec une tasse de café fumant pour se réchauffer.

– Je suis parti, dit-il. Après la guerre, quand c'était possible de voyager.

– Je voulais qu'Étienne connaisse le monde, ajouta son père. Qu'il voie comment on vit… là-dehors. Après tout, vous avez raison sur un point : le quotidien au Familistère sort des sentiers battus. À bien des égards, il est meilleur que partout ailleurs pour les gens de notre condition. Il m'a semblé important que mon fils prenne conscience de cela.

– Et alors ?

Matthias fixa ses yeux d'aigle sur le garçon.

Étienne sourit, et un rayon de lumière éclaira son visage.

– Et alors, je suis revenu.

Le policier plissa les yeux, en proie à un vague sentiment de déjà-vu. Était-ce le sourire du garçon ? La façon dont ses yeux luisaient ?

– Nous sommes-nous déjà croisés ? demanda-t-il abruptement.

Étienne eut l'air surpris. Il se redressa et dévisagea Matthias, cherchant dans sa propre mémoire à quelle occasion il aurait pu rencontrer son interlocuteur.

– Pas que je me souvienne, répondit-il.

Matthias n'eut pas le loisir de réagir. À cet instant, il y eut un branle-bas à l'entrée de la salle de restauration, une bousculade, des éclats de voix. L'administrateur-gérant bondit sur ses pieds, mais ce fut Matthias que l'on apostropha.

– Inspecteur principal ! Inspecteur Lavau !

Le policier se leva et, restant sur ses gardes, alla à la rencontre du petit groupe d'hommes rouges et échevelés. Ramassés en formation serrée – on aurait dit une mêlée de rugby –, ils paraissaient retenir prisonnier un individu que Matthias ne pouvait encore apercevoir.

– Que se passe-t-il ? demanda-t-il.

Ils parlèrent tous en même temps.

– Y s'passe qu'on a trouvé !

– Une indiscrète, occupée à crocheter vot' serrure !

– La serrure du 23 !

– Une importune qu'est pas d'chez nous !

Matthias échangea avec Saint-Simon un regard interrogateur, mais ce dernier se contenta de hausser les sourcils, aussi perplexe que lui. L'inspecteur s'apprêtait à imposer le silence de son timbre caverneux quand s'éleva de l'intérieur du petit groupe une voix rauque, aussi calme que les hommes étaient agités.

– Je ne crochetais rien. La porte n'était pas verrouillée, espèces d'imbéciles.

Et tandis que ces mots résonnaient dans le réfectoire, chacun put voir l'inspecteur Lavau faire un pas en arrière, la figure décomposée sous l'effet d'une puissante stupeur.

Matthias n'était plus capable ni de parler ni de bouger, il n'était plus capable de rien, le ciel lui serait tombé sur la tête qu'il n'aurait pas cillé. Il avait oublié les morts, l'enquête, la justice. Soufflé comme une chandelle, il ne savait plus ce qu'il faisait là.

Cette inflexion subtilement agacée, il la connaissait si bien.

Jusque-là, Matthias Lavau avait survécu. Au froid assassin des bois de Combe-Lavau où sa mère l'avait abandonné. Aux années d'enfance sans parents, aux rudoiements de la vie d'adulte, au sang qui avait coulé. Au départ d'Esther comme au reste, il avait survécu. Il était de cette nature, de cette trempe increvable, le cœur comme la queue des lézards, ça repoussait.

Et ce soir-là au réfectoire, Matthias sut que les deux années les plus longues de sa vie venaient de prendre fin. Alors qu'il savourait avec un arrière-goût amer la sensation de l'air dans ses poumons, ses yeux gris se posèrent en douceur sur le visage contrarié de la femme qui était poussée au-devant de lui par quelques hommes en colère.

Gabriel Saint-Simon considéra avec stupéfaction cette nouvelle arrivante, puis houspilla vertement les ouvriers. Il n'était pas convenable de traiter ainsi une dame. S'ensuivit un franc vacarme, ça s'invectivait et s'énervait dans tous les sens. Matthias n'entendait rien.

Il regardait la jeune femme. Sa peau claire, les pattes-d'oie autour de ses yeux couleur d'ambre. Son nez fin, ses lèvres closes. Ses boucles brunes, dans lesquelles il repéra immédiatement quelques filaments de lune, lui effleuraient les épaules. En retour, elle le fixait sans embarras, impassible, ses prunelles étranges parcourant chaque parcelle du visage de l'inspecteur, comme pour vérifier que c'était bien lui qui se tenait devant elle, comme s'il avait répondu à un appel, une convocation qu'elle lui aurait envoyée, alors même que c'était elle qui venait de se faire traîner devant lui comme une vulgaire criminelle. Elle avait ce chic de renverser les situations, sans prononcer un mot et sans esquisser un geste. Quand elle eut fini son examen, Esther Louve dit simplement :

– Ma parole, inspecteur, vous avez une sale mine.

# Mars 1920

# Chapitre 8

# Un chiot et un billet

On avait retrouvé Ernest et Sarah Lamentin chez eux, rue de Gennevilliers à Colombes, le crâne défoncé à la pince-monseigneur. Leur logis, un pavillon miteux jouxtant un estaminet dont ils étaient propriétaires (Au Saint-Sauveur), avait été saccagé ; le vol était le mobile sans aucun doute possible.

Située non loin de la gare de la commune, la rue de Gennevilliers était bordée de maisonnettes, d'ateliers, d'entrepôts, de jardins et de champs de culture. Les voisins des Lamentin, habitués plus ou moins réguliers du Saint-Sauveur, avaient été drôlement secoués par ce double meurtre sauvage et incompréhensible. On ne connaissait pas d'ennemis au couple de cabaretiers, on les disait de bonne composition et toujours prêts à se payer une bonne tranche de rire avec les clients.

C'était l'apprenti boulanger, venu leur livrer les premières brioches de la journée, qui les avait découverts. Comme il le raconta aux gendarmes, il avait actionné la sonnette plusieurs fois et, n'obtenant pas de réponse, avait poussé la grille du jardinet et grimpé les trois marches du perron. Le journal du matin gisait dans l'herbe, tout humide de ne pas avoir été promptement ramassé. Le garçon, treize ans tout au plus, avait toqué à la porte et, en désespoir de cause parce qu'il ne pouvait pas s'en retourner avec ses brioches, était entré.

Deux heures plus tard, le médecin légiste Jean-Charles Socquet arrivait sur les lieux, flanqué d'une femme à l'allure pour le moins étonnante. La brise faisait danser ses boucles brunes autour de son visage, elle ne portait ni coiffe ni chapeau. Ses yeux, d'une étrange couleur mordorée, rappelaient ceux des oiseaux de proie. Avec cela elle n'avait l'air ni aimable ni hostile, les traits empreints d'une certaine noblesse, insondable. Elle devait affleurer les trente-cinq ans et portait un pantalon. C'était Esther Louve.

Comme elle était curieusement toisée par les représentants des autorités (l'affaire avait rassemblé le commissaire de Courbevoie, un juge d'instruction, un inspecteur principal et deux officiers du service d'identité judiciaire de Paris), Socquet coupa court aux interrogations silencieuses en aboyant :

– Mlle Louve, mon assistante. Fermez donc la bouche, messieurs, cette personne a coiffé au poteau tous les autres candidats à la fonction.

Et Socquet d'envoyer une grande claque dans le dos d'Esther qui, ayant retrouvé son équilibre, replaça une boucle derrière son oreille, imperturbable. Dans le milieu, le légiste était bien connu pour avoir traumatisé des flopées d'étudiants en médecine, jamais content de leurs hésitations, de leurs conclusions, de leur allure, de leur tête, de la couleur de leurs souliers. Socquet, d'apparence pourtant débonnaire avec sa barbe fournie et son visage fendu d'un large sourire plein de dents, faisait frissonner les plus endurcis des officiers de l'identité judiciaire.

Avec Esther Louve, la collaboration, fraîche de quelques semaines, semblait fonctionner. La jeune femme, observa-t-on ce matin-là rue de Gennevilliers, ne paraissait nullement impressionnée par la tonitruance du légiste. Elle pénétra dans le pavillon des Lamentin la première et, quand ces messieurs la rejoignirent, ils la trouvèrent accroupie près du corps de Sarah Lamentin, les doigts enfilés dans des gants de protection et le nez chaussé d'une paire d'étranges bésicles nouées dans ses cheveux au moyen d'un lien de cuir. En lieu et place des verres d'origine, deux grosses lentilles cerclées de bronze poli étaient surmontées de loupes grossissantes et d'une minuscule montre de gousset qui n'avait, à l'évidence, aucun intérêt à cet endroit. En guise de manteau, Esther Louve portait une pelisse à larges poches ouverte sur – chose étonnante – une collerette en cuir qui lui enserrait le cou et les épaules. Le juge d'instruction et l'inspecteur principal échangèrent un regard éberlué, mais déjà Socquet bondissait à son tour sur la scène de crime.

– Alors, très chère, dites-moi tout. Cette bonne Mme Lamenteau…

– Lamentin, corrigea l'inspecteur principal en vérifiant ses notes. Sarah Lamentin.

– Eh bien, mon brave, je ne crois pas que madame se formalise que l'on écorche son nom. Elle n'a plus de bouche pour protester. Esther ?

La voix rauque de l'assistante s'éleva dans la salle à manger.

– La victime est étendue sur le parquet, entre la cheminée et la table. Ses pieds se trouvent dans l'âtre.

L'assassin lui a broyé le crâne et le visage à l'aide d'un instrument contondant…

Esther se redressa et parcourut la pièce du regard, laissant traîner ses yeux d'ambre sur l'invraisemblable désordre. Enjambant à la fois le cadavre et un monceau de verre brisé, elle désigna un objet long et lourd posé sur la table.

– Là. Cette pince-monseigneur.

L'officier de l'identité judiciaire se hâta de collecter l'arme, prenant soin de la glisser dans un sachet.

– Bien ! Si l'assassin ne portait pas de gants, nous obtiendrons rapidement ses empreintes, dit-il.

– Étant donné la position du corps, poursuivit Esther, Sarah Lamentin a été attaquée par surprise. Le meurtrier se tenait derrière elle quand il a porté le premier coup, à l'arrière du crâne.

Avec délicatesse, la jeune femme saisit à deux mains la tête de la morte et la fit pivoter, dévoilant à ses collègues un magma de cheveux et de chairs rougies. Tous, à l'exception de Socquet qui semblait ravi, affichèrent une moue de dégoût. Esther reposa la tête avec douceur.

– Nous attendrons l'autopsie pour nous prononcer, mais je pense que c'est ce premier coup qui l'a tuée. Elle a chuté en avant, s'est heurtée au manteau de la cheminée…

Elle désigna de longues éclaboussures de sang sur le bois sale.

– … et s'est affaissée, les pieds dans l'âtre.

– Telle Cendrillon, ponctua Socquet.

– Si le coup à l'arrière du crâne était le coup mortel, intervint le commissaire de Courbevoie qui agitait devant son nez un mouchoir imbibé d'eau de Cologne, comment expliquez-vous son… visage ?

Esther se pencha sur ledit visage, qui était plutôt une absence de visage. Du bout des gants, elle effleura les chairs martyrisées, cherchant un regard qui n'existait plus.

– L'assassin s'est acharné sur cette figure. Il l'avait déjà tuée, mais ça ne suffisait pas. Il a frappé à de nombreuses reprises. Les globes oculaires ont éclaté, la mâchoire est brisée en au moins cinq endroits, le nez... Eh bien le nez, je ne peux pas compter les fragments d'os maintenant, mais...

– Je crois que ça ira, l'interrompit le commissaire en s'épongeant le front. Nous avons affaire à un fou.

– Je n'ai pas dit qu'il était fou, rétorqua Esther en levant les yeux vers le petit homme replet.

– Vous n'êtes pas officier de police, que je sache, mademoiselle. Seul un fou pourrait s'en prendre ainsi à un macchabée.

– Esther, s'interposa Socquet, passons à M. Lamentin, voulez-vous ? Pour madame, c'est plié. Vous, ajouta-t-il en désignant les officiers de l'identité judiciaire, vous pouvez procéder à la levée du corps.

L'examen du corps d'Ernest Lamentin aboutit au même constat que celui de sa femme. La mort avait été dispensée dans une autre pièce, mais le moyen employé était identique : on lui avait défoncé le crâne avec la fameuse pince-monseigneur qui, si on était chanceux, révélerait les empreintes digitales du tueur. La figure transformée en bouillie sanglante de M. Lamentin confirma l'avis du commissaire sur la culpabilité évidente d'un fou. Esther tenta bien de nuancer cette conclusion, mais Socquet lui adressa un signe qui signifiait peu ou prou *laissez tomber, c'est un con.*

Les corps furent enlevés et le docteur Socquet quitta la scène de crime en ordonnant à Esther de traîner un peu dans les parages pour recueillir des *éléments de contexte*. Voilà qui était fort peu académique, Socquet ne faisait rien comme tout le monde. Il se délectait des détails, des dessous des affaires, des tenants et des aboutissants. L'assistante ôta donc ses bésicles et se fit oublier.

La maison des Lamentin ressemblait à une décharge publique dans laquelle on serait venu déverser son trop-plein de meubles détériorés, d'objets cassés, de déchets en tout genre. Un désordre grandiose y régnait et il apparut à Esther que ce désordre ne relevait pas seulement du saccage méthodique de l'assassin. La quantité astronomique de choses suggérait, bien avant les événements dramatiques qui avaient coûté la vie aux époux, une foire chaotique et désorganisée. Ça puait, et pas seulement le cadavre. Ça puait la nourriture rance, les toilettes, le linge humide, la poussière collée de crasse… Ça puait le chien.

Ignorant les policiers qui relevaient les traces papillaires et recueillaient les indices, Esther suivit l'odeur qui la conduisit à l'étage. Dans la chambre du couple, une autre équipe tentait de mettre de l'ordre dans l'enchevêtrement de matelas et de linge disséminé dans la pièce. La jeune femme se mit à genoux et se pencha pour regarder sous le lit ; des agents en uniforme la toisaient mais n'osèrent pas la chasser.

– Ah, je me disais, aussi. Allez viens.

Esther tendit les doigts et esquiva de justesse les crocs d'un jeune chiot terrifié. L'attrapant par la peau du cou, elle le tira à elle et, se redressant, le cala contre sa poitrine. Le chien, âgé de quelques mois, pesait vraisemblablement plus de dix ou douze kilos, mais Esther ne flancha pas sous son poids et immobilisa sa mâchoire qui se plantait sans ménagement dans sa collerette de cuir.

– Ça suffit.

– Eh ! s'exclama un agent de police. Ce chien est un indice, nous devons le saisir.

Esther lui jeta un regard dédaigneux.

– Un indice de quoi ?

– Mais… des événements ! Des meurtres !

– Ah. Vous voulez l'interroger ? Vous pensez qu'il va avouer ?

La jeune femme tendit le chiot vers lui, et l'animal jappa bruyamment à la figure de l'agent en se contorsionnant dans tous les sens. L'homme battit en retraite.

– C'est bien ce que je pensais. Je garde le chien.

Esther resserra sa prise sur la créature paniquée et se mit à lui parler à voix basse, si bien qu'au bout d'un moment l'animal se calma.

– Il a quelque chose de collé sous la patte, cracha l'agent d'un ton empreint de répugnance, comme si c'était là le fait le plus abject de la journée.

Esther passa ses doigts sous les coussinets de l'animal et sentit effectivement un morceau de papier qui adhérait aux poils. Elle s'en saisit.

Il s'agissait d'un petit feuillet taché de sang. Esther imagina sans mal le chien piétinant autour des cadavres de ses maîtres, puis marchant sur le feuillet avant d'aller se réfugier sous le lit, emportant malgré lui ce fragment de chaos. La lecture du billet la laissa interdite.

*Je vous pardonne.*

Avant qu'elle ait pu accorder une pensée aux trois mots tracés avec maladresse sur le morceau de papier, l'agent zélé le lui arracha promptement avec un *ha !* victorieux, puis se précipita vers son collègue pour partager sa trouvaille. Pendant plusieurs secondes, Esther resta plantée là, laissant le temps filer autour d'elle sans réagir, attentive seulement aux battements de cœur du chien qui s'apaisaient peu à peu contre sa poitrine tandis que les siens, en parfaite discordance, s'accéléraient. Elle avait une drôle d'impression.

Au bout d'un moment, les policiers disparurent, la jeune femme s'ébroua et quitta la chambre.

*

À présent, le rez-de-chaussée fourmillait d'agents. Une conversation battait son plein entre le commissaire et le juge d'instruction. Esther se glissa hors de la maison, emportant son précieux butin. Le ciel, accordé aux événements, était lourd et gris ; un orage menaçait. À la lisière du jardinet, un planton recueillait le témoignage d'un voisin qui, bien que sous le choc de la nouvelle, avait son idée sur la question.

– C'est le frère, disait-il. Le frère qu'a fait l'coup.

– Le frère ?

– Voilà. L'frère d'Sarah. Un fou qu'est interné à Villejuif, parfois.

– À Villejuif ?

– Voilà. Sarah, elle disait qu'l'était pas net, l'frère. Et l'Ernest l'aimait pas.

– Il ne l'aimait pas ?

– Voilà. Sarah, elle disait qu'Armand…

– Armand ?

– Voilà, l'frère d'Sarah. Z'arrêtez de répéter comme un perroquet, mon vieux ?

Le planton, piqué au vif, leva son crayon sous le nez de l'homme.

– Permettez, monsieur, vous n'êtes pas si clair que je ne doive m'assurer de tout bien comprendre !

– Si vous voulez. Donc, Armand, Sarah disait qu'y était dang'reux.

Esther vit que le planton se retenait de répéter le mot, se concentrant sur sa prise de notes. Le voisin, gonflé d'importance, poursuivit :

– Ben oui, voyez, l'avait plus d'héritage, Armand, parc'que tout était allé à Sarah, c'est c'qu'y disait dans l'coin.

– Comment le savez-vous ? demanda le planton avec méfiance.

L'autre haussa les épaules, levant les yeux vers le ciel quand l'orage creva enfin et que les premières gouttes vinrent s'écraser sur son visage.

– Tout l'monde l'savait, m'sieur l'agent. Sarah et l'Ernest, y parlaient pas mal au comptoir du Saint-Sauveur. Armand, l'était fou, Villejuif et tout ça, donc y pouvait pas toucher l'argent. Donc les Lamentin, y prévoyaient d'faire des améliorations à l'estaminet. L'toit fuit, par exemple. Faut bien faire que'que chose, un toit qui fuit, c'est pas possible.

Le planton acquiesça à cette évidence, puis congédia le témoin. Et tandis qu'il s'en retournait dans la maison faire part de l'existence du frère de Sarah Lamentin à ses supérieurs, Esther Louve quitta la rue de Gennevilliers, le chiot toujours serré contre sa poitrine, l'esprit agité de questions. Le meurtrier était-il réellement cet Armand, ce fou de Villejuif qui tombait à pic ? Était-ce lui qui avait griffonné ces trois mots, ce *Je vous pardonne*, en résonance à cette histoire d'héritage ? La théorie faisait sens ; le domicile des victimes avait été retourné de fond en comble, probablement à la recherche d'un bas de laine bien garni ou de biens de valeur, et le mode opératoire révélait une rage sanguinaire qui pouvait correspondre à une personnalité dérangée. Si Ernest et Sarah Lamentin avaient écarté ce parent gênant de l'héritage familial, comme le prétendait ce voisin bien informé, celui-ci pouvait très bien s'être vengé et avoir poussé le vice jusqu'à laisser un billet pour signifier que, bon prince, il pardonnait à sa sœur et à son beau-frère. Ça se tenait.

Le tonnerre gronda. Le chiot se recroquevilla contre la poitrine d'Esther, dont les muscles des bras commençaient à se tétaniser sous son poids. Elle pressa le pas, trempée à présent. Ça se tenait, oui. Pourtant, l'étrange sensation qui l'avait saisie à la lecture du billet ne l'avait pas quittée. Restait un vestige d'inconfort sous la forme d'une pression sur sa gorge qui, si elle était infime, était bel et bien là. *Allons bon*, se dit Esther.

# Chapitre 9

## Le mort était debout

Les semaines s'égrenèrent. Le chien, qui s'avéra être une chienne, vivait tapi dans l'ombre d'Esther. L'animal était une sorte de chien-loup, un croisement peut-être car on avait appris que la victime, Ernest Lamentin, trempait dans les combats de chiens et avait eu dans le passé un petit élevage de bêtes dont il ne restait que celle-ci. La jeune femme, qui avait rencontré quelques difficultés à nettoyer ses coussinets teintés de sang, décida tout de go de baptiser l'animal « Red ».

– Red ? Et pourquoi pas Grenat ? Ou Bolchevique, tant que nous y sommes ?

Pour des raisons inconnues d'Esther – et d'ailleurs elle s'en fichait pas mal –, le docteur Socquet ne goûtait ni les terminologies anglaises, ni les Soviétiques.

– Red, c'est aussi bien qu'autre chose, s'agaça-t-elle. Je ne vais pas continuer de l'appeler « le chien ».

– D'autant que c'est une chienne.

– Voilà. Vous vouliez me parler des Lamentin ? C'est mon jour de repos. J'avais prévu une promenade.

C'était faux, Esther n'était pas du genre à flâner au jardin du Luxembourg entre les poussettes. Elle n'était du genre à flâner nulle part, Esther ne savait que traquer, chercher, trouver. En revanche, elle n'aimait guère être convoquée de la sorte, sur le vif, tout ça pour critiquer le nom du chien. Le légiste leva un doigt, l'air soudain de se remémorer les raisons de la présence de la jeune femme. Il quitta le bureau derrière lequel il était assis, et se dirigea vers une civière que l'on venait d'apporter à la morgue, quai de l'Archevêché. Il y avait à cette époque un bâtiment en construction quai de la Rapée, un institut médico-légal, cependant la guerre avait retardé les travaux. Socquet officiait toujours dans les vieux locaux à la pointe de l'île de la Cité.

– L'enquête piétine, figurez-vous. Ce commissaire de Courbevoie, je vous l'ai dit, est un abruti. Pas foutu d'identifier les empreintes du tueur, avec ça ! Bien. Et regardez ce qu'on nous amène aujourd'hui.

La figure fendue de son éternel sourire ravi, il souleva le drap qui recouvrait la civière et révéla ainsi le corps d'un homme dont la caractéristique remarquable était d'avoir la gorge ouverte d'une oreille à l'autre. Esther scruta le visage cireux et figé, les petits yeux porcins que personne n'avait pris soin de fermer. Le macchabée ne lui disait rien, aussi leva-t-elle un sourcil interrogateur vers le légiste.

– Devinez qui est cet individu ! s'exclama Socquet en sautillant de contentement.

Esther retint une expiration exaspérée ; dire que cet homme terrifiait étudiants en médecine légale, policiers en fonction, officiers de l'identité judiciaire… La chose l'emplissait de perplexité.

– Et comment voudriez-vous que je le sache ?

– Dési…

Le légiste vérifia l'identité du cadavre sur l'étiquette attachée à son gros orteil et se redressa, un air de victoire piqué sur la figure.

– Désiré Orsini !

– Mais encore ?

– Faites un effort, Esther. M. Orsini ici présent n'était autre que le grand ami des Lamentin. Il a, dans les premiers temps de l'enquête, prêté son concours à la police pour retrouver leur meurtrier.

– Ça ne lui a guère réussi.

– N'est-ce pas. Remarquez, ce crime-ci va être rapidement résolu. Sa veuve est suspectée.

– Sa veuve ?

– Vous aussi, vous trouvez cela étrange, hein ?

Esther ne trouvait encore rien étrange, elle assimilait l'information et se demandait pourquoi le médecin légiste avait l'air de penser qu'elle pourrait se sentir concernée.

– Regardez, Esther. Regardez bien, et partagez avec moi vos conclusions.

De guerre lasse, elle se pencha sur le cadavre. Désiré Orsini était un beau macchabée, dans le sens qu'il pesait au bas mot dans les deux cents livres, autrement dit une sacrément belle pièce. L'homme était grand, épaissi aux cuisses et aux épaules d'un mélange de muscles et de gras qui avait dû en faire, du temps où il se tenait debout, un colosse inébranlable. Sa figure, marquée aux joues et au menton de vaisseaux sanguins éclatés, indiquait son penchant pour la boisson, ce que confirmait l'ictère dans ses yeux.

– Un grand poivrot, dit sobrement Esther.

– Ça, c'est évident. Mais encore, Esther, mais encore. J'ai répété à qui voulait l'entendre que vous étiez meilleure que les autres, ne me faites pas mentir, je vous prie.

Esther sortit les bésicles de sa poche et les chaussa sur son nez. Puis elle se saisit d'une pince sur un plateau et souleva un pan de la blessure à la gorge de la victime. À travers les loupes grossissantes, elle fronça les sourcils.

– La plaie est située en dessous du cartilage thyroïde. La glande est touchée, de même que les muscles, les nerfs pneumogastriques, le larynx, la trachée, l'œsophage et la carotide. Je dirais, mais nous le vérifierons en ouvrant monsieur, que les voies respiratoires sont inondées de sang. Mort par suffocation, asséna Esther en se redressant, pince à la main.

Socquet acquiesça, les bras croisés. D'un mouvement de la tête, il ordonna à son assistante de poursuivre son analyse.

– La blessure présente des bords légèrement contus. L'angle initial de la coupure, de ce côté-ci, est indiqué par une section plus nette et plus profonde, tandis que du côté opposé…

Prenant appui sur le torse du cadavre, Esther se pencha pour examiner l'autre côté.

– Voilà, la blessure se termine par une division de plus en plus superficielle, qui se prolonge en queue de rat. La peau de la victime ressemble aux feuillets d'un mouchoir mal plié, ajouta-t-elle après un instant. L'arme du crime est, selon toute vraisemblance, un long couteau à petites dents.

– Soit quelque chose qui vous tombe sous la main, au cours du dîner par exemple.

– Le sang s'est écoulé vers le bas. Vu la taille de notre homme et considérant que c'est sa femme qui l'a tué, il devait être assis au moment où elle a frappé. La plaie est dirigée d'avant en arrière et de bas en haut. J'en déduis donc qu'elle s'est glissée derrière lui, l'a attrapé par les cheveux...

Esther mima le geste d'un coup sec, fermant le poing sur une tignasse imaginaire.

– ... de manière à entraîner sa tête vers l'arrière, et a opéré la section d'un coup sec, comme on fait d'un porc suspendu la tête en bas.

– Précisément.

– C'est ce qui explique la profondeur de la béance.

– Une victime assise, une meurtrière bigrement en colère derrière elle.

Esther embrassa le mort du regard, satisfaite de ses conclusions, puis dirigea ses prunelles ambrées vers son mentor.

– Je vois que quelque chose vous chagrine, docteur Socquet. Pourtant, je ne pense pas m'être trompée.

– Vous ne vous êtes point trompée, ma chère, compte tenu des éléments d'information à votre disposition.

Esther reposa la pince sur le plateau et rangea les bésicles dans la poche de son large pantalon. Par moments, le médecin légiste lui rappelait l'inspecteur Lavau, à ménager ses effets comme ça, comme s'il s'était trouvé sur une scène de théâtre et qu'Esther était un public haletant et enthousiaste. C'était mal la connaître. Elle attendit, revêtue de sa cape d'impassibilité.

– Bon. Votre raisonnement ne comporte pas d'erreurs dans son cheminement, mais dans l'énoncé. Vous n'étiez pas sur la scène de crime, j'y suis allé quand vous procédiez à l'autopsie de la vieille, celle qui s'est fait zigouiller rue des Bons-Enfants. Mais voyez-vous, ma petite, M. Orsini a été retrouvé par terre, au milieu de son salon, à quelques pas de la console où il était vraisemblablement occupé à se servir un verre d'alcool quand l'assassin a frappé.

Esther, qui jusque-là avait surtout eu hâte d'aller retrouver la chienne, sentit l'intérêt poindre sous le détachement. Une nouvelle fois, elle examina le corps allongé sur la table entre elle et le légiste, son œil expert recalculant rapidement les dimensions du bonhomme. Face à elle, Socquet jubilait.

– Pas de chaise ?

– Pas de siège, d'aucune sorte, dans l'environnement immédiat.

– Il n'était pas assis.

– Debout, grand et costaud comme vous imaginez.

– Son épouse mesure donc plus d'un mètre quatre-vingts.

– D'après le policier qui a procédé à son arrestation, un mètre soixante tout au plus.

– Ce n'est pas possible, docteur. Pour avoir causé une plaie d'une telle profondeur, sectionné tous ces tissus et organes tout en se tenant derrière la victime… Vous confirmez ce point ?

– Je confirme.

– Alors l'assassin devait être presque aussi grand que ce M. Orsini.

Esther leva haut les bras pour se figurer la scène, mimant une nouvelle fois l'égorgement sur un colosse qui se serait trouvé devant elle.

– Voyez. Une si petite meurtrière pour un si grand supplicié, jamais elle n'aurait pu causer tant de dégâts. Elle l'aurait à peine égratigné.

Socquet ouvrit les bras, l'air de dire *voilà !*

– Eh bien, j'imagine que vous avez déjà dit tout ça au commissaire de Courbevoie ?

– Bien entendu.

– Mais comme c'est un crétin, il ne veut rien entendre.

– Rien du tout. Il prétend que la femme lui a sauté sur le dos comme un chimpanzé. Et vous ne trouvez pas ça étrange, vous, que ce gus se fasse régler son compte quelque temps après ses bons amis les Lamentin ?

– Cet aspect relève de l'enquête judiciaire, docteur, pas de la question médico-légale. Ne sortons pas de notre rôle.

– Oh, allez, admettez que vous êtes curieuse… Cette pauvre Mme Orsini est accusée de meurtre parce que ça arrange tout le monde, mais nous venons de démontrer que l'affaire est sans doute bien plus complexe. Vous aimez bien, vous, les affaires complexes.

Esther ne répondit rien. Peu bavarde, elle n'avait jamais abordé sa vie passée avec le docteur Socquet, ni même mentionné ses années auprès de l'inspecteur Lavau. Esther ne parlait pas de Matthias, mais il était à parier que le légiste s'était renseigné.

– Très bien, soupira-t-elle. Je vais chercher.

Ravi, le docteur Socquet illustra sa profonde satisfaction d'une grande claque amicale sur l'épaule du cadavre, qui résonna froidement dans la salle d'autopsie.

# Chapitre 10

## La veuve

Au numéro 107 de la rue du Faubourg-Saint-Denis se dressait la maison d'arrêt de Saint-Lazare. L'endroit, d'une austérité toute carcérale, ne détonnait pourtant pas tant que ça dans la grisaille du paysage parisien ; Esther Louve nota même la présence de balançoires grinçant sur leurs portiques à quelques dizaines de mètres de là. N'eussent été les mots glaçants inscrits sur la porte, *Lasciate ogni sperenza* – « Laissez toute espérance » –, on aurait pu croire à un quelconque bâtiment administratif de la ville de Paris. Ayant franchi le vestibule, agité d'un incessant ballet de gendarmes et de policiers, et s'étant annoncée au premier guichet, la jeune femme pénétra dans la cour d'entrée et attendit là qu'un gardien vînt la quérir. Au-dessus du porche, elle avisa un cadran solaire qui, bien que partiellement effacé, indiquait encore la date de 1683. Elle avait froid, ayant pour sa visite abandonné son pantalon et revêtu une vieille jupe rayée. Un conseil du docteur Socquet : *ma chère, à Saint-Lazare on enferme les donzelles aux mœurs légères, j'imagine qu'il serait de bon ton de vous fondre dans la masse des femmes respectables, pour une fois.* Esther n'en avait pas pris ombrage mais, résultat des courses, elle avait froid. Et à présent qu'elle se trouvait à l'intérieur de ces terribles locaux, une aura de désespoir la saisit. L'enfermement, elle connaissait.

Les lieux sentaient l'hôpital, les vêtements crasseux et l'humidité, une odeur qui prenait à la gorge. Une insalubrité manifeste teintait chaque pan de mur, chaque pierre du malheureux édifice – des rumeurs circulaient sur sa fermeture prochaine, mais depuis quand s'occupait-on du sort des femmes tombées sous le coup de la loi ? Un gardien, à la figure impassible, vint à sa rencontre et la précéda jusqu'au parloir, sur le flanc gauche de la première cour. La pièce consistait en une espèce de corridor divisé en trois compartiments ; c'était là que les incarcérées recevaient les visiteurs, sous l'œil torve d'un gardien qui se tenait dans le compartiment central. Bien entendu, il n'y avait aucune intimité, aucun moyen de garder secrète une conversation, rien ne pouvait échapper à cette surveillance belliqueuse.

Au juger, Esther estima que Louise Orsini ne mesurait pas plus d'un mètre cinquante-sept et qu'elle ne pouvait avoir égorgé son ogre de mari si celui-ci s'était tenu debout au centre de leur salle de séjour. Elle ne voyait pas bien pourquoi elle était venue jusqu'ici, l'affaire était pliée.

Esther sortit de sa poche le paquet de cigarettes qu'elle avait acheté pour amadouer la détenue et le lui tendit. Louise avait le visage épuisé de celle qui, depuis plusieurs nuits, ne trouvait plus le sommeil. Ses yeux, d'un bleu comme seul le ciel d'été sait l'être, rencontrèrent ceux d'Esther qu'elle eut l'air de trouver intéressants. Elle s'assit, portant une cigarette à ses lèvres.

Son poignet droit, ainsi dégagé, laissait entrevoir les stigmates des menottes.

– Et qui êtes-vous exactement ? demanda-t-elle.

Esther songea bien à dire la vérité, *je suis l'assistante du médecin légiste qui a pratiqué l'autopsie de feu votre époux*. Elle préféra éluder.

– Je m'appelle Esther Louve, je… travaille avec la police.

Une vérité très indirecte, mais commode.

– Ah, la police. Ils me croient coupable.

Les yeux bleus de Louise Orsini s'allumèrent.

– On m'a désigné un avocat, mademoiselle Louve. On m'a dit, c'est une procédure exprès pour les personnes comme moi, les démunis, qui ont pas les moyens d'avoir un vrai avocat.

– Les avocats commis d'office sont de vrais avocats, tempéra Esther dans un relatif souci d'équité. Il s'agit en effet de l'assistante judici…

– Un vrai avocat qui n'a rien écouté de ce que j'ai raconté ! Un vrai avocat qui a pas du tout l'intention de me défendre, ça non !

Malgré sa petite taille et sa maigreur, Louise Orsini avait du coffre et le gardien cogna sur la cloison pour la faire redescendre d'un ton.

– Pourquoi dites-vous cela ?

– Il me dit de plaider coupable pour échapper à la guillotine. Il dit que si j'avoue le crime, le juge sera clément.

Esther fronça les sourcils et, d'un regard aussi tranchant qu'un scalpel, repoussa le gardien qui s'approchait.

– Plaider coupable ? Mais n'a-t-il pas pris connaissance des conclusions de l'autopsie ?

– Je ne sais pas. Je ne comprends pas. Il me dit juste *ma pauvre fille, vous n'avez aucune chance.*

De dépit, Esther secoua la tête.

– Tout cela est ridicule. L'autopsie a clairement démontré que vous ne *pouviez pas* avoir assassiné votre époux. Et de toute façon, j'imagine que vous n'aviez aucun intérêt à le supprimer...

– Que dites-vous ! Bien sûr que si !

La jeune femme recula sur son banc.

– Ah, fit Esther. Vous n'avez pas dit ça à votre avocat, quand même ?

– Mais, un peu que je lui ai dit ! J'ai *tout* dit ! Comme Désiré, il adorait me cogner dessus, comme il en riait avec ce gros tas de fumier de Lamentin, dans son bouge crasseux !

Pour illustrer ses paroles, elle enfonça deux doigts dans sa bouche et écarta sa joue gauche, révélant plusieurs dents manquantes sur une gencive gonflée et suintante.

– Là, voyez, je ne peux plus rien mâcher ! Tout cela parce que la soupe était froide quand monsieur est rentré. Et après il m'a besognée, à plat ventre dans la soupe froide renversée. Je suis bien contente que ce salaud soit refroidi !

Louise Orsini se calma d'un coup, prenant conscience du caractère incriminant de ses propos.

– Mais ce n'est pas moi qui l'ai tué.

Esther, sans rien laisser paraître de ce qu'elle pensait réellement – à savoir qu'elle était catastrophée et ne voyait pas bien comment la veuve Orsini allait s'en tirer avec un discours pareil –, osa la question :

– Avez-vous une idée de qui pourrait avoir assassiné votre ma...

– Absolument pas.

La réponse avait fusé, si vite, trop vite. Esther s'adossa au mur, les bras négligemment croisés contre sa poitrine, sous la collerette de cuir qui lui enserrait le cou. Ses mèches brunes lui chatouillaient le menton, elle souffla pour les chasser.

– Tiens donc.

– Aucune idée, vous dis-je.

– Vous mentez, madame Orsini.

– Je ne mens pas, asséna la veuve, le visage en feu.

– C'est idiot de mentir ainsi. Vous allez croupir en prison à la place du véritable meurtrier. Remarquez, ce ne sont pas mes oignons, vous faites bien ce que vous voulez. Simplement, je ne vois pas pourquoi vous voudriez… À moins…

Esther se redressa. Le gardien, qui n'aimait pas les femmes et les avait à l'œil, battit en retraite devant cette figure étrange, tendue, qui ne ressemblait à personne. Esther Louve, en cet instant, perçait de ses iris hors du commun les derniers secrets de la veuve Orsini.

– À moins que vous ne protégiez quelqu'un. À l'évidence, un amant. Un amant, Louise ?

– Non.

– Un amant, donc. Son nom, je vous prie ?

Louise se décomposa et prit son visage entre ses mains couvertes d'engelures. Les épaules secouées de sanglots, elle gémit :

– Je ne peux pas vous le donner. Ça le mettrait dans l'embarras. Laissez-le en dehors de ça.

– Louise, il me faut un nom. Si votre amant a tué Désiré, il doit payer. Vous n'allez tout de même pas risquer votre nuque à sa place !

– Il ne l'a pas tué. Il en est bien incapable.

– Les gens peuvent sacrément vous surprendre.

Esther en savait quelque chose, mais elle se garda bien de préciser sa pensée.

– Comment s'appelle votre amant, Louise ?

– Armand. Armand Laforest.

Esther en resta muette. Elle envisagea la possibilité que Louise Orsini, pour d'obscures raisons, se moquât d'elle. Mais quel profit en aurait-elle tiré ? Il s'agissait plus probablement d'une coïncidence. Alors, elle entendit la voix de l'inspecteur Lavau qui assénait *les coïncidences, Esther, c'est aussi probable qu'un singe qui se balade dans les bois de Combe-Lavau en plein hiver*.

– Armand Laforest, le frère de Sarah Lamentin ?

La détenue hocha la tête.

– Désiré et Ernest étaient des amis. Aussi cons l'un que l'autre, si vous voulez mon avis. C'est comme ça qu'on s'est rencontrés, Armand et moi, un jour qu'on dînait chez les Lamentin.

– Je croyais qu'il était fou.

– Il n'est pas fou, répliqua Louise d'un ton irrité. Il ne réfléchit pas comme tout le monde. Sarah était une idiote ; quand leurs parents sont morts, elle s'est laissé embobiner par Ernest, qui voulait garder tout l'héritage. Ils se sont arrangés pour piéger Armand et le faire enfermer à l'asile de Villejuif.

Esther, glacée jusqu'aux os, s'était levée et arpentait à présent le corridor.

– On n'interne pas les gens sans raison valable. Armand avait-il des antécédents ?

– Il…

La captive hésita.

– Il a eu des comportements bizarres pendant la guerre, finit-elle par répondre.

– Quel genre de comportements ? Soyez précise.

– Je ne sais pas, rétorqua Louise avec humeur. Des comportements qui font penser aux autres que vous êtes toc toc. J'ai jamais demandé. Mais il est pas toc toc.

Esther réfléchit un moment.

– Dérangé ou pas, votre amant bénéficiait d'une excellente raison de vouloir supprimer sa sœur et son beau-frère. Quant à vous, rapport à…

Esther désigna d'un geste circulaire la mâchoire esquintée de la prisonnière.

– … s'il vous aime, cela constitue un motif valable pour s'en prendre à votre mari. Louise, il faut que vous envisagiez la possibilité que…

– Ce n'est pas lui, coupa la veuve. Ne comptez pas sur moi pour l'accabler.

– Où est-il ?

– Je ne sais pas. Il se cache, il a peur. Peur des gens comme vous qui veulent tout lui coller sur le dos !

Esther Louve soupira, resserrant les pans de sa pelisse autour d'elle. Au-dehors, dans la cour, une file de prisonnières chargées de paniers à linge suivait un gardien qui les reconduisait en cellule. Une pluie fine s'était mise à tomber.

– Bon, dit-elle. Je vais aller voir chez vous. La police a certainement condamné la scène de crime, avez-vous une clé chez un voisin ?

– Pourquoi faites-vous ça ?

– Parce que quoi qu'en dise votre avocat, si vous êtes innocente – et vous l'êtes –, vous ne devez pas plaider coupable. Si vous n'avez pas tué Désiré et qu'Armand non plus…

– On ne l'a pas tué.

– … quelqu'un d'autre s'en est chargé. Il faudrait savoir qui.

Louise Orsini considéra un instant cette étrange femme, tombée là on ne savait comment et dont les motivations restaient obscures. Louise songea qu'elle ne dénoncerait jamais son amant, le seul homme dans les bras duquel elle s'était, pour la première fois de sa vie, sentie en sécurité. Ça n'avait pas de prix. Pourtant, elle n'était pas prête à mourir, ni même à passer le reste de ses jours en prison, aussi décida-t-elle de saisir la main tendue.

– Il y a une clé cachée dans la gouttière, à l'arrière de la maison. Au niveau de l'appentis à bois.

– Très bien.

– Si vous trouvez des preuves de…

Louise détourna la tête.

– … de la culpabilité d'Armand, je…

Les yeux d'été revinrent se planter dans les yeux d'automne.

– Ne revenez pas. Ne dites rien, et ne revenez pas.

# Chapitre 11

## Il vous reste les morts, Esther

L'histoire d'Esther tenait en quelques lignes. Enlevée alors qu'elle n'avait pas seize ans par un prédateur, elle avait été séquestrée pendant dix ans dans un vieux pigeonnier abandonné au cœur de la forêt. Dix longues années, effacée de la surface du monde, seule à en crever. Sur la peau, elle portait la cicatrice de la tentative d'égorgement dont elle avait été victime au moment du rapt. La mort, à cet instant précis pas plus que les années suivantes, n'avait pas voulu d'elle et Esther avait miraculeusement survécu.

Une fois sa liberté recouvrée, elle s'était mise en chasse. Au terme d'une traque qui l'avait conduite jusqu'à Haut-de-Cœur, Esther était parvenue à identifier son bourreau et, d'une décharge de fusil en pleine tête, l'avait abattu. Jamais Esther ne parlait de cette histoire, et pourtant il ne lui était pas accordé de l'oublier. La vengeance ne l'avait pas réparée. Un temps, Esther avait cru entrevoir un avenir aux côtés de l'inspecteur Lavau. Puis les cauchemars étaient revenus. Elle sentait sur sa gorge une main qui cherchait à l'étouffer. La nuit, elle s'éveillait le souffle court et sifflant. Et chaque jour que Dieu faisait, elle se demandait si elle n'allait pas mourir là dans cette maison, dans ce village de Bourgogne, auprès de cet homme qui l'aimait. Si son cœur, à force de s'emballer sous les assauts de l'angoisse, n'allait pas finir par lâcher. Il fallait mettre les voiles. Alors un matin d'hiver 1920, sans se fendre d'un mot ou d'une explication, Esther s'était arrachée à l'étreinte de Matthias et s'en était allée, refermant derrière elle la porte du numéro 7 de la rue des Juifs.

Une fois loin de Haut-de-Cœur, elle avait cherché une occupation qui ne lui créerait pas d'anxiété. Privée de contacts humains pendant tant d'années, Esther n'aspirait qu'à la solitude. C'était Marcus Taillandier, le camarade médecin de Matthias, qui lui avait montré la voie. *Si vous ne supportez plus les vivants, Esther, il vous reste les morts. Et ce n'est pas parce qu'ils sont morts qu'ils n'ont plus besoin de personne. Vous avez un talent pour l'élucidation des crimes, la médecine légale vous conviendra parfaitement.*

C'est ainsi que Marcus avait envoyé Esther chez le docteur Socquet et que ce dernier, trop heureux de choquer les mœurs de ses contemporains, avait fait de la jeune femme sa première assistante.

Voilà donc le chemin qui l'avait conduite dans le vestibule de la demeure Orsini, glissant la clé dénichée sur la gouttière dans la poche de sa pelisse. Hors des sentiers balisés et rassurants de la médecine légale et de l'autopsie des corps. Se demandant ce que diable elle foutait là.

La nuit était tombée, la maison plongée dans la pénombre, éclairée seulement par les réverbères de la rue. Esther ferma les yeux et inspira, s'imprégnant de cette atmosphère silencieuse et ondulante, de cette fragrance si particulière exsudée par la nuit. Elle était à l'affût.

Contrairement à la demeure des Lamentin, cette maison était propre et ordonnée. La police et le département d'identité judiciaire avaient bien laissé des traces de leur passage, mais somme toute ce n'était pas aussi crasseux que rue de Gennevilliers, à Colombes. Esther parcourut les pièces une à une, les yeux partout, les poings serrés au fond de ses poches. Des murs recouverts de papier peint passé, des meubles bon marché, quelques rares bibelots : un intérieur d'époux sanguin, de femme aux abois qui, peu à peu, se débarrasse des choses bosselées, des objets brisés, des meubles esquintés lors des disputes conjugales. *Il adorait me cogner dessus.* Esther passa dans la salle à manger, la pièce où le corps de Désiré Orsini avait été découvert, et sortit de sa poche les épreuves photographiques de la scène de crime que le docteur Socquet lui avait fait passer – quelle patte il avait graissée pour en disposer lui-même, Esther préférait ne pas le savoir. À l'aide des clichés, la jeune femme recomposa le décor précis des lieux au moment où Orsini était passé du statut de bourreau à celui de victime ; le moment où sa femme l'avait prétendument surpris par-derrière et égorgé au moyen d'un couteau à petites dents. Or Désiré se tenait au centre de la pièce, vraisemblablement en train de se servir un verre de liqueur. Esther s'approcha de la console, pâle imitation d'un cabinet à alcools comme on en trouvait dans les maisons bourgeoises, et constata les débris sur le parquet, là où Désiré avait lâché son verre pour porter les mains à sa gorge ouverte de part en part. Prenant soin de ne pas poser ses chaussures à boucles sur les taches de sang séché, l'assistante du légiste se positionna comme la victime et posa les mains sur sa gorge, au niveau de sa collerette. Elle sentit aussitôt le sang pulser sous le cuir et, saisie de vertige, se laissa glisser sur le sol.

Mieux que quiconque, Esther savait ce que Désiré Orsini avait éprouvé. Cette seconde terrifiante où il avait pris conscience, par-delà la douleur physique, que son histoire s'achevait. Un finale sans adieux, sans hommage et sans musique. Sans que personne en ait quelque chose à foutre.

La jeune femme déboutonna le haut de la collerette. Glissant les doigts sous le cuir tanné, elle caressa le bourrelet de chair. Elle pinça sa cicatrice, ce collier gravé sur sa peau qu'elle dissimulait aux yeux du monde non par coquetterie mais parce qu'il était inexplicable. Esther songea que, dans son malheur, elle avait quand même eu plus de chance que Désiré Orsini.

Lasse, elle laissa son regard errer sur le parquet. De ce point de vue, elle avait la vision du dessous des meubles ; une vision que l'on n'avait jamais entièrement car, si on se baissait pour vérifier les choses, aucun enquêteur ne s'allongeait par terre pour regarder le monde à l'envers.

Qu'elle ait tué ou non son mari, Louise Orsini avait laissé sa maison propre comme un sou neuf. Aussi, Esther trouva étrange qu'un morceau de papier dépassât entre deux lattes du parquet, sous le petit bureau près de la fenêtre. Sans bouger, elle avisa un instant le carré blanc ; cela pouvait être un bout d'enveloppe ouverte à la va-vite, un morceau de papier plié pour servir de cale-pied. Reste que c'était singulier et que cela eut raison de la fatigue d'Esther. Elle se remit sur ses pieds et alla le ramasser.

*Je vous pardonne.*

Le même billet que celui retrouvé chez Ernest et Sarah Lamentin. La même absolution, teintée de condescendance généreuse. La culpabilité d'Armand Laforest se dessinait un peu plus. L'homme avait déjà été épinglé pour des comportements marginaux ; frustré et rendu fou par la spoliation de son héritage, il avait très bien pu massacrer sa sœur et son beau-frère dans un accès de démence. Puis, amoureux de Louise, il les aurait débarrassés de cet encombrant mari. Dans les deux cas, il était plausible qu'il ait considéré être dans son bon droit et, en tuant ceux qui lui avaient causé tant de tort, faire preuve de magnanimité en leur signifiant son pardon.

Armand Laforest devenait le coupable idéal ; l'affaire était trop belle, on allait guillotiner la veuve si elle ne coopérait pas et on guillotinerait l'amant quand on lui aurait mis la main dessus. Esther déposa le billet sur le bureau, laissant là un autre indice pour la police, et quitta la maison Orsini.

Au-dehors, le froid transperçant de la nuit la fit frissonner. Elle contempla un instant le ciel sans étoiles, se remémorant les nuits bleutées de Combe-Lavau, ces nuits d'errance où elle s'était cru le seul humain sur terre, tant le silence était profond. En ville, les nuits n'étaient jamais tout à fait silencieuses. Il y avait toujours quelque part un poivrot qui poussait la chansonnette, un bébé qui pleurait, un cabaret qui inondait la rue de rires et de musique. Esther ne détestait pas les nuits en ville. Elle appréciait les éclaboussures orangées des réverbères sur les pavés, les relents d'eaux usées, de lessive ou de repas qui montaient du sol quand venait le soir. Elle aimait les bruits en sourdine, les rencontres impromptues qui trompaient sa solitude. Les étoiles, peut-être, lui manquaient. Dans sa poche, ses doigts se refermèrent sur les bésicles et elle sut qu'elle avait pris sa décision.

Elle n'était plus enquêtrice. Ce temps-là était derrière elle.

# Novembre 1922

# Chapitre 12

# Il fouine, Gabriel

Alors qu'il n'avait pas cinq ans, Étienne Saint-Simon fit une chute dans les escaliers. Un malheureux accident. Personne n'en était responsable et l'affaire s'était bien soldée. Pourtant, Caroline, sa mère, ne s'en était jamais tout à fait remise. Étienne avait échappé à sa surveillance et elle ne se pardonnait pas sa négligence. Que l'enfant fût finalement déclaré bien portant semblait n'y rien changer. Elle le regardait avec le même air hagard, les mêmes yeux écarquillés qu'au moment de l'accident. Et malgré la tendresse de son époux, Caroline Saint-Simon ne pouvait passer outre. Elle s'était figée, comme transformée en pierre, à l'instant précis de la chute dans les escaliers.

C'était une femme d'une majestueuse beauté, cela allait sans dire, Gabriel n'aurait pas épousé une fille ordinaire. Il avait toujours eu des exigences, Gabriel. Caroline était jeune, plus jeune que lui, inexpérimentée, la naissance d'Étienne avait été une épreuve. Il se souvenait des hurlements de sa femme, de ses pleurs qui disaient combien elle avait peur. Si Dieu avait été miséricordieux comme on tentait de le lui faire croire, Il aurait mis fin à ses souffrances sur-le-champ, l'aurait emportée et on n'en parlerait plus. La crise n'avait pas duré, elles ne duraient jamais, Caroline s'était blottie dans les bras de Gabriel ; bien sûr il avait raison, tout irait bien, Gabriel avait toujours raison. Et puis Étienne était si mignon, si gentil, il ne pleurait pas, riait et gazouillait sans cesse. Son père s'en émerveillait chaque jour, il fallait les voir, son fils dans les bras de sa sublime épouse, quel tableau ! Caroline aimait tant Étienne. Après la chute dans les escaliers, elle avait refusé qu'il aille au pouponnat. La culpabilité, s'était dit Gabriel. La mère ne pouvait supporter que l'enfant fût hors de sa vue.

Il y avait eu des changements, après l'accident. La dynamique parfaitement huilée de Gabriel s'était, pressentait-il par moments, enrayée. Caroline était nerveuse de nature, cette nervosité rejaillissait sur l'enfant, c'étaient des pleurs, des cris à n'en plus finir. Elle disait que le choc avait détraqué le petit ; qu'il gardait des séquelles de sa chute et la tenait pour responsable. *Il ne m'aime plus. Regarde-le donc, il sait que c'est ma faute s'il est tombé, il m'en garde rancune !* Voilà le genre d'absurdités que Caroline débitait le soir quand Gabriel rentrait du travail, épuisé et tendu. Il savait bien, lui, que sa femme était un peu toquée, pardieu c'était Étienne qui était tombé sur la tête mais c'était Caroline qui déraillait ! Il avait beau tenter de la rassurer, de lui faire entendre raison, rien n'y faisait. Étienne n'avait pas changé, c'était le même garçonnet, le même visage rond et doux, les mêmes yeux bruns qui regardaient le monde avec une candeur qui flanquait mal au ventre à Gabriel. Il se disait que cette candeur desservirait son petit, qu'il ne serait pas assez préparé aux tracas et aux vices que les hommes dresseraient sur son chemin. Et puis Caroline qui battait la breloque, ça en faisait, des soucis.

Gabriel Saint-Simon reposa le portrait de sa femme sur l'étagère de la bibliothèque et alla s'asseoir à son bureau. Par la fenêtre, il contempla la place centrale du Familistère, déserte à cette heure. L'inspecteur principal et la jeune femme étaient rentrés à l'appartement 23, l'administrateur-gérant avait bien senti que le moment était mal choisi pour poser des questions. Ces deux-là semblaient avoir un compte à régler. Il avait donc calmé la petite foule d'ouvriers en colère qui, faute de réponses satisfaisantes à leurs interrogations, s'en prenaient à la première venue dont la figure ne leur revenait pas.

Il fallait bien avouer, cette Esther Louve intriguait.

Ses yeux, d'abord, cette étrange couleur qu'on ne voyait guère plus au Familistère, tant il faisait gris et il pleuvait en permanence. La couleur des feuilles d'automne dans la lumière d'une fin d'après-midi. Puis cet air d'oiseau nocturne, cette façon de vous regarder fixement dans les yeux, quelle sensation étonnante. Et enfin cet accoutrement, le pantalon était certainement pour quelque chose dans la virulence des ouvriers à son encontre, et cette collerette de cuir au-dessus de sa chemise, qui lui donnait l'air d'un mannequin de théâtre auquel un sort aurait donné vie.

Gabriel était fasciné. Non pas qu'il l'eût montré, cela aurait probablement irrité l'inspecteur, d'autant que ce dernier avait eu l'air particulièrement secoué par cette apparition. Il n'avait pas été le seul à en rester comme deux ronds de flan, cela dit, Étienne était tout aussi choqué. Le pauvre garçon avait ouvert grand ses yeux bruns, sa mâchoire lui était tombée sur l'encolure. Les deux hommes, une fois les ouvriers dispersés, s'étaient hâtés de prendre congé et Étienne avait paru fichtrement soulagé. Il n'aimait pas les conflits, Étienne, ni les situations tendues. *Nous parlerons demain*, avait dit Gabriel au policier. *Je vous laisse retrouver votre… amie.* Il ne savait pas comment dire, il avait tendu une perche, mais Matthias Lavau ne l'avait pas saisie. Il ne l'avait même pas regardé.

Incapable de se concentrer sur les affaires des usines ou celles du palais, Gabriel se leva et se rendit dans la cuisine. Il alluma une lampe à huile et en diminua l'intensité en tournant le bouton de cuivre, puis se servit un verre d'eau à la cruche qui trônait sur la table. Elle était fraîche, cela lui fit du bien.

Caroline n'aimait pas Paul Beaucœur. *Il fouine, Gabriel. Il fouine.* Paul ne fouinait pas, Paul consignait et archivait, ce n'était pas la même chose, l'administrateur-gérant l'appréciait. Il ne voyait en ce vieux professeur qu'un curieux inoffensif dont la seule tare était peut-être d'avoir pris trop à cœur ses fonctions d'enseignant ; Paul n'avait jamais pu s'empêcher de faire du zèle. Cela en avait fatigué certains, comme Violette Champois qui ne l'avait pas trop à la bonne, mais Caroline c'était autre chose. *Il fouine, Gabriel. Un jour, il va trouver et nous serons perdus.* Gabriel répondait qu'il n'y avait rien à trouver – d'ailleurs Paul lui devait sa carrière, il n'y avait donc rien à craindre –, mais alors sa femme le regardait avec cet air entendu, cet air qui disait *ne me prends pas pour une idiote.* Son mari se détournait, pour ne pas ajouter de l'eau au moulin délirant de sa femme.

Caroline avait peut-être sévèrement déraillé après l'accident d'Étienne, mais force était de constater qu'elle avait eu raison de se méfier. Quinze ans après la chute de l'enfant dans les escaliers, Paul Beaucœur avait frappé à la porte de l'administrateur-gérant et triomphalement brandi une liasse de documents devant son nez. Et tandis que les yeux de Gabriel tombaient sur les archives, tandis que l'horreur de la vérité s'insinuait dans son esprit, Paul caquetait *je le savais ! Je le savais, que vous étiez pas net, monsieur l'administrateur ! Je le savais !*

Gabriel repoussa le verre d'eau dans un raclement sur la table de bois. Brusquement, il se sentit écrasé. Écrasé par le silence qui régnait en ces heures sombres de la nuit, écrasé par les doutes qui l'assaillaient soudain, lui qui avait toujours été si certain de tout, écrasé par la peur qui s'infiltrait dans les interstices du Familistère.

# Chapitre 13

## Il avait écouté un mot sur deux

L'aurore commençait à poindre quand Esther Louve acheva son récit. Debout devant la fenêtre de l'appartement 23, celle qui donnait sur le parc, elle observait la nuit qui se teintait de gris. Ses yeux d'ambre cernés de noir suivaient la course des gouttes de pluie sur le carreau, le chemin des rigoles d'eau qui se déversaient sur les pelouses noyées. À l'est, une aube liquide aux éclats rouges et métalliques baignait le paysage d'une lueur irréelle. Esther aimait ces cieux contrariés. Des cieux furieux qui écrasaient le monde intimidé.

Matthias était assis à la table au centre de la pièce, son col de chemise défait, les traits tirés. Il avait fumé à de multiples reprises, éteignant ses mégots dans un verre encore à demi rempli de liqueur. La pièce empestait le tabac froid. Il avait craint, en invitant Esther à entrer chez lui, qu'elle ne fût indisposée par les effluves de sa dernière étreinte avec Astrid Vignot. Il n'avait pas pensé à aérer la pièce, pas plus qu'à tirer les draps sur le lit chamboulé. C'était mal connaître Esther. Elle avait saisi la bouteille de côtes-de-toul – il en restait un fond – et avait versé le vin dans les deux verres qu'il n'avait pas rincés, puis lui avait tourné le dos, admirant la nuit par la fenêtre. Tandis qu'il contemplait ses boucles brunes suffisamment longues pour lui effleurer les épaules, elle s'était mise à parler. Ernest et Sarah Lamentin, Désiré Orsini, Louise, Armand Laforest. Et tout ce temps, il l'avait mangée des yeux, hébété, retrouvant chaque pli de ses cheveux indisciplinés, la courbe de ses hanches. Il avait suivi avec avidité chaque geste qu'elle faisait, tantôt croisant les bras sur sa poitrine, tantôt nouant ses mains dans son dos, à la manière d'un vieux professeur. Une histoire de chien, aussi, une chienne répondant au nom de Red. Il ne l'avait pas interrompue, bien trop inquiet qu'elle se volatilise, qu'elle s'évapore ; que sa présence n'ait été, après tout, qu'un rêve éveillé. La chienne, en l'occurrence, était couchée à ses pieds. Une bête massive, ni belle ni moche. Elle avait adopté Matthias, se vautrant sur ses bottes et levant vers lui sa tête allongée, qu'il avait flattée parce que c'était ce qu'elle attendait et que cela semblait faire plaisir à Esther.

En somme, il avait écouté un mot sur deux. Il se contrefichait de la veuve Orsini et de son amant meurtrier, des époux Lamentin et de la chienne. Il se contrefichait de Socquet, qu'il connaissait de réputation, de Paris et d'à peu près tout ce que le monde recelait de criminels et de fous. Il n'en revenait pas, Esther était là. Elle portait un damné pantalon et était flanquée d'un chien galeux, mais elle était là.

Quand elle se retourna enfin pour lui faire face, il capta son regard. Il avait attendu ce moment toute la nuit.

– C'est tout ?

Elle eut un air surpris, regarda la chienne comme si cette dernière était sur le point de donner son avis sur la conversation. Red se contenta de haleter, langue pendante, en agitant la queue, ses pattes sagement croisées devant elle.

– Comment ça *c'est tout* ? Trois meurtres, ça ne vous suffit pas ?

– Cinq. Mais je ne parle pas des crimes.

– Effectivement, cinq.

L'intérêt d'Esther, telle la flammèche d'une chandelle sous un nouvel afflux d'oxygène, se ralluma d'un coup. Pour la première fois depuis qu'elle était entrée dans la pièce, elle avisa derrière Matthias le tableau que l'inspecteur principal avait emprunté aux écoles. Elle s'abstint de dire que la chose lui faisait penser à une guillotine du fait de sa forme austère et rectangulaire, et se concentra sur les informations gribouillées dessus et sur les documents. Quand son regard tomba sur le billet griffonné des trois mots *Je vous pardonne*, elle cessa de respirer.

– Matthias… C'est ce billet…

L'inspecteur ne bougea pas, avachi sur sa chaise, contemplant son verre vide qui, il ne savait comment tant la luminosité était faible, attrapait quelques rayons de l'aurore.

– Deux ans, Esther.

Il perçut sa soudaine crispation lorsqu'elle s'approcha pour étudier le tableau. Elle ne le regardait pas. Elle était si proche qu'il pouvait la sentir sans la toucher. Elle sentait la neige, le froid, le crépuscule éternel. Les pattes-d'oie aux coins de ses yeux, étaient-elles récentes ou les avait-il toujours connues ? Et ces fils d'argent, encore peu nombreux dans ses boucles brunes, qui enfonçaient le clou. Sept cent cinquante et un jours passés sans Esther.

– Matthias, je…

– Deux ans, bordel de Dieu !

Et voilà qu'il était debout, remplissant l'espace de sa carrure trop haute, trop large, la chaise renversée, les verres bousculés, roulant au sol. La lampe à huile vacilla sur son pied. La chienne glapit, se réfugia sous le lit et Esther, l'inébranlable Esther, fit un demi-pas en arrière. Ils étaient là tous deux, coincés entre la table et le lit, la table et le tableau, le lit et la porte, à s'étouffer l'un l'autre. Les reproches, l'absence, le silence étaient autant de lames qu'ils pointaient l'un vers l'autre.

Esther n'avait pas oublié comme les emportements de l'inspecteur étaient subits, inattendus, et qu'ils s'accompagnaient le plus souvent d'un regard à changer en pierre le plus coriace de ses interlocuteurs. Elle leva le visage et planta ses yeux fauves sur la figure du policier.

– Reprenez-vous, inspecteur.

Et ce fut tout. La fureur de Matthias retomba comme un soufflet. Cette fureur qui un instant plus tôt menaçait de tout raser sur son passage, cette fureur s'évapora pour faire place à une lassitude irritée. C'était Esther, nom de Dieu. Esther qui réapparaissait soudain après une longue absence et qui, apparemment, ne voyait pas le problème. Mais c'était tout Esther, ça, de ne pas voir le problème. C'était tout Esther de ne rien entendre aux codes sociaux les plus élémentaires, de ne pas s'excuser, s'excuser de quoi d'ailleurs, il n'était ni son père ni son mari, le ciel l'en préserve ! Si elle faisait une enquêtrice brillante et une chercheuse pointue – elle cherchait, elle trouvait –, la jeune femme n'avait jamais brillé par sa perspicacité sociale. Matthias pouvait bien s'énerver comme il voulait, tonner et renverser les meubles, cela ne changeait strictement rien. Mieux valait laisser courir, il reviendrait plus tard sur cette histoire d'absence prolongée. Le policier se faisait confiance ; il voulait une explication, il finirait par l'obtenir.

– Inspecteur *principal*, nuança-t-il d'un ton sec.

– Tiens donc. C'est nouveau, ça.

– Moins de deux ans.

– Ça ne vous va pas.

– On ne parle pas d'un chapeau, Esther, mais d'une fonction. Que ça m'aille ou pas n'est pas le sujet.

– Je préfère vous appeler « inspecteur ».

– Et pourtant, voilà deux ans que vous ne m'avez pas appelé du tout.

La jeune femme se détourna, lassée.

– Avez-vous de quoi faire du café, dans cet endroit ? On ne va pas boire du vin toute la journée.

Matthias ronchonna et, passant dans l'autre pièce, ouvrit la porte du cagibi dans lequel Astrid Vignot avait été assez aimable d'arranger un réchaud. Il s'affaira donc à la préparation du café. Pendant ce temps, Esther détaillait les informations déployées sur le tableau d'écolier. Du cabinet où il l'observait en train d'observer, Matthias entendait ses méninges se mettre en branle.

Quand il revint avec deux tasses fumantes, il n'était plus l'homme blessé qu'il avait laissé transparaître un instant plus tôt. Il était l'inspecteur principal Lavau.

– Bien. Parlons des meurtres. C'est pour ça que vous êtes là, j'imagine.

La jeune femme songea en cet instant qu'elle n'en avait pas fini avec les remarques acerbes, mais s'abstint de tout commentaire.

– Cinq meurtres, Esther. Cinq victimes, trois hommes et deux femmes. Et si l'on en croit le petit mot doux retrouvé par vous et moi sur chacune des scènes de crime, ces cinq macchabées sont l'œuvre d'un seul et même tueur. Maintenant, dites-moi une chose.

Esther porta la tasse à ses lèvres et but une gorgée de café. Au-dehors, le jour s'était levé tout à fait. Bien sûr, elle connaissait la question qu'il s'apprêtait à lui poser.

– Qu'est-ce que vous foutez là, Esther ?

Elle reposa la tasse, laissant errer ses yeux sur le tableau, puis sur l'étrange assemblage d'objets et de meubles qui occupait la pièce. Sur le manteau de la cheminée, un crucifix trônait aux côtés d'une horloge arrêtée – la bruyante course des aiguilles empêchait Matthias de dormir – et d'un vase empli de fleurs séchées poussiéreuses. Dans le foyer, le poêle en fonte, un Godin, était éteint. Le regard d'Esther s'attarda sur la beauté du calorifère. L'émaillage et le nickelage de la fonte donnaient à l'objet un caractère élégant ; d'un vert forêt soutenu, il était décoré sur le devant et sur les côtés d'illustrations florales délicates. Le plateau supérieur était finement ouvragé. La porte en fonte, qui permettait d'insérer le combustible, rappelait ces fenêtres de manoir aux petits carreaux. C'était une pièce étonnante.

– Je suis venue pour les billets.

– Précisément. Deux ans se sont écoulés entre les meurtres de Paris et ceux du Familistère. Deux ans pendant lesquels vous n'avez pas envisagé de lever le petit doigt pour faire la lumière sur ces affaires.

– Ce n'est plus mon travail, inspecteur. Je suis assistante médecin lég…

– C'est ça, si vous voulez. Toujours est-il que vous débarquez comme un cheveu sur la soupe parce que, d'une façon ou d'une autre, vous avez eu vent de ce mot laissé par le tueur sur *mes* cadavres. Le même mot que sur les corps de 1920, à Paris.

Matthias s'assit face à Esther, ficha ses yeux gris sur la jeune femme, la dévisageant sans vergogne.

– *D'une façon ou d'une autre*, c'est une manière de parler. Je sais très bien *qui* vous a informée de ce détail. Voyez-vous, Esther, je n'ai mentionné les billets qu'à une seule personne. Une seule.

Esther vida le reste de son café, elle se sentait épuisée, et se resservit une tasse.

– Marcus Taillandier.

– Marcus Taillandier, acquiesça le policier, les prunelles incendiées d'une rage contenue. Quant à savoir *pourquoi* vous étiez en contact avec Marcus alors que je n'ai pas entendu parler de vous pendant deux longues années, nous y reviendrons. Je réitère ma question. Qu'est-ce que vous foutez là ?

– Je vous l'ai dit. Je suis venue pour les billets. Il m'a semblé important de vous prévenir des crimes précédents. Armand Laforest n'a jamais été arrêté, il est toujours dans la nature. Et j'en ai appris de belles, à son sujet.

D'un geste, Matthias balaya l'argument.

– Foutaises. Vous auriez pu m'avertir autrement. Un mot de Socquet, un message de Marcus. Vous n'aviez pas besoin de vous déplacer. Vous l'avez dit, ce n'est *plus* votre boulot.

Esther gigota sur sa chaise, incapable d'échapper au regard de l'inspecteur qui, sans bouger d'un pouce, la contraignait pourtant à rester assise plus sûrement qu'une paire de menottes.

– La veuve Orsini. Son procès est imminent et elle risque la guillotine. Elle n'a pas tué son mari, Matthias.

– Sans doute pas. Mais ça ne répond pas à ma question.

Sur la table, ses doigts se refermèrent sur ceux de la jeune femme, y diffusant leur chaleur. Ce contact lui pinça le cœur, mais elle n'en laissa rien paraître.

– Je suis venue pour les billets. Pour le mot du tueur.

Il retira sa main, s'affaissa contre le dossier de son siège et la contempla longuement. Elle ne détourna pas le regard, l'air buté. Elle ne prononcerait pas les mots qu'il crevait d'entendre.

Matthias claqua du plat de la main sur la table et se leva d'un bond.

– Bien ! Alors au travail.

# Chapitre 14

# Récolter la fureur

Aux premières lueurs de l'aube, Rosalie sortit de chez elle. Les larmes lui brouillaient la vue et elle dut s'y reprendre à trois fois pour lacer sa bottine. Pleurer était une affaire sérieuse ; elle s'y était attelée toute la nuit et, au réveil, s'était trouvée horriblement bouffie dans le miroir du cabinet de toilette. Guère étonnant que son amoureux l'ait repoussée, Rosalie était moche. Moche comme une vieille fille, moche comme une pas coiffée.

Parvenue au bout de la coursive, la tête baissée pour ne pas avoir à saluer les quelques lève-tôt déjà sur le pont, elle dédaigna la volée de marches qui descendait au rez-de-chaussée du palais et s'élança plutôt dans les étages. Il y avait, dans les combles du bâtiment central, quarante-huit greniers dont la majorité avait été transformée en logements. Quelques-uns de ces greniers cependant étaient encore adjoints aux appartements des étages inférieurs, et le père de Rosalie entreposait dans l'un d'entre eux tout un tas de choses inutiles. Cela gâchait de la place, mais c'était un collectionneur, pas moyen de lui faire entendre raison. La jeune fille pénétra dans le grenier et referma la porte derrière elle. La pièce sentait le renfermé. Tirant une chaise dépaillée sous la fenêtre, elle en poussa le battant vers l'extérieur et se hissa sur le rebord.

Rosalie se retrouva alors sur le *chemin de ciel.* C'est ainsi qu'elle appelait la coursive qui, calée contre les tuiles de la toiture, faisait le tour de l'impressionnante verrière. Une promenade aérienne et silencieuse, loin au-dessus de la fourmilière, rigoureusement interdite d'accès.

Rosalie avait pour habitude d'y retrouver son amoureux. C'était son idée à lui, il ne voulait pas qu'on les voie ensemble. Ce matin-là, elle grimpa là-haut comme on ressasse de vieux souvenirs, davantage pour se complaire dans son malheur que pour s'adonner à la rêverie. La pluie rendait la coursive glissante, Rosalie s'étala sur les carreaux dans un bruit sourd. Gémissant sur son sort, elle se recroquevilla, ramassant ses jambes, les encerclant de ses bras menus.

La veille au soir, tandis qu'elle se coulait dans ses draps rêches et froids, elle avait entendu le signal. Un signal comme un chant d'oiseau, une sorte de roucoulement que Rosalie n'avait jamais été fichue de reproduire, mais cela n'avait pas d'importance car seul son amoureux en faisait usage. *C'est moi qui viens à toi*, avait-il dit. *Pas l'inverse. Ne t'amuse pas à te promener dans le palais en roucoulant comme un pigeon.* Elle comprenait. Son amoureux était important. Prenant soin de ne faire aucun bruit, elle s'était donc faufilée hors de l'appartement. Il l'attendait dans l'encoignure d'une porte, dissimulé dans les ombres. La nuit, il régnait sous la verrière une atmosphère de rêve, d'illusion charmante qui donnait le sentiment que l'on se trouvait hors du temps.

Rosalie avait souri. Elle avait voulu monter sur le chemin de ciel, peut-être allaient-ils encore faire l'amour, Dieu comme elle en avait envie. Mais alors qu'elle se hissait sur la pointe des pieds pour l'embrasser – l'amoureux était grand –, il s'était détourné.

– Il y a quelqu'un d'autre, Rosalie. Une femme qui me hante.

Tout était dit, Rosalie n'était rien. Une passade qui venait de trouver son terme.

Les mots résonnaient dans la tête de la jeune fille, douloureux comme des coups de maillet. Elle avait protesté, elle n'était pas d'accord, elle l'aimait. Ça devait bien signifier quelque chose, tout cet amour qui débordait, qu'elle lui offrait sans condition, à lui qui n'était pourtant pas un ange !

Rosalie se releva, trempée. D'une main incertaine, elle replaça ses courtes boucles blondes, lissa un pan de sa jupe. Pour se laisser le temps de reprendre ses esprits, elle entreprit de faire le tour de la verrière, avançant prudemment sur la coursive luisante de pluie. Le jour était levé, à présent, il serait bientôt l'heure de se rendre à la buanderie pour prendre son service. C'était un petit travail qui ne payait pas beaucoup, mais les sous qu'elle mettait de côté en aidant les ménagères qui pouvaient se le permettre lui seraient précieux quand elle s'en irait d'ici.

Non, l'amoureux n'était pas un ange, loin de là. Rosalie le savait bien, elle l'avait *vu*. Quel culot de l'éconduire ainsi comme une moins que rien ! Ce n'étaient pas des façons de faire. Rosalie avait donné son cœur, son corps – si le père l'apprenait, imaginez –, sa dévotion et, elle en avait bien conscience, son intégrité. Pour lui, elle avait menti et dissimulé des choses à la police, à cet inspecteur qui rôdait dans le palais en reniflant tout le monde avec des airs de chien de chasse mal embouché. Pour lui, elle avait ravalé son effroi, s'efforçant de comprendre son geste, ce terrible geste. Elle s'était assise sur son éducation, sur la loi. Rosalie ne voyait pas bien ce qu'elle aurait pu faire d'autre pour prouver sa valeur. Et il la rejetait ?

La jeune fille leva les yeux. Elle n'en pouvait plus, de toute cette pluie, de cette grisaille, de cette prison de palais. Un plan se formait dans sa tête et ce plan impliquait un départ, un départ avec l'amoureux, n'importe où. Ils partiraient ensemble.

Rosalie enjamba le rebord de la fenêtre du grenier en sens inverse et se glissa à l'intérieur. Ramassant une pièce de tissu qui traînait sur un fauteuil, elle essuya sommairement ses joues et ses cheveux, puis redressa les épaules. Elle lui répéterait combien elle l'aimait, comme elle ferait pour lui une compagne idéale. Elle lui expliquerait qu'elle l'avait vu sortir de chez Eleanor juste après qu'il l'avait tuée, que ce n'était pas grave, elle comprenait, Eleanor l'avait sûrement cherché. Elle lui servirait d'alibi. Elle lui prouverait qu'il n'y avait rien qu'elle ne fût prête à faire pour le protéger.

Mais s'il la poussait dans ses retranchements, elle le dénoncerait à l'inspecteur. Car si l'amoureux s'obstinait à semer la désillusion, qu'il s'attende à récolter la fureur.

# Chapitre 15

## Où l'on dresse le profil du tueur

Aux alentours de dix heures du matin, Esther et Matthias convinrent du fait qu'à l'évidence ils avaient affaire à un seul et même tueur, et que celui-ci avait de la même façon massacré les époux Lamentin, Désiré Orsini, Eleanor Fontaine et Paul Beaucœur. L'inspecteur principal fut dur à convaincre. Esther n'avait pas en sa possession les billets manuscrits abandonnés sur les cadavres de la capitale deux ans plus tôt, et pour cause : ils avaient été versés au dossier comme autant de pièces à charge contre Armand Laforest et son amante, la veuve Orsini. Bien qu'il n'ait donc pu les comparer aux feuillets que lui-même avait trouvés, Matthias avait fini par admettre qu'une coïncidence était, sur ce point, assez improbable.

Esther se versa une quatrième tasse de café, surmontant l'écœurement que lui inspirait le breuvage trop serré ; elle n'avait pas dormi depuis plus de vingt-quatre heures et tombait de fatigue. Et tandis que Matthias s'agitait devant le tableau d'écolier, elle observait le capharnaüm qui régnait dans la pièce. L'inspecteur n'était pas arrivé depuis huit jours qu'il avait réussi à mettre un chambard pas possible dans l'appartement qu'on lui avait obligeamment mis à disposition. Tous les meubles étaient déplacés de quelques dizaines de centimètres à droite ou à gauche, en témoignaient des traces plus claires sur les murs. Des habits traînaient, les objets étaient empilés, entassés, relégués au sol. Là-dessus, un panier plein de vaisselle sale. Esther ne put s'empêcher d'esquisser un sourire devant ce spectacle. Même loin de Haut-de-Cœur, l'ouragan Matthias continuait de frapper. Les ravages de cet ouragan familier étaient rassurants.

– Ce que je ne parviens pas à comprendre, disait l'inspecteur en griffonnant sur le tableau avec une craie, c'est le point commun entre toutes ces victimes. Et pourquoi avoir attendu deux ans avant de frapper au Familistère ? Tous les modes opératoires diffèrent, il n'y a pas d'éléments concordants à part ce billet abandonné sur les scènes de crime. Et pas de mobile clairement identifié. Ça me rend chèvre, bordel de Dieu. Nous n'avons pas affaire à un cinglé qui frappe au hasard, tout de même !

Matthias fit une pause, se tourna vers Esther.

– Remarquez, un bigot bas du front qui se prend pour Dieu le père et trucide à tire-larigot en dispensant l'absolution. *Je vous pardonne.* Ça vous paraît plausible ? Une sorte de reliquat de l'Inquisition, si vous voulez.

La jeune femme se leva et vint se planter devant le tableau aux côtés du policier. Plissant les paupières – bien qu'elle fût encore jeune, la vue d'Esther baissait, le recours aux bésicles était de plus en plus nécessaire –, elle examina les gribouillis. Sous chaque nom de victime, inscrit dans l'ordre chronologique, Matthias avait indiqué la date, le lieu et les circonstances de la mort.

*Ernest Lamentin, mars 1920, Colombes. Battu à mort avec une pince-monseigneur. Coups mortels portés au visage. Suspect : Armand Laforest.*

*Sarah Lamentin, mars 1920, Colombes. Battue à mort avec une pince-monseigneur. Coups mortels portés au visage. Suspect : Armand Laforest.*

*Désiré Orsini, avril 1920, Colombes. Égorgé dans son salon avec un petit couteau à dents. Suspects : Louise Orsini et Armand Laforest.*

À cet endroit, l'inspecteur avait entouré les deux noms et ajouté en marge : « amants ». Esther poursuivit sa lecture.

*Paul Beaucœur, novembre 1922, Familistère de Guise. Étranglé, meurtre déguisé en suicide par pendaison dans sa boutique. Suspect : ?*

*Eleanor Fontaine, novembre 1922, Familistère de Guise. Décès survenu des suites d'un choc contre le chambranle de la porte de son appartement. Suspect : ?*

Deux séries d'assassinats, sans lien apparent hormis les billets manuscrits.

– Un cinglé qui frappe au hasard… murmura Esther, reprenant les mots de l'inspecteur. Toc toc.

Matthias se tourna vers la porte.

– On a frappé ?

– Non, je parle d'Armand. Quand je suis allée voir Louise Orsini en prison, elle m'a raconté que son amant avait été interné à l'asile de Villejuif en raison de comportements… singuliers qu'il aurait eus pendant la guerre. Elle a employé l'expression : toc toc.

– Ah. C'est vague.

– Comme vous dites. Toujours est-il que je me suis renseignée auprès du service des armées. D'après l'officier qui a bien voulu me recevoir, les agissements d'Armand dans les tranchées ont attiré l'attention d'une façon pour le moins… étonnante.

– Allez droit au but, Esther.

– Les morts.

– Eh bien quoi, les morts ?

– Armand était porteur de brancards.

L'inspecteur pâlit.

– Un ramasseur de cadavres ?

– Précisément, acquiesça Esther. Et toujours d'après l'officier, qui faisait à peu près la même tête que vous maintenant, pelleter les corps en morceaux l'aurait… détraqué.

– *Toc toc.*

– Voilà.

– Cela expliquerait que nous ne trouvions aucune cohérence entre les meurtres. Il frappe bel et bien au hasard.

Esther secoua la tête en signe de dénégation.

– Pas tout à fait. À Colombes, il avait un mobile. Pourquoi serait-il venu à Guise massacrer des Familistériens ?

Matthias eut un geste signifiant qu'il n'en avait pas la moindre idée.

– Et il y a plus étrange encore, dit-il en sortant une lettre de sa poche.

Il déplia le morceau de papier et le tendit à Esther, qui le saisit et fronça aussitôt les sourcils.

– Ce n'est pas possible, dit-elle. Il y a forcément une erreur.

– Je connais les gars du labo. Je leur fais confiance.

L'inspecteur désigna le document.

– Il n'y avait pas d'empreintes sur les scènes de crime, Esther. J'ai reçu les résultats de mes relevés hier soir, avant d'aller retrouver Saint-Simon au restaurant. Je veux dire, les empreintes des victimes ont été retrouvées, bien entendu. Celles d'Eleanor Fontaine et de Paul Beaucœur. Mais il y avait *uniquement* les leurs.

Esther se laissa choir sur le lit.

– Vous voulez dire que le tueur aurait méticuleusement effacé ses empreintes ?

– Ça m'en a tout l'air.

La jeune femme secoua la tête, en proie à l'incrédulité la plus sincère. Son regard tomba sur Red, sagement couchée au pied du tableau et qui suivait de ses yeux doux le moindre mouvement de l'inspecteur, langue pendante, l'air enamouré. La chienne, qu'elle avait trouvée sous un lit, terrifiée, au beau milieu d'un carnage. Esther se remémora les visages réduits en bouillie d'Ernest et de Sarah Lamentin. Dans un clignement de paupières, elle revit les meubles renversés, les objets et bibelots brisés et éparpillés, la literie éventrée, le chaos qui régnait dans la maison de la rue de Gennevilliers.

– Ce n'est pas logique, dit-elle. Les meurtres de Paris n'étaient pas l'œuvre d'un assassin précautionneux ou méthodique. Le domicile des deux premières victimes a été rien de moins que saccagé. Quant à Désiré Orsini, l'arme du crime a été retrouvée ensanglantée à côté du corps. J'ai remarqué ce *détail* sur les photos…

– Les photos ? Vous avez les photos de la scène de crime ? Qu'attendez-vous pour…

– Je ne les ai plus, coupa Esther avec un geste irrité. Socquet les avait… empruntées. Je les ai restituées au dossier.

– Évidemment. Qu'est-ce que vous êtes conformiste.

Matthias avait levé les yeux au ciel ; chose étrange que ce policier qui prenait l'obéissance aux règles pour un comportement moutonnier.

– Bref, articula Esther dans l'espoir de pouvoir achever son propos. Tout cela pour dire que, si le meurtrier avait voulu effacer ses traces, il aurait été beaucoup plus simple de faire disparaître l'arme du crime dans une bouche d'égout ou dans un canal.

Matthias hocha la tête et croisa les bras sur sa poitrine.

– Précisément. Dans l'appartement d'Eleanor, il a tenté d'essuyer le sang avec les draps du lit. Il n'a réussi qu'à en mettre partout, et il a voulu se laver les mains dans la vasque de toilette. Ça pourrait signifier qu'il était paniqué et écœuré par la vue du sang. Et croyez bien qu'il y avait de quoi l'être.

À ce souvenir, il réprima un frisson.

– Quant au meurtre de Paul Beaucœur dans sa boutique, au rez-de-chaussée, il a commis une erreur en essayant de couvrir ses traces. L'imbécile a voulu maquiller le crime en suicide, mais il a si bien rangé la pièce qu'il en a oublié que ce pauvre Paul n'aurait pas pu se pendre sans monter sur une chaise… Il les a donc toutes rangées le long du mur, bien trop loin du corps.

– Ah, quand même, ponctua Esther.

– Oui. C'est ce qui me fait dire que vous avez raison. Votre Armand, s'il s'agit bien de lui, n'est pas soigneux, il ne fait pas attention. Il n'aurait jamais *pensé* à essuyer ses empreintes.

– Pourrait-il avoir porté des gants ?

L'inspecteur haussa les épaules, avec une moue dubitative.

– Je ne vois pas d'autre explication. Mais je n'y crois pas. Un assassin enfile des gants s'il a *prévu* de tuer. Or, ce n'est pas le cas dans les affaires qui nous occupent. Notre tueur est maladroit, désorganisé. Brouillon. Ça colle avec un dingue qui frapperait au petit bonheur.

Esther ne répondit pas. Il était hautement improbable, en effet, que l'assassin ait délibérément effacé ses traces. Sur ce point, elle rejoignait son compagnon. Pourtant elle restait sceptique. Elle se figurait Armand comme un doux illuminé, tout au plus comme un être un peu dérangé qui aurait trop fréquenté la Faucheuse. En aucun cas elle n'imaginait un individu à la double nature, dont l'instinct de préservation le plus élémentaire surnageait dans un tempérament emporté, fou et destructeur.

Quelque chose ne collait pas.

Son regard fut attiré par les photos fixées sur le tableau. Matthias lui avait brièvement expliqué qu'elles provenaient des archives personnelles de Paul Beaucœur, la quatrième victime. Des enfants de tous âges, des salles de classe, des instituteurs et des institutrices, la société du Familistère, capturée dans des images monochromes. Esther désigna du menton ces fenêtres sur le passé.

– Pensez-vous que la mort de l'ancien instituteur ait un rapport avec tous ces vieux clichés ?

Matthias saisit la tasse de café froid abandonnée par la jeune femme et la vida d'un trait. Un pli de contrariété barrait son front, ses yeux plissés indiquaient combien il était concentré. Esther se demanda si, tout comme elle, l'inspecteur n'aurait pas eu intérêt à s'équiper de verres correcteurs. Il ne rajeunissait pas non plus.

– Je ne sais pas. Je pressens que oui, puisque j'ai retrouvé le billet de l'assassin dans l'un de ses albums.

L'inspecteur décrocha l'une des photographies et se déplaça près de la fenêtre pour l'examiner à la lumière du jour. L'on y voyait un groupe de jeunes enfants du pouponnat, qui s'appliquaient à dessiner avec un talent relatif sous l'œil attentif d'une jeune femme et du professeur Beaucœur en personne. Ce dernier, vingt ans de rides en moins et accoutré d'une blouse de circonstance, était penché sur l'ouvrage d'un garçonnet qui semblait ne rien entendre de ce qu'on lui disait ; il fixait l'objectif de ses yeux noirs et intenses.

Matthias s'abîma de longues secondes dans la contemplation du cliché avant de le replacer sur le tableau avec un soupir agacé. Esther bâilla.

– Bien. Je ne crois pas que nous trouverons autre chose maintenant, alors si vous n'y voyez pas d'inconvénient, je vais dormir. Je peux prendre votre lit ?

Alors qu'elle retapait l'oreiller avec la ferme intention de s'y abandonner – Esther se contrefichait pas mal de ne pas être la première à s'y assoupir, bien sûr qu'elle avait remarqué les draps tout retournés et le couvre-lit à peine tiré, Matthias la prenait vraiment pour un lapin de trois semaines –, il acquiesça distraitement.

Elle se débarrassa de ses bottines et se glissa entre les couvertures rêches. Ses épaules s'enfoncèrent dans le matelas, libérant ainsi l'épuisement du voyage et des nuits sans repos. Son corps entier se délassa d'un coup, lui arrachant un infime gémissement de douleur, la délicieuse douleur de la paix qui survient après les grandes fatigues.

Esther n'était pas chez elle en cela que chez elle, ça n'existait pas. Elle n'avait pas de maison, à peine habitait-elle dans un petit appartement sans meubles et sans chaleur. Au Familistère pas plus qu'ailleurs, elle n'appartenait. Pourtant, dans ce lit aux draps trop raides, dans ce lit qui sentait l'odeur d'une autre femme, elle eut le sentiment de se trouver précisément là où il fallait. Elle était au *bon endroit*.

*

Tout le temps que dormit Esther, Matthias réfléchit.

Il réfléchissait pour ne pas penser à elle. À cette forme alanguie sous la couverture, à ce corps chaud dont il percevait, même sans le regarder, même le dos tourné, la respiration. S'il laissait son esprit dériver, il sentirait le sang battre dans sa gorge, dans ses tempes, et lui brouiller les méninges. S'il se laissait aller à son propre épuisement, il sentirait le parfum de la nuque d'Esther, juste sous ses cheveux, ce carré de peau d'une douceur infinie qui exhalait une senteur particulière quand elle dormait.

Alors il réfléchissait. Assis sur une chaise en face du tableau d'écolier, à deux pas du corps assoupi, il scrutait chaque nom, chaque date, chaque élément. Tout ce qu'il savait des cinq meurtres se trouvait sur ce tableau ; tout ce qu'il savait n'était pas grand-chose et, avec ça, quelque chose lui échappait. Quelque chose juste sous son nez. Il se disait que, s'il persistait assez longtemps dans son examen, cette chose finirait bien par se montrer.

Plusieurs heures s'écoulèrent.

La chienne opéra un rapprochement. À présent qu'elle avait mangé, bu, somnolé tandis qu'Esther et

Matthias mettaient en commun le fruit de leurs découvertes, Red se sentait tout à fait ragaillardie et pleine d'audace. Trottinant jusqu'au policier, elle se dressa sur son arrière-train et posa ses deux pattes avant sur ses genoux.

Ce dernier ne goûtait pas tant la compagnie des animaux, et son premier réflexe fut de chasser l'animal. Il tenta bien de repousser ses pattes épaisses, mais Red ne se laissa pas éconduire.

– Sacré nom de Dieu, bougonna l'inspecteur. Vas-tu te…

Il interrompit sa phrase en même temps que son geste, le regard rivé sur les phalanges et les ergots de la chienne. Aussitôt, les paroles d'Esther lui revinrent en mémoire… Comment elle avait trouvé le chien-loup rampant sous le lit, les pattes engluées dans le sang, le billet du tueur collé sous ses coussinets.

Le billet du tueur. *Quelque chose juste sous son nez.*

Le détail qui, depuis le début de cette sombre histoire, depuis le premier soir dans l'appartement d'Eleanor Fontaine, taraudait son inconscient comme un moustique vous agace l'oreille. Se dressant d'un bond, Matthias s'empara des deux billets et, avec fièvre, les rapprocha de son visage en plissant les paupières. C'était infime, mais à présent qu'il avait mis le doigt dessus, ça lui sautait à la figure.

– Bordel de Dieu, souffla-t-il. Esther ! Esther, réveillez-vous.

L'inspecteur secoua sans ménagement la jeune femme, se disant avec force mauvaise foi qu'elle avait eu deux ans pour dormir tout son soûl.

– Le billet, Esther, le satané billet.

– Eh bien quoi, le billet ?

Esther repoussa les draps et posa ses pieds sur le sol, frottant son visage. Ses cheveux formaient un halo autour de sa tête, ses yeux d'ambre luisaient étrangement dans la lumière déclinante de l'après-midi. Matthias, qui s'était rendu dans le cabinet attenant à la première pièce de l'appartement pour faire du café, revint avec une tasse fumante qu'il lui tendit, ainsi qu'une assiette dans laquelle il avait découpé des quartiers de pomme et un morceau de fromage. Esther en resta saisie d'étonnement ; il n'entrait pas dans les habitudes de l'inspecteur, qui s'était toujours comporté comme un vieux garçon égoïste, de cultiver ce genre de geste. Elle se hâta de manger, craignant sans doute que la nourriture ne s'évanouisse. Les pommes et le fromage furent caresses sur sa langue.

– *Je vous pardonne.*

Elle frémit. Ces derniers mois, Esther n'avait plus repensé aux trois mots trouvés sous les pattes du chien et entre les lattes du parquet chez les époux Orsini. Trois mots qui avaient provoqué en elle un picotement, une gêne qu'elle ne parvenait pas à expliquer. Esther découpait des cadavres à longueur de journée, parfaitement insensible aux effluves de la mort, à l'horreur des blessures, à la tristesse des figures éteintes ou encore aux bavardages du docteur Socquet. En cela elle faisait une excellente assistante et, la chose eût-elle été possible, aurait remarquablement rempli les fonctions d'un médecin légiste en titre. Pourtant, trois petits mots maladroitement jetés sur un feuillet grand comme la paume de sa main la taraudaient en sourdine. La simple idée de ces billets mettait Esther mal à l'aise.

Elle déglutit son morceau de pomme.

– Esther, le billet.

Matthias agitait les documents devant ses yeux.

– Rien ne vous vient ? Non ? Regardez mieux, que diable.

La jeune femme plongea la main dans sa poche, en tira les bésicles qu'elle chaussa sur son nez. Comme elle ne voyait rien de plus que les trois mots aux lettres inégales, elle répondit :

– Allez-y, inspecteur. Cessez donc de me faire mariner et dites-moi ce que vous avez compris.

– Ça ne va pas.

– Ça non, ça ne va pas, je crois que c'est établi. Des gens sont morts.

– Je veux dire : le billet. Ça ne va pas.

– Comment cela ?

– C'est évident, Esther. Ces billets ont été trafiqués.

La jeune femme resta silencieuse quelques secondes, incertaine de la signification de ces paroles. Quand elle voulut répliquer, elle n'en eut pas le temps. Des coups frappés à la porte de l'appartement 23 les firent sursauter tous deux. Ils avaient oublié qu'ils n'étaient pas seuls au monde, qu'il existait au-delà d'eux, au-delà de la bulle dans laquelle ils se retrouvaient, des gens qui les attendaient de pied ferme.

Matthias s'arracha au regard perplexe d'Esther et alla ouvrir. Sur le seuil de la porte, Gabriel Saint-Simon, le visage blanc comme un cierge, les yeux écarquillés, bredouilla :

– Un autre meurtre… Un autre meurtre vient d'avoir lieu.

# Chapitre 16

## Comme on aime, on meurt

– Surtout, ne touchez à rien.

L'ordre claqua dans les allées de la buanderie, et chacun put constater qu'il ne venait pas de l'inspecteur Lavau, mais de l'étonnante jeune femme qui l'accompagnait. Cette dernière replia avec soin le parapluie qui lui avait permis de parcourir la place centrale du Familistère, puis de remonter la rue sans parvenir à destination trempée comme une soupe. Une fois son geste accompli, elle déposa l'objet le long du mur. À ses côtés, l'inspecteur principal avait plus que jamais l'air d'un ours patibulaire, les sourcils froncés, les narines dilatées.

L'étrange tandem traversa la vaste halle de l'atelier de lessive, leurs bottes résonnant sur le sol en ciment, jusqu'au corps étendu entre deux rangées de baquets placés en hauteur sur des chevalets. Bien que plusieurs des fenêtres basculantes fussent ouvertes pour évacuer les vapeurs de lessive, il faisait bon dans cet endroit singulier. Une chaleur toute moite provenait, le policier le comprit, des robinets dont étaient pourvus les baquets et qui déversaient de l'eau chaude depuis le réseau aérien de distribution d'eau fixé sur les colonnes. *De l'eau chaude pour laver son linge ! Décidément,* songea-t-il, *on est mieux servi ici que nulle part ailleurs. Hélas, le confort ne protège pas de la mort.*

Matthias Lavau s'approcha lentement du petit corps recroquevillé sur le sol, ses habits humides collant à sa peau diaphane. Il était difficile d'imaginer quelque chose de plus sordide et de plus misérable que cette silhouette qui émergeait d'un tas de linge mouillé : les mèches blondes plaquées sur le front, une jambe repliée sous la robe, les souliers jetés plus loin, les bas imprégnés d'eaux usées. Le collier qu'elle portait, un rang de perles noires sans valeur – une coquetterie –, était brisé. Matthias sentit une bille rouler sous la semelle de sa botte.

– Qui est-ce ?

Esther se tenait à ses côtés, impassible, sortant les bésicles de la poche de son pantalon. Quand elle les eut chaussées sur son nez, elle enfila une paire de gants et s'accroupit près du cadavre. Matthias détourna le regard, le teint cireux. L'examen des morts, c'était l'affaire d'Esther.

Ce fut la voix éteinte de Gabriel Saint-Simon qui répondit à la question de la jeune femme.

– Rosalie. La petite lavandière, Rosalie Escudé.

L'administrateur-gérant se tenait en retrait au bout de la rangée de baquets, les bras serrés autour de sa poitrine, les yeux emplis de larmes. Cet homme si élégant, si lumineux semblait sur le point de rendre son déjeuner sur ses souliers. À ses côtés, une femme d'un âge certain avec un nez en pied de marmite, pâle comme une endive et le chignon gris effiloché, avait posé une main sur son épaule. Sa figure parcheminée, d'ordinaire sévère, était bouleversée. Matthias la salua d'un geste sec du menton.

– Esther, je vous présente Violette Champois, directrice des écoles du Familistère. Madame Champois, Esther Louve. Mon… ma… collègue.

Bref coup d'œil d'Esther en guise de salutation. C'en était beaucoup pour la vieille femme, qui soudain se trouvait en présence du cadavre d'une jeune fille, d'un administrateur-gérant près de défaillir et d'une femme à l'allure si étrange qu'on ne savait qu'en penser. Sans parler de l'inspecteur principal, guère plus aimable que lors de leur première rencontre. Passé un instant d'hésitation, Violette Champois hocha la tête en direction d'Esther.

– Qui a découvert le corps ? demanda Matthias à Gabriel Saint-Simon.

– C'est… c'est moi.

La directrice redressa les épaules, consciente que ce que l'on attendait d'elle pourrait se révéler d'une importance capitale. Esther, qui jaugea hâtivement Violette Champois par-dessus les bésicles, estima que la vieille femme avait de la poigne. Elle ne fléchirait pas.

– Je… j'étais allée nager. Il n'y avait personne d'autre, c'est assez inhabituel, mais je préfère. Je rêvasse, je suis mieux seule pour rêvasser. C'est que le reste du temps, je ne me laisse pas tellement aller à cela, voyez-vous.

Comme un seul homme, Esther et Matthias levèrent les yeux vers la directrice. Le policier répéta :

– Vous étiez allée *nager* ? Où donc ? Dans les baquets de lavage ?

Sans se formaliser du ton acrimonieux du policier, Saint-Simon désigna mollement le mur du fond de la buanderie, dans lequel on discernait une porte.

– Nous… nous avons une piscine d'eau chaude, dans l'autre salle. Elle est ouverte tout le jour, les habitants peuvent s'y baigner en pleine eau quand ils le désirent.

Violette… Mme Champois est l'une de nos instructrices.

Matthias ne put empêcher le coin de ses lèvres de frémir. Il pointa le doigt vers la directrice.

– *Vous ?* Vous êtes… maître nageur ?

– Vous avez une *piscine* ? répéta Esther à son tour.

– C'est une pratique hygiénique, stimulante et fortifiante pour le corps, rétorqua Violette Champois avec aigreur. Et l'apprentissage de la natation est une mesure de prévention des risques de noyade. Peut-être n'avez-vous pas remarqué, inspecteur principal, mais nous sommes entourés par l'Oise et le canal des Usines. Nous protégeons nos petits.

Cette sortie laissa l'inspecteur ahuri, et Esther jugea bon de ramener la conversation sur le sujet qui les occupait. D'un signe de tête, elle encouragea la directrice des écoles à poursuivre son récit.

– Vous étiez donc allée nager. Quelle heure était-il ?

La vieille femme porta une main à son chignon, tentant vainement d'y remettre de l'ordre. Esther nota que ses cheveux étaient encore humides.

– Il devait être non loin de six heures du soir, je… j'attends généralement que le gros des ouvriers soit passé par les cabinets de bain et que les ménagères soient rentrées chez elles.

– Quand vous êtes arrivée, y avait-il quelqu'un ?

Violette secoua la tête.

– J'ai croisé Mmes Muller et Penot qui descendaient du séchoir, à l'étage, et qui rentraient au palais. Hormis elles, la buanderie était vide.

– Et quand vous avez fini de… nager, quelle heure était-il ?

Matthias s'efforçait de masquer son incrédulité.

– Presque sept heures, soupira la directrice. Je me suis changée et je suis sortie de la piscine. C'est... c'est en remontant le long des postes de lessive que je l'ai vue... Pauvre enfant... J'ai immédiatement fait mander M. Saint-Simon.

Tous les regards se portèrent alors sur le corps de Rosalie, enveloppé dans son linceul de tristesse. Esther désigna le linge mouillé amoncelé en partie sur la jeune fille.

– Vous dites qu'il est inhabituel pour les lavandières de venir si tard à la buanderie. Que faisait-elle ici, dans ce cas ?

Gabriel Saint-Simon passa la main sur son visage.

– Rosalie est... était tête en l'air. Elle se faisait souvent houspiller pour ses retards et ses inattentions. Il lui arrivait de mettre le linge à bouillir pendant quelques heures...

L'administrateur-gérant désigna du bras une grande cuve métallique, à l'entrée de la salle.

– ... et d'oublier qu'elle n'avait pas fini son labeur. Elle revenait alors en toute hâte achever le travail : laver le linge une seconde fois dans les baquets individuels avant de le passer dans l'essoreuse ou dans les bacs de rinçage, là-bas.

– Donc, fit Matthias, l'air pensif, l'assassin savait qu'en venant à cette heure tardive il ne croiserait probablement personne, hormis Rosalie qui rattrapait le temps perdu entre deux phases de lessive. Saint-Simon, il faut appeler le légiste.

L'interpellé hocha la tête.

– C'est fait, dit-il. J'ai demandé à mon secrétaire de lui téléphoner et de le prier de se hâter.

– Et les accès ? Sont-ils tous fermés ?

Violette Champois acquiesça. Son visage ridé accusait le coup de sa macabre découverte. Gabriel Saint-Simon, le choc passé, ne détachait plus ses yeux d'Esther, qui examinait le corps. Le policier, dont la patience en présence d'un macchabée se réduisait à peau de chagrin – ce n'était pas qu'il était très patient par ailleurs, mais les circonstances lui mettaient les nerfs en pelote –, vit ce regard. Il vit ce regard, qui brillait d'une lueur qu'il n'aima pas.

– Esther, aboya-t-il. En attendant Desconti, auriez-vous l'obligeance de partager avec nous vos lumières ?

Le visage affublé des bésicles se leva vers lui, le gratifiant d'un regard agacé.

– En parlant de lumière, figurez-vous que j'y vois de moins en moins. Monsieur Saint-Simon, madame Champois, seriez-vous assez aimables pour aller chercher des lampes ?

L'administrateur-gérant et la directrice, trop heureux peut-être de quitter les lieux, se hâtèrent d'obtempérer. Ils s'éloignèrent à pas rapides dans l'allée centrale, filèrent entre la cuve à bouillir et les bacs de rinçage, puis s'éclipsèrent par l'entrée principale du bâtiment. Esther et Matthias restèrent seuls avec Rosalie, tandis que la porte se refermait dans un bruit caverneux qui leur résonna jusqu'au fond du cœur.

Ils se regardèrent quelques secondes sans rien dire, avant que l'inspecteur ne rompît le silence.

– On y voit très bien.

– Évacuer les civils de la scène de crime. Règle numéro un.

À nouveau Esther était penchée sur le corps, Matthias ne voyait plus que le haut de son crâne, ses cheveux bruns indisciplinés. Il eut envie d'y fourrer les doigts. Sans toutefois se résoudre à s'approcher, il s'accroupit pour se trouver à la même hauteur que sa comparse.

– Alors, soupira-t-il. Comment est morte cette pauvre fille ?

Les mains gantées d'Esther filaient sur le corps de Rosalie, soulevaient ses doigts, palpaient ses bras, tournaient sa tête.

– C'est très étrange. Je ne vois rien de suspect. Les yeux et la bouche sont fermés, pas de traces de violences ou de blessures. Ses vêtements sont intacts. Il y a bien une légère érosion sur le nez, là, mais ça évoque un coup d'ongle, rien de plus…

Esther porta la main droite de Rosalie à hauteur des bésicles.

– Elle les avait longs, elle a pu se griffer elle-même par inadvertance. Tenez, son poignet présente également une petite ecchymose, mais je ne vois là rien de louche. On dirait presque une mort naturelle.

– Vous voulez dire que ça pourrait être un cas de mort subite ?

Sans répondre, Esther leva deux doigts sous le nez du policier et un billet apparut comme par enchantement. Le papier était humide, mais Matthias sut instantanément de quoi il s'agissait.

– Bordel de Dieu ! Esther, quand avez-vous ramassé ça ?

– Quand vous étiez occupé à discuter natation avec cette pauvre Mme Champois. Je ne sais pas pourquoi, j'ai le sentiment que vous ne l'aimez guère.

– Je n'aime personne.

– C'est diablement vrai.

– Donc, le billet.

Esther désigna la pile de linge.

– Il dépassait de cette chasuble, là. J'ai failli le manquer.

Matthias saisit le feuillet et déchiffra les trois mots devenus familiers : *Je vous pardonne.*

– Pas une mort subite.

– Non. Un assassinat, en bonne et due forme. Regardez.

C'était une façon de parler, Esther ne s'attendait pas à ce que Matthias s'approchât davantage. D'un geste expert, elle souleva les paupières closes de la victime.

– Là, ces taches rouges dans les yeux. Ce sont des pétéchies. Généralement un signe de mort par asphyxie. Et ça…

Elle ramassa sur le corps un tablier en cotonnade bleue et en gratta un pan.

– Le tissu est abîmé. Comme si quelque chose l'avait râpé, ou qu'on avait voulu le déchirer. Je suis prête à parier que…

Exerçant une légère pression sur la mâchoire du cadavre, Esther ouvrit la bouche de la défunte et plongea les doigts à l'intérieur.

– C'est bien ce que je pensais.

– Et que pensiez-vous, si je puis savoir ?

– On constate la présence de fibres bleues dans la bouche de la victime. Et si je pousse l'investigation plus loin…

Joignant le geste à la parole, Esther enfonça plus profondément sa main dans la gorge de Rosalie. Cela produisit un craquement sec qui provoqua chez Matthias un haut-le-cœur, lui laissant dans la bouche un goût de bile.

– Nom de Dieu, Esther.

– Voilà. Traces de régurgitation d'aliments dans la trachée. Et probablement aussi dans les poumons, mais je ne peux pas aller plus bas.

Matthias se redressa, fit quelques pas en inspirant profondément.

– Elle a été étouffée.

– Précisément. Son agresseur lui a fourré ce tablier dans la bouche et l'y a maintenu jusqu'à ce qu'elle expire. Après quoi, il l'a ôté et l'a replacé sur le reste du linge. Ni vu ni connu. Rosalie…

– Escudé. Rosalie Escudé.

– Rosalie Escudé est décédée des suites d'une asphyxie par obstruction des voies respiratoires. Étouffement externe.

Esther se releva et fit claquer ses gants.

– Bien ! Nous n'avons plus qu'à attendre votre légiste, mais je vous fiche mon billet – sans mauvais jeu de mots – qu'il arrivera à la même conclusion que moi.

– Encore un modus operandi différent. Ça n'arrange pas nos affaires. Ce meurtrier fait n'importe quoi, ce n'est pas possible.

À cet instant, la porte de la buanderie grinça sur ses gonds et Gabriel Saint-Simon, les bras chargés de plusieurs lampes à huile, reparut. En le voyant avancer, les épaules basses chez cet homme d'habitude si fier, Esther souffla à l'oreille de Matthias :

– Dans les minutes qui viennent, cet homme va devoir annoncer à une mère et à un père que leur fille est morte. Une toute jeune fille, la proie d'un fou qui tue à tort et à travers sans que nous ayons encore compris pourquoi. Il va devoir regarder des parents dans les yeux et leur dire que la chair de leur chair ne reviendra jamais. C'est son rôle, il le tiendra. Mais…

– Mais quoi ?

– Soyez aimable avec lui, d'accord ?

Matthias lui jeta un regard suspicieux.

– Depuis quand faites-vous preuve de compassion, Esther ?

Elle haussa les épaules.

– C'est qu'il a quelque chose dans le regard, votre administrateur-gérant. Il souffre. Il y a chez lui plus que ce qu'il veut bien montrer.

L'inspecteur n'eut pas le temps de répliquer. Saint-Simon, arrivé à leur hauteur, leur tendait les lampes en prenant soin de ne pas regarder en direction du corps.

– Le docteur Desconti arrive, les informa-t-il. Le fourgon se gare.

Il darda sur Esther ses yeux verts.

– Vous avez trouvé quelque chose ?

Elle hocha la tête, mais ne répondit rien. L'inspecteur Lavau avait la charge de l'enquête, il ne lui appartenait pas de révéler quoi que ce fût. Ce dernier éluda.

– Saint-Simon, je vais devoir saisir le linge que Rosalie était en train de laver. Des indices pourraient s'y nicher.

– Ah, inspecteur ! Comme on se retrouve ! C'est que votre sourire et votre bonne humeur m'auraient presque manqué, dites-moi !

Le médecin légiste Desconti, flanqué de deux officiers de l'identité judiciaire de Saint-Quentin, venait de pénétrer dans la buanderie. Il ne portait rien, ses aides portaient tout, civière, protections, mallettes. Le petit homme trottina de sa sautillante démarche ; un individu joyeux, que la mort ne minait pas, qui vivait avec et y trouvait de la beauté, de la joie, quelque chose qui le faisait aller. *Un dingue*, songea Matthias.

– Docteur, salua-t-il, laconique.

– Saint-Simon ici présent m'a dit que vous aviez une partenaire, c'est vous, ma chère ? Enchanté. Docteur Desconti. Figurez-vous, ma petite, que j'ai entendu parler de vous. Socquet est une sacrée personnalité, la médecine légale est un petit monde, voilà, tout le monde est au fait des frasques de tout le monde. Je ne dis pas que vous êtes une frasque. Mais Socquet, quand même, quel rigolo ! Bon. Où est la cliente ?

Et tandis que le médecin légiste s'affairait sur le corps de Rosalie, confirmant à grand renfort d'exclamations et de félicitations les conclusions d'Esther, Matthias enfila une paire de gants et commença à collecter le linge mouillé. Il venait d'atteindre le stade du retranchement, l'instant fatal où la présence d'autrui l'incommodait. Il n'aspirait plus qu'au silence, à la solitude où il avait la place de penser et de réfléchir. L'espace dans lequel son extraordinaire mémoire, ce talent infaillible, s'exprimait.

Immobile, Matthias Lavau considérait l'amoncellement de vêtements devant ses bottes. Il y avait là un indice. Un nouveau paramètre, qui faisait sonner toutes les alarmes de sa mémoire. *Seuls les mots mentent.* Les paroles de Locard, indélébiles. Faire taire les mots pour écouter le reste, pour écouter les images et les souvenirs. Quelque chose était en train de se passer sous ses yeux gris.

Le linge n'était point celui de Rosalie, les blouses n'étaient pas de son âge, les chemises certainement trop larges pour elle. Tabliers, robes et gilets gisaient, propres quelques heures plus tôt, à présent ça sentait le tissu moisi. Le regard scrutateur de Matthias enregistrait chaque détail des ourlets décousus, des boutons manquants, des reprises soignées au point de croix. Il photographiait par la pensée le mouchoir brodé d'initiales, le jupon dont la cuve à bouillir n'avait pas eu raison des taches sombres. Il inscrivait dans sa mémoire chaque défaut et chaque marque exemplaire, il n'y connaissait rien en couture mais la qualité, ça se reconnaissait en toute circonstance.

Un effleurement sur le côté, un souffle court dans son cou.

L'inspecteur fit volte-face, arraché à sa profonde concentration par Gabriel Saint-Simon qui, les yeux braqués sur le petit corps, peinait à respirer. Sur le point de le rabrouer avec la raideur dont il était coutumier, Matthias croisa le regard d'Esther qui levait un sourcil en guise d'avertissement. Il grogna.

– Ne restez donc pas là si vous ne supportez pas ça, mon vieux. Moi je suis obligé, c'est ma fonction. Mais vous, on ne vous paie pas pour contempler la mort. Allez plutôt boire une liqueur.

L'administrateur-gérant hocha la tête comme un automate dysfonctionnel et tourna les talons.

– Inspecteur.

Matthias quitta des yeux la silhouette de Saint-Simon qui s'éloignait. Esther se tenait près de lui, le doigt passé dans l'encolure de la collerette de cuir à dix-sept boutons, elle grattait un bout de peau qui la démangeait.

– Je vais aller avec le docteur Desconti. Il veut pratiquer l'autopsie ce soir et tient à ce que je l'assiste. Vous nourrirez la chienne ?

– Je...

– Merci, Matthias. À plus tard.

Et ainsi s'en fut Esther, sa pelisse passée sur les épaules, les bésicles tintant dans sa poche. Ainsi s'en fut Esther une fois de plus, laissant là Matthias avec son linge à demi propre, avec l'indice qui se dérobait et des questions, mille questions parmi lesquelles une seule surnageait. Reviendrait-elle ?

Bien sûr qu'elle reviendrait. Il y avait Red. La chienne.

# Chapitre 17

# Le chemin de ciel

Avant de regagner ses pénates, Matthias Lavau dépêcha un coursier pour apporter à la 2e brigade de Lille le sachet scellé dans lequel il avait placé le tablier de cotonnade bleue. Il ne nourrissait pas de grands espoirs ; bien que la pièce de tissu fût incontestablement l'arme du crime, ses collègues laborantins ne trouveraient pas d'autres empreintes que celles de la victime ou de la propriétaire du tablier. La chose avait de quoi rendre chèvre. L'assassin touchait à tout, laissait derrière lui un foutoir pas possible, commettait des erreurs de débutant et réussissait malgré tout à ne laisser aucune empreinte sur les scènes de crime.

Le policier déposa le linge sur la table du petit salon de l'appartement 23 et soupira à l'idée qu'il lui fallait à présent passer au crible chaque vêtement à la recherche des plus minuscules indices. Un couinement aigu le tira de ses songes. La chienne, allongée sous le lit, le contemplait en penchant la tête de côté. Quand elle vit qu'elle avait retenu son attention, Red se leva précipitamment et vint tourner autour de ses jambes en jappant faiblement. Matthias ne s'y connaissait pas davantage en chiens qu'en enfants ou en couture, mais il pensa tout à coup que l'animal était enfermé depuis la veille au soir. Il lui flatta le sommet de la tête quand il appuya ses deux pattes avant sur sa cuisse.

– C'est d'accord, ma vieille, on va faire un tour. Ça ne me fera pas de mal non plus.

Dans les affaires d'Esther, il trouva une corde qui servait de laisse et l'attacha au collier de l'animal.

Il y avait bien longtemps que Matthias n'avait plus marché dans la nature, qu'il n'avait plus déambulé sans autre but que de laisser ses pensées vagabonder. C'était autrefois une pratique qu'il affectionnait. Le corps en mouvement, la gifle du vent stimulaient ses réflexes de policier. En guise de nature, le Familistère offrait un jardin d'agrément qui servait aux ouvriers pour leurs promenades récréatives et aux enfants à des fins éducatives. Ce jardin était très fréquenté, cependant il se faisait tard, l'inspecteur ne serait pas dérangé.

Retraversant la place centrale du palais, il remonta la rue qui menait aux usines, la chienne trottinant devant lui au bout de sa laisse. L'air était froid, piquant comme une brise de montagne, humide pourtant du fait de la présence de l'Oise. Il en résultait un inconfort glaçant, une impression de ne pouvoir se réchauffer, comme si la grisaille qui recouvrait les journées se changeait, la nuit venue, en une chape mouillée et poisseuse. Dans sa poche, les doigts de Matthias se refermèrent sur son masque de cuir, qu'il ne portait plus que quand il conduisait la Rover. Du bout du pouce, il caressa l'objet ; la douceur du cuir le rassura.

Bifurquant entre la buanderie et l'atelier des pompes, Red et son maître de circonstance traversèrent l'allée des

Peupliers et franchirent les grilles du jardin d'agrément. Tandis que la chienne furetait sur le chemin, Matthias laissait les idées et les songes affleurer à la surface de ses pensées. Les allées, étroites et sinueuses, parcouraient une succession de zones arborées, à présent plongées dans la pénombre. Au-delà des cimes, la masse sombre du palais se découpait dans le ciel nocturne. L'inspecteur eut beau s'enfoncer au cœur de la végétation en sommeil, il ne parvint pas à perdre de vue cette massive silhouette qui, à chaque angle du chemin, se rappelait au souvenir du promeneur. À n'en pas douter, l'instigateur du Familistère avait voulu que l'on s'émerveille, en tout lieu et à toute heure, de sa fabuleuse entreprise.

L'inspecteur dépassa la serre entourée d'un potager, puis suivit la chienne jusqu'à un kiosque en bois rustique et au toit de chaume. Ils progressaient lentement, peu pressés l'un comme l'autre de se retrouver enfermés dans l'appartement sans Esther. Il n'y avait pas de bruit, on ne croisait plus personne. En cette saison les arbres étaient dépouillés de leurs ramures, cependant le charme des lieux opéra sur le policier. La chienne battait la queue.

Poursuivant leurs pérégrinations nocturnes, ils franchirent bientôt un pont qui enjambait des rails de chemin de fer, puis se retrouvèrent dans une allée plantée de cyprès. Au bout de cette allée se dressait un monument en forme d'obélisque. Intrigué, Matthias s'approcha. La lune se dévoila, baignant les jardins de sa lueur nacrée.

Tout en pierre de Soignies, le monument était orné de figures de bronze et recouvert d'inscriptions en lettres dorées. Il mesurait près de neuf mètres de haut, forçant Matthias à rejeter la tête en arrière pour apercevoir l'aiguille du sommet. Sur la face est de la colonne, l'inspecteur reconnut le buste du fondateur du Familistère, surmonté d'une allégorie de l'immortalité brandissant un flambeau.

C'était un monument funéraire, le mausolée de Jean-Baptiste Godin.

Sur chacun des côtés, deux autres figures de bronze, de taille colossale, encadraient le noble personnage. Au nord, une mère tenant son petit sur les genoux lui désignait du doigt leur fameux bienfaiteur tandis qu'au sud, c'était la figure d'un ouvrier vêtu d'un tablier de cuir que l'artiste avait représentée. Et cet ouvrier, immobile dans les lueurs de la lune, rappela instantanément au policier l'administrateur-gérant, Gabriel Saint-Simon. Bel homme, il arborait une expression de fierté et de reconnaissance que Matthias avait perçue dans le regard de Saint-Simon, lorsque ce dernier lui avait parlé de Godin et du Palais social. N'eussent été les quarante années qui les séparaient de la mort du fondateur, on aurait presque pu croire que Saint-Simon avait servi de modèle au sculpteur.

Enfin, alors qu'il contournait le mausolée, Matthias put lire une partie de l'inscription qui recouvrait le pan ouest.

*La haine est le fruit des mauvais cœurs*
*Ne la laissez pas pénétrer parmi vous*

Spontanément, il pensa à Gabriel, qui lui faisait l'effet d'un homme auquel le sentiment de haine était étranger. L'administrateur-gérant semblait habité par la foi. Non point la foi en Dieu (ça faisait au moins un point commun avec ce mécréant de Matthias) ou en quelque puissance païenne, mais en l'utopie de Godin.

Gabriel Saint-Simon était le phare qui éclairait le port, la lumière qui brillait sous les verrières. Pourtant, l'inspecteur ne pouvait s'empêcher de s'interroger. Qui était véritablement cet homme qui, un jour, avait tout quitté pour venir s'installer au Palais social, traînant dans son sillage une épouse récalcitrante ? Qui était cet homme qui, par amour pour cette cause qui les dépassait tous – et Matthias peut-être plus que les autres –, avait laissé la discorde pénétrer dans son foyer ? Saint-Simon avait admis que sa femme ne souhaitait pas confier leur fils aux bons soins des nourrices et des professeurs ; elle avait finalement cédé à la pression de la communauté, mais il y avait fort à parier que le climat avait dû s'assombrir dans le ménage. Matthias n'avait jamais été marié, mais pour avoir vécu aux côtés de sœur Marie et d'Esther Louve, il savait comme les femmes pouvaient vous pourrir la vie si vous contreveniez à leurs décisions. Et puis, malgré son attachement aux valeurs du Familistère, le gérant avait curieusement expédié son fils unique loin du Palais social pendant plusieurs années.

Ce fils qui ne lui ressemblait pas, ce fils aux yeux noirs. L'inspecteur orphelin avait une manie : il recherchait les traits de ressemblance sur les visages qu'il savait apparentés. Parfois, il s'en trouvait déçu et cela le contrariait.

Où que Matthias mît le nez, il flairait la trace de Gabriel Saint-Simon. Dans les draps d'Eleanor, dans les archives de Paul. Enfin, le trouble de l'administrateur devant le cadavre de Rosalie n'était pas dû au seul choc causé par la vision de la mort, Matthias en était convaincu. Se pouvait-il que l'honnête homme entretînt deux liaisons – dont une avec une très jeune fille ? Avait-il craint pour sa réputation d'homme intègre ?

Acculé, avait-il assassiné tout ce beau monde pour empêcher son secret d'être révélé ? Mais sa relation avec Eleanor était-elle encore un secret ? Et pourquoi tuer Paul Beaucœur ? Ce dernier avait-il percé à jour les desseins lubriques du capitaine du Familistère ? Et quel rapport existait-il avec les meurtres de Paris ? Tant de questions, si peu de réponses.

Les hypothèses qui se formaient et se déformaient dans l'esprit de Matthias, telles des danseuses changeant à chaque temps de partenaire, ne tenaient pas la route. Malgré cette évidence, il ne pouvait se départir d'un vif sentiment de défiance envers celui qui, pourtant, l'avait fait mander le premier.

Un frisson le parcourut. Il s'était remis à pleuvoir. Red se tenait à présent contre sa jambe, la queue basse et le poil humide. Matthias s'ébroua, détachant les pensées collantes qui voletèrent un instant autour de lui avant de se ranger, plus disciplinées, dans un recoin de sa tête.

L'homme et l'animal reprirent le chemin du palais, traversant dans l'autre sens le jardin d'agrément qui bruissait du chant de la pluie. Rassérénés tous deux par leur promenade, ils ne s'en sentirent pas moins soulagés en pénétrant dans l'enceinte couverte du palais. Les bottes détrempées de l'inspecteur produisaient des bruits de succion sur les dalles noires et blanches, tandis que les pattes de la chienne rythmaient leur progression vers l'appartement de *ploc-ploc*. Ils ne croisèrent pas un chat.

Et alors qu'ils approchaient du logement 23, Red se figea, les oreilles pointées droit devant elle. Matthias manqua lui marcher dessus et s'apprêtait à la rabrouer quand il discerna, à la fenêtre de l'appartement, un léger mouvement dans le voilage en crochet. Une infime ondulation qui aurait tout aussi bien pu être le fruit d'une vitre restée ouverte. Mais Red gronda.

Prenant soin de ne pas faire de bruit, Matthias avança jusqu'à la porte d'entrée, qu'il trouva entrebâillée. Une série de bruits furtifs lui parvinrent de l'intérieur, des objets que l'on déplaçait, des pieds de meuble raclant le parquet, des jurons étouffés. L'inspecteur pénétra dans la première pièce, qui était intacte. Rien ne semblait avoir été chahuté, chaque chose était à sa place. Non, c'était dans la seconde, là où dormait le policier, là où il entreposait les indices et le tableau d'écolier, que l'action se déroulait. Matthias fondit sur la porte.

– Eh, vous là !

Il ne vit pas qui il interpellait. Il ne vit que le tableau sur le sol, les photos de Paul Beaucœur dispersées aux quatre vents, les habits récoltés sur le corps de Rosalie fouillés, éparpillés. Il vit les maigres effets d'Esther sortis de leur sac à soufflet, mais il ne vit pas le visage de l'homme – si c'était un homme – qui, faisant brusquement volte-face, le bousculait avec brutalité. Matthias perdit l'équilibre et tomba à la renverse dans un grand froissement de cuir. L'intrus s'enfuit à toutes jambes, sous les aboiements frénétiques de la chienne qui, pour autant, eut le réflexe tout à fait inefficace de se réfugier sous le lit.

– Bordel de Dieu !

Le policier se redressa et, maudissant les années qui l'avaient rendu moins souple, se lança à la poursuite de son agresseur. Le silence vola en éclats sous la verrière. Le grand hall du Palais social qui, quelques instants plus tôt, sommeillait dans la paix de la nuit résonna soudain d'une cavalcade effrénée. Matthias n'eut pas le temps de voir les lumières qui s'allumaient aux fenêtres, les têtes qui émergeaient de l'entrebâillement des portes d'entrée. Il se précipita dans l'escalier ouest, grimpant les marches quatre à quatre derrière l'ombre qui fuyait toujours.

– Arrêtez-vous !

Quand ils ne purent pas monter davantage, ils s'engagèrent l'un derrière l'autre dans un long couloir troué de portes. Au sol, un parquet grinçant avait remplacé les dalles qui tapissaient les coursives et le toit en pente indiquait qu'ils se trouvaient dans les greniers du Familistère. Le fugitif s'engouffra dans l'une des pièces que desservait le couloir. Essoufflé, s'étant malgré lui laissé distancer, Matthias pénétra à son tour dans le grenier, juste à temps pour apercevoir l'inconnu qui disparaissait par la fenêtre du toit.

Il ne réfléchit pas, prit appui sur le rebord et se hissa à l'extérieur. Aussitôt, la pluie torrentielle s'abattit sur lui. Il dut prendre un instant pour comprendre où il se trouvait.

Il était dit que le Familistère n'avait pas fini de le surprendre. Devant lui s'étalait l'immense verrière, qu'il admirait à présent *du dessus*. Un passage, aménagé entre les ouvrants et les toits de tuile, en faisait le tour, offrant une promenade à fleur de nuages. Sous ses pieds, l'éclat des lampes à pétrole qui filtrait des fenêtres des appartements faisait scintiller le pavillon central. Le son de la pluie sur les carreaux était infernal.

Et alors que Matthias se redressait tout à fait, scrutant le passage pour tenter d'apercevoir l'importun qu'il poursuivait, une silhouette, tapie dans l'ombre, se glissa dans son dos. L'inconnu s'approcha et lui décocha un violent coup sur le crâne qui l'envoya dans les limbes.

# Chapitre 18

## Où l'on ne sait pas ce qui a été volé

Quand Esther revint de Saint-Quentin, où elle avait effectivement eu confirmation de ses premières conclusions, elle ne trouva pas l'inspecteur Lavau, mais seulement la chienne effrayée et l'appartement sens dessus dessous. Encore vêtue de sa pelisse, ses gants froissés dans une main, elle examina le capharnaüm alentour.

L'affolement n'entrait pas dans le registre des émotions disponibles chez un individu comme Esther. Elle ne criait pas, ne s'agitait pas, ne perdait pas le contrôle d'elle-même. C'était un atout remarquable pour quelqu'un qui exerçait sa profession et qui, de temps à autre, s'essayait à mener des enquêtes aux côtés d'un officier de brigade – présentement volatilisé. Mécaniquement, Esther renfila ses gants et, d'une voix très basse, rassura la chienne. Sans bouger du seuil de la chambre, elle inventoria les informations que lui livrait ce chaos.

Un intrus – Esther ne pouvait pas croire que Matthias fût responsable d'un tel fatras ; il avait son tempérament, mais tout de même – avait mis à sac la totalité de leurs indices. Le tableau d'écolier était renversé, les photos prélevées dans les albums de Paul Beaucœur s'étalaient sur les tomettes. Les billets tracés de la main du tueur avaient disparu. Ses effets personnels ainsi que ceux de l'inspecteur avaient été balayés, elle n'avait pas grand-chose, on n'avait pas dû lui dérober quoi que ce soit. En revanche, les vêtements saisis à la buanderie avaient été passés au crible avant d'être relégués aux quatre coins de la pièce. En manquait-il ? Le visiteur avait-il trouvé ce qu'il était venu chercher ? Esther aurait été bien incapable de le dire. Elle se retourna et aperçut, sur le sol de la première pièce, le masque de cuir. Elle le ramassa et le fourra dans sa poche, avec les bésicles. Ses yeux d'ambre sondèrent l'espace : un verre brisé sur le sol, une chaise renversée. Le policier était tombé là, perdant son masque, bousculant le mobilier. On n'avait pas dû y aller de main morte pour provoquer sa chute, Matthias lui avait toujours fait l'effet d'une armoire comtoise : parfaitement inébranlable.

À l'évidence, il s'était relevé et lancé à la poursuite de son assaillant.

Où diable était-il passé ?

Esther ressortit de l'appartement, prenant soin de verrouiller la porte derrière elle. La pluie n'avait pas cessé, le son mat de l'eau sur les carreaux de la verrière enveloppait le palais d'une mélopée sourde et lancinante. Les deux mains sur la rambarde de la coursive, la jeune femme scrutait les portes des logements, les trouées sombres des escaliers et des passages entre les différentes ailes. Où était Matthias ? Derrière quel mur se dissimulait-il ? L'escalier le plus proche se trouvant être celui de l'angle nord-ouest, elle se dirigea vers celui-ci sans précipitation. Devait-elle descendre ou monter ? Si l'inspecteur était descendu, ne l'aurait-elle pas rencontré au rez-de-chaussée ? Elle choisit de monter. L'obscurité régnait. Une main suivant l'arrondi du mur, elle poursuivit sa progression par-delà le troisième étage, vers les sommets du palais. Quand devant elle il n'y eut plus de marches mais un long couloir au parquet vétuste, elle s'arrêta et écouta.

Son ouïe, affinée par des années de pérégrinations dans les forêts de Bourgogne, ne la trompait jamais.

Ici, il lui semblait que la pluie frappait plus fort, alors qu'elle se trouvait dans les combles et non plus sous la verrière. Le vacarme de l'averse était assourdissant, terriblement proche. Esther avança dans le couloir, chaque pas la rapprochant de l'origine du bruit. Quand elle avisa une porte ouverte, le son s'éclaircit, devenant plus net, plus aigu. La porte donnait dans un grenier dont la fenêtre de toit était grande ouverte ; des trombes d'eau se déversaient à l'intérieur. Esther approcha une chaise de l'ouverture et se hissa dessus. Passant la tête et le buste à l'extérieur, elle repéra instantanément, malgré l'ondée diluvienne, le corps inanimé de l'inspecteur qui gisait à quelques pas, sur la passerelle qui courait autour de la pyramide de verre.

– Nom de… ! s'exclama-t-elle, ses mots emportés par le vent. Inspecteur ! Inspecteur !

Bénissant son imperméabilité aux convenances qui lui faisait, depuis quelque temps, porter des pantalons, Esther Louve se hissa sur les toits.

Le monde alors se mit à danser autour d'elle. Devant ses pieds, la verrière se déployait, offrant une vue imprenable sur la place intérieure du palais, vingt mètres plus bas. Or, Esther craignait le vide. Gagnée par un effroyable vertige, elle se détourna promptement et rampa jusqu'au policier.

– Matthias ! Nom de nom, réveillez-vous !

Comme il ne réagissait pas, elle passa ses doigts dans ses cheveux et constata qu'ils étaient souillés de sang. À quatre pattes, Esther saisit l'inspecteur par les épaules et tenta de le retourner. Elle s'y reprit à trois fois, l'homme pesait le poids d'un ours, l'effort lui arracha un cri de rage. Quand il fut enfin allongé sur le dos, elle lui asséna une gifle monumentale – et s'en voulut à peine. Les sourcils broussailleux se froncèrent, les lèvres s'entrouvrirent au milieu de la barbe pour laisser échapper un râle contrarié.

Esther en tomba assise par terre, soulagée.

Trempés comme des soupes, ils regagnèrent l'abri du grenier et elle ferma la fenêtre tandis que Matthias s'asseyait sur la chaise, la main droite tâtant les dégâts occasionnés à son crâne. Essoufflée, elle le dévisagea qui grimaçait de douleur.

– Ça va ? Je veux dire, votre tête.

– J'ai l'impression d'être coincé à l'intérieur d'une cloche en fonte.

– Avez-vous vu qui c'était ? Votre agresseur.

– Non, je n'ai pas vu son visage.

– Mais vous l'avez reconnu, quand même ?

Matthias leva les yeux vers la jeune femme, une lueur de fatigue exaspérée flambant dans ses iris gris.

– Esther, je viens de vous dire que je n'ai pas vu son visage. Comment aurais-je pu le reconnaître ?

Elle agita la main devant elle comme s'il soulevait là une considération mineure.

– Oh, mais la démarche, la silhouette, les vêtements, l'odeur…

– L'odeur ?

– Oui, l'odeur, les gens ont des odeurs.

– Vous avez découpé trop de cadavres, fit-il pour clore le sujet.

– Vous ne l'avez pas reconnu. En attendant, cet intrus a dérobé les billets. Les *Je vous pardonne.*

Ça sonnait comme une prière, elle avait soufflé ces derniers mots tel un communiant sur le point d'égrener trois *Je vous salue, Marie.* L'inspecteur se redressa et, plongeant la main à l'intérieur de son cache-poussière, en tira les feuillets soigneusement pliés. Esther prit sur elle de ne pas trop montrer son soulagement.

– Quand Saint-Simon est venu nous chercher, tout à l'heure, je les tenais à la main. Je les ai glissés dans ma poche machinalement.

– Et le troisième ? Vous avez aussi le troisième billet ?

Matthias acquiesça et se releva, il ne comptait pas passer la nuit dans ce grenier.

Alors qu'ils redescendaient vers leur logement, la jeune femme rapporta au policier les conclusions de l'autopsie du cadavre de Rosalie Escudé ; le docteur Desconti avait été impressionné, c'est le moins qu'on puisse dire, il n'était pas loin d'envier Socquet d'avoir mis le grappin sur une assistante pareille. Esther était restée hermétique aux compliments. Elle avait souvent raison, ce constat ne lui procurait pas la moindre fierté.

La chienne les accueillit en agitant la queue. Pendant que Matthias sortait d'un placard une petite boîte en fer contenant un nécessaire de pharmacie, Esther redressa le tableau d'écolier et entreprit de ficher dessus les documents éparpillés. Ses mains tremblaient ; elle blâma l'épuisement puisque pour rien au monde elle n'aurait admis qu'en apercevant le corps inanimé de l'inspecteur elle avait eu *peur.*

– Il a pris quelque chose, déclara-t-elle.

– À l'évidence.

Matthias s'assit pesamment sur une chaise et ouvrit la boîte. Il en tira une solution saline et des compresses. Ses traits creusés indiquaient qu'il souffrait. Sans regarder ni Esther ni le chaos alentour, il versa quelques gouttes de la solution sur une compresse et leva le bras pour appliquer le pansement sur l'arrière de son crâne.

– Toutes les photos et tous les documents de l'archiviste sont bien là, dit-il. Les classeurs de Saint-Simon aussi.

– Vous êtes sûr ?

– Certain.

– Vous avez à peine regardé.

– Tout est là, Esther. Tout, sauf…

– Sauf quoi ?

Abaissant le bras, harassé, il balaya les vêtements d'un regard las.

– Je ne sais pas. Il a pris quelque chose parmi la saisie de la buanderie. Je n'arrive tout simplement pas à me rappeler quoi.

Elle fronça les sourcils.

– Comment ça, vous ne vous rappelez pas ?

– Comme j'ai dit. C'est allé trop vite.

– Matthias, vous vous souvenez de tout, tout le temps. Du nombre de taches sur le dos d'une coccinelle observée au couvent quand vous aviez huit ans. Et vous ne savez pas me dire ce qui a été volé ici il y a deux heures et que vous aviez sous les yeux ?

Il jeta sur la table la compresse souillée de sang et la fusilla du regard.

– Fichez-moi la paix, Esther. Je n'avais pas encore fait l'inventaire précis. À la place, je me suis occupé de sortir votre chien. Maintenant si ça ne vous fait rien de m'aider...

Il désigna une compresse propre. Hésitant un instant, elle finit par franchir la distance qui les séparait et s'empara du flacon. Passant derrière le policier, elle appuya sans ménagement sur le haut de son crâne afin qu'il penchât la tête en avant, et versa la solution saline à même la plaie. Quand il sentit le liquide froid lui couler dans le cou, Matthias se retint de crier d'agacement. Après quoi Esther saisit la compresse et tamponna la plaie avec la délicatesse d'un menuisier enfonçant un clou avec un maillet.

Se disant que, s'il laissait faire, il allait probablement s'évanouir pour la seconde fois de la soirée, Matthias lui attrapa la main et l'emprisonna dans la sienne. Il ne dit rien, ne protesta pas davantage ; se contenta de tenir cette main entre ses doigts, de la réchauffer et d'attendre qu'en cessent les tremblements. Il resta ainsi, immobile, si longtemps que ce fut le bras d'Esther qui fut bientôt parcouru de fourmillements. Elle se rappela qu'un jour, l'inspecteur avait dit *je ne vous lâcherai jamais, Esther*. Un simple murmure au creux de son cou, dans l'intimité d'un moment volé au chaos. Des années plus tard, il tenait toujours parole.

Avec une douceur dont elle n'était pas coutumière, elle se dégagea.

– Il faut que nous dormions, murmura-t-elle en jetant un regard à la pendule posée sur le manteau de la cheminée, qui indiquait deux heures passées. Le repos nous permettra de penser plus clairement.

Il hocha la tête et se leva. Toute chaleur se dissipa dans le corps d'Esther.

– Prenez le lit. Saint-Simon a fait déposer un matelas supplémentaire, je dormirai dans l'autre pièce.

Ils se couchèrent donc, chacun d'un côté de la cloison, dans des draps froids et rêches.

*

Au matin, la pluie n'avait pas cessé, semblant même avoir redoublé d'intensité. Par les fenêtres de l'appartement 23, on ne voyait plus guère qu'à quelques mètres au pied du palais ; les jardins semblaient se noyer, des rigoles d'eau gonflaient sur la terre détrempée. L'humeur de l'inspecteur, en revanche, s'était nettement améliorée. Le sommeil avait sur lui des vertus peu communes ; quelques heures suffisaient à le requinquer et il se sentait aussi frais qu'une aube de printemps. Tandis qu'Esther disposait pain et café sur la table, il sortit de la poche de son cache-poussière les trois feuillets laissés par le tueur sur les scènes de crime. Balayant les photographies qu'il avait lui-même sélectionnées dans les albums de l'archiviste, il épingla les billets au centre du tableau. Les billets *trafiqués*. Puis il se retourna vers Esther.

La collerette boutonnée jusqu'au menton, ses mèches de cheveux ébouriffées autour de son visage impassible, elle buvait son café en le regardant fixement. Il ne put s'empêcher de noter l'infime renflement sous ses yeux, cette marque de nuit qui lui restait, ce signe qu'elle émergeait seulement d'un sommeil lourd. Elle se gratta le coin de l'œil, à la recherche d'une poussière invisible, et il se souvint qu'autrefois il aimait passer le pouce sur ces renflements. Il aimait l'Esther du matin. Matthias se racla la gorge.

– Lorsque Saint-Simon est venu nous chercher hier soir pour nous apprendre le meurtre de Mlle Escudé, je m'apprêtais à vous parler d'une chose.

– Les billets, dit Esther.

– Les billets.

Un large sourire fendit le visage tanné du policier, dévoilant ses dents blanches. Ses yeux gris pétillants de malice, il dit :

– Avez-vous entendu parler de l'expertise en écriture, ou graphométrie, Esther ? Non ? Voilà qui ne m'étonne pas. Votre docteur Socquet, malgré sa grande bouche, ne sait pas tout.

Ignorant le sarcasme, Esther planta ses yeux d'ambre dans ceux du policier et attendit sans un mot qu'il daigne rompre le suspense. Elle était accoutumée à ses effets d'annonce. De fait, Matthias ne tarda pas à poursuivre :

– C'est une technique visant à examiner les caractéristiques graphiques d'une écriture afin d'en déterminer l'authenticité. On s'en sert notamment pour identifier la personne ayant écrit un texte, ou encore pour détecter des imitations ou des falsifications. Elle est en train d'être développée et théorisée par mon ancien professeur, Edmond Locard.

– Tiens donc.

Esther se retint d'ajouter *ça faisait longtemps*. Elle avait tant entendu Matthias chanter les louanges de son professeur qu'elle avait parfois eu le sentiment d'avoir personnellement assisté le bonhomme.

– Bon, il s'est mis à dos toute la bonne société des graphologues. Depuis que Bertillon s'est fourvoyé dans l'affaire Dreyfus…

Chaque fois qu'il parlait de Bertillon, Matthias avait un tic nerveux de la bouche, comme une grimace de dédain. C'est que la relation à ce premier mentor, si elle avait été déterminante dans la carrière de l'inspecteur, ne s'était pas bien soldée. Les deux hommes s'étaient longtemps fréquentés sans jamais parvenir à s'aimer.

– … la graphologie a plus ou moins quitté le champ de compétence de la police. Depuis, Locard en a fait un axe majeur de son laboratoire à Lyon, mais il peine à réhabiliter la discipline.

– Ça me paraît en effet très… divinatoire, comme méthode, soupira Esther.

– Donc vous connaissez.

– J'en ai entendu parler. Mais vous ne m'avez pas laissé répondre. Vous étiez trop pressé de bêcher ce pauvre Socquet.

– Ce n'est pas « divinatoire », comme vous dites. C'est scientifique. Mathématique, même. Voyez-vous, Esther, il suffit de compter.

Là-dessus, le policier décréta qu'ils sortaient, qu'ils allaient faire un tour.

– Mettez votre pelisse et vos gants, Esther, ça va déménager.

# Chapitre 19

## L'examen microscopique

Il y avait à Guise un atelier de photographie qui connaissait, pour une ville de cette taille, un étonnant succès. On suspectait que le sieur Godin y était pour quelque chose, lui qui tirait fierté de ses accomplissements et tenait à les immortaliser, tout en encourageant les Familistériens à faire de même. Toujours est-il que Léonard Bonvoisin prospérait admirablement. Des riches bourgeois aux modestes ouvriers, il faisait son gras sur les baptêmes, les communions, les mariages et les portraits de famille que les parents imposaient à leurs enfants, tout amidonnés pour l'occasion. Il n'hésitait pas, les fois où les sujets étaient trop vieux, trop fatigués ou trop laids, à retoucher ses images pour leur donner un aspect plus proche de la peinture. *C'est artistique, madame Clément !* Ça lui évitait de devoir avouer à ladite Mme Clément que, décidément, son époux avait le teint huileux et son fils les dents qui lui dépassaient du menton.

Ce matin-là, Léonard Bonvoisin n'avait pas de clients. Il blâmait les trombes d'eau qui sauçaient la région depuis des jours, menaçant de faire sortir l'Oise de son lit. Personne n'avait très envie de se mettre sur son trente et un, de se farder la figure pour ensuite devoir traverser la ville sous la pluie jusqu'à l'atelier du photographe. Celui-ci sirotait donc sa troisième tasse de thé de la matinée, soupirant devant sa vitrine embuée, quand il vit apparaître, au coin de la rue, deux individus qui progressaient dans sa direction, dissimulés sous un grand parapluie que tenait l'homme. Un galant homme : il inclinait le parapluie de sorte que sa compagne – malgré le pantalon, la silhouette était celle d'une femme, Léonard ne s'y trompait jamais – soit mieux protégée que lui. Avec espoir, le photographe se hâta de déposer sa tasse et de se planter au milieu de sa boutique, entre la commode à négatifs et les baquets de préparations chimiques.

Le couple s'arrêta devant sa porte et la femme entra la première, tandis que son compagnon repliait le parapluie avant de pénétrer à sa suite dans l'atelier.

Des chalands comme eux, Léonard Bonvoisin n'en croisait pas tous les jours. Il était accoutumé aux huiles des usines Godin, la barbe taillée et les souliers briqués, aux ouvriers qui faisaient fièrement claquer leurs bretelles et aux dames Clément flanquées de leur progéniture moche. Les nouveaux arrivants ne correspondaient en rien à sa clientèle habituelle. L'homme était si grand qu'il avait dû courber l'échine pour passer la porte, large comme un ours, aussi à l'aise dans son accoutrement de cuir qu'une danseuse dans ses chaussons. Le visage mangé, dans sa partie supérieure, par des yeux gris orage et, dans sa partie inférieure, par une barbe broussailleuse, on ne savait pas trop s'il descendait tout juste d'un navire au long cours ou s'il sortait d'une grotte après des mois d'hibernation. Il s'avança vers Léonard en ôtant ses gants et lui tendit une paluche qui faisait trois fois celle du photographe.

– Inspecteur principal Matthias Lavau, déclara-t-il. Deuxième brigade mobile.

Ah oui, le policier du palais. Léonard en avait entendu parler, peut-être par Mme Clément, d'ailleurs.

– Bienvenue, répondit-il.

Il se tourna ensuite vers la femme. Elle se tenait très droite, enveloppée dans une pelisse de mouton ; en dessous émergeait un étrange col de cuir qui lui enserrait le cou. La chose ne paraissait pas la gêner. Ses cheveux bruns, que l'humidité ambiante faisait remonter en grosses boucles plus ou moins formées – Léonard avait l'œil pour ces détails, il n'y pouvait rien –, auréolaient un visage aux nobles proportions, dont l'élément le plus remarquable était incontestablement des yeux aux iris ambrés. Il ne put s'empêcher de se demander, déformation professionnelle, quel résultat il obtiendrait si la femme acceptait de se laisser photographier.

Comme il continuait de la dévisager, elle se présenta à son tour.

– Esther Louve, dit-elle. Assistante légiste.

Léonard Bonvoisin en resta comme deux ronds de flan.

– Mon vieux, déclara l'inspecteur Lavau, ramenant à lui l'attention du photographe volée par Esther. Nous sommes ici pour l'enquête. J'imagine que vous n'ignorez pas les récents événements qui ont agité le Familistère.

– Euh… Certes non, balbutia Léonard, se demandant déjà par quel micmac invraisemblable la police venait enquêter dans son atelier. C'est terrible. Ça a beaucoup fait parler, en ville.

Esther Louve haussa un sourcil.

– Je veux dire, ces gens qui sont morts, quelle tragédie. Une tragédie qui a beaucoup fait parler. En ville. Vous voyez ? Pas que ce soit terrible que les gens en parlent. Enfin, si ?

Un frémissement souleva la commissure droite des lèvres de la femme, c'était trop léger pour appeler ça un sourire.

– Je vois très bien, répondit-elle. Et que dit-on, en ville, des meurtres au Familistère ?

Léonard eut un geste de la main qui signifiait *allons, rien de passionnant*, mais comme Esther le regardait toujours, l'air d'attendre quelque chose, il concéda :

– Vous savez, les gens d'en ville et les Familistériens, ce n'est pas vraiment la franche entente. On ragote pas mal. Ce n'est pas mon cas, s'empressa-t-il d'ajouter. Je reçois beaucoup de clients qui habitent au palais. Des gens très bien.

– Vous n'avez pas répondu à la question, mon vieux, intervint l'inspecteur. Ma collègue vous a demandé ce que l'on disait précisément.

Léonard examina le visage patibulaire du policier, se sentant rétrécir sous son regard d'acier, et décida qu'il valait mieux pour lui qu'il jouât franc-jeu.

– Du mal.

– Quoi ?

– On dit du mal. Des vivants et des morts. On dit de cette femme, Mme Fontaine, qu'elle avait des mœurs légères qui ont attiré les appétits de ses voisins bestiaux et libidineux. Et sur ce vieux professeur, on dit qu'il a sans doute abusé de ses prérogatives. Qu'on élève étrangement les enfants dans cet endroit. Qu'à force de vivre ainsi, les uns sur les autres, avec toute cette…

proximité, eh bien les hommes deviennent soit mauvais, soit fous.

Sa tirade fut accueillie par un silence qu'il ne sut interpréter.

– *La haine est le fruit des mauvais cœurs*, dit alors l'inspecteur Lavau. Il avait tout compris, Godin.

– Je vous demande pardon ?

– Rien. Quoi qu'il en soit, nous sommes ici, Mlle Louve et moi-même, dans le cadre de l'enquête. Vous comprenez bien que tout ce que vous entendrez, tout ce que vous verrez et tout ce que je vous demanderai ne doit, en aucun cas, sortir d'ici. Sans quoi je me verrai dans l'obligation de vous faire coffrer pour obstruction et, ma foi, Dieu seul sait ce qu'il adviendrait de vous.

Léonard Bonvoisin se maudit d'avoir souhaité que la pluie cesse. Il se dit qu'il aurait mieux valu ce matin-là qu'il reste au lit avec la chaude-pisse.

– Vous pouvez compter sur moi, évidemment, répondit-il néanmoins.

– Parfait. Il me faut des agrandissements photographiques, rigoureusement identiques, de ces trois documents…

Matthias lui fourra dans les mains les trois billets manuscrits.

– … ainsi qu'une réglette divisée en demi-millimètres.

– En ivoire ou en métal ?

– Quoi ?

– La réglette. En ivoire ou en métal ?

– On s'en fout, mon vieux. Une réglette.

Et c'est ainsi que Léonard Bonvoisin fut congédié, après avoir effectué les agrandissements demandés. L'inspecteur Lavau lui ordonna, en s'emparant des clichés, de rester sagement à l'accueil de sa boutique et de ne les déranger sous aucun prétexte, tandis que Mlle Louve et lui-même investiraient la seconde partie de son atelier, dissimulée derrière un paravent.

*

Esther examinait avec perplexité la grande toile tendue le long du mur de l'atelier, représentant une tenture drapée sur une colonne de marbre et, au-delà, de luxuriants jardins. Devant la toile, un fauteuil tapissé de velours rouge et un guéridon orné d'un napperon de dentelle étaient disposés sur un tapis persan. Posée sur un pied massif, une chambre photographique de voyage attendait d'être actionnée. Tandis qu'elle s'interrogeait – qui pouvait avoir envie d'être photographié devant un faux jardin grec à colonnades ? –, Matthias débarrassait un bureau du fatras qui l'occupait. Il empila une dizaine de petits cadres (une fillette posant devant une poussette de poupée, un cadeau d'anniversaire sans doute ; trois jeunes femmes vêtues de robes blanches vaporeuses ; une femme à collerette blanche, arborant un chignon à l'ancienne mode…) et encore davantage de clichés éparpillés sur la table. Quand il eut fait suffisamment de place, il étala sur le bureau les agrandissements des billets et la réglette – en métal.

– Voyez-vous, Esther, le propos de Locard sur la graphométrie est relativement simple. Il est beaucoup plus difficile qu'on le croit de contrefaire son écriture.

– Vous pensez que le tueur a falsifié son écriture ?

– J'en suis convaincu. Ce qui est constant dans l'écriture d'un même individu, ce ne sont pas tant la forme et la taille des lettres que les *variations* entre ces formes et ces lettres. Autrement dit : le geste d'écrire. Ce dernier est conditionné par des facteurs psycho-physiologiques qui sont soit variables, comme l'empressement ou le style employé, soit constants : l'éducation, l'habitude, les longueurs osseuses du bras, la souplesse du poignet, la forme des muscles… Tous ces facteurs font que l'écriture est avant tout un geste instinctif, propre à chaque personne. Ainsi, tout comme vous pouvez reconnaître une personne à sa démarche ou à son port de tête, par exemple, vous pouvez reconnaître une personne à son écriture grâce à certains marqueurs qu'elle ne saura pas déguiser.

– Vous voulez dire que même si un individu cherche à pasticher son écriture…

– L'écriture spontanée reprendra malgré tout le dessus. Exactement. Chassez le naturel, il revient au galop.

Esther jeta un œil aux billets. Les trois *Je vous pardonne* s'étalaient sous ses yeux en lettres géantes.

– Pour affirmer qu'une écriture est falsifiée, ne faut-il pas un second texte à comparer au premier ?

Matthias se redressa, les yeux brillants de fierté.

– Vous avez parfaitement raison, Esther. En l'occurrence, rien ici ne nous permet d'affirmer que notre tueur veut altérer son écriture *pour en imiter une autre*. Mais cela ne change rien. La méthode de Locard nous permet quand même de lever un lièvre.

L'index de Matthias alla tapoter l'un des agrandissements.

– J'ai mis un moment avant de comprendre ce qui me turlupinait. À présent cela me saute aux yeux. Regardez, voyez comme les lettres sont inclinées vers la droite. Toutes, sauf le *p* et le *d*, qui sont plus verticaux.

Esther se résigna à sortir les bésicles de sa poche et les chaussa sur son nez, avant de se pencher en avant pour examiner les billets de plus près.

– C'est… très subtil.

– C'est que vous n'avez pas l'habitude. C'est pourtant évident. De plus, d'un billet à l'autre, les jambages n'ont pas la même taille, ajouta-t-il en mesurant les lettres au moyen de la réglette.

Il se redressa.

– Vous ne remarquez rien d'autre ?

Bien sûr que non, Esther ne remarquait rien, mais s'abstint de tout commentaire.

– La panse du *o* du mot *vous* n'est pas tout à fait identique à celle du *o* du mot *pardonne*. C'est pourtant la même lettre, mais la forme est différente, et le rendu de la phrase manque de fluidité. Et vous savez pourquoi ?

– Non.

– Parce qu'elles n'ont pas été tracées dans le même sens ! exulta Matthias, surexcité. Le *o* du mot *vous* a été tracé dans le sens des aiguilles d'une montre, contrairement au *o* du mot *pardonne* qui a été tracé dans le sens inverse.

À nouveau, il agita la réglette.

– Il en résulte également une différence de taille. Le corps du *o* de *vous* est plus grand que le corps du *o* de *pardonne*.

Interdite, Esther secoua la tête.

– Vous plaisantez, j'espère. Comment diable pourriez-vous discerner une chose pareille, rien qu'en regardant ces trois mots ?

– Je vous l'ai dit. Il s'agit des travaux de Locard.

– Locard n'est pas dans la pièce avec nous, inspecteur. Et vous n'êtes pas lui.

– Diantre, vous êtes dure en affaires, Esther. J'ai lu son article.

– Vous avez lu son article…

– Oui, il a écrit un long papier sur le sujet il y a quelques années. Je m'en souviens fort bien. Regardez : ici, le trait est plus épais et plus foncé. Cela indique le point de départ du tracé. On voit très nettement que le mouvement n'a pas été identique pour tracer les deux *o*. Je peux poursuivre ? Merci. Si vous examinez attentivement le *v* et le *u* à présent, vous constaterez qu'ils se ressemblent alors que, pour le coup, ils ne devraient pas. L'arrondi du *u* n'est que très faiblement prononcé.

– Admettons. Qu'est-ce que cela signifie ?

– C'est comme si *deux individus* avaient écrit ces billets, Esther. L'un écrivant sur un axe particulier, incliné vers la droite, avec des lettres plus petites, plus arrondies et des lignes de base suivant le sens des aiguilles d'une montre. L'autre traçant ses lettres sur un axe incliné vers la gauche, de façon plus angulaire, inversant la direction des lignes de base.

L'inspecteur eut un sourire éblouissant.

– En d'autres termes, notre tueur est droitier et se donne beaucoup de mal pour faire croire que nous avons affaire à un gaucher. Malheureusement pour lui, ses variables psycho-physiologiques transparaissent et le trahissent.

La jeune femme resta silencieuse. Certes, l'écriture paraissait maladroite, comme celle d'un enfant malhabile traçant sa première dictée sur un cahier. En revanche, elle était bien incapable de voir tout ce que Matthias, rien qu'en examinant les agrandissements, avait vu. Et sur la seule foi d'un article parcouru des années auparavant. Mais c'était là tout le talent de l'inspecteur ; il lisait, il se souvenait.

Esther passa deux doigts sous les bésicles et se frotta les yeux. *Je vous pardonne.* Déguisés ou pas, ces mots suscitaient toujours en elle une gêne, un étourdissement qu'elle ne s'expliquait pas. Elle songea un instant à s'en ouvrir au policier, mais résolut de n'en rien faire. La chose n'était pas rationnelle.

– Chercher un droitier ne nous avance pas beaucoup. Beaucoup de gens sont droitiers, fit-elle remarquer.

– Ce tueur pense pouvoir se payer notre tête, Esther. Il nous prend pour des imbéciles. Votre suspect dans les meurtres parisiens…

– Armand Laforest.

– Armand Laforest, c'est ça. Est-il droitier ?

– Comment voudriez-vous que je le sache ?

– Ça nous aiderait pourtant bien de le savoir.

Comme elle s'apprêtait à répondre, elle vit la tête de Léonard Bonvoisin, qui émergeait du paravent.

– Allons discuter dehors, dit-elle.

Matthias acquiesça. Alors qu'il rassemblait les agrandissements et les billets originaux, le photographe s'avança vers Esther, prudent comme un zoologiste tentant l'approche d'une espèce animale inconnue. Elle le regarda venir.

– Oui ?

– Mademoiselle, je… je me demandais… Vos yeux… Je serais honoré si… Enfin, voyez si… Une photographie, peut-être…

Elle le fixa sans comprendre.

– Et pour quelle raison voudriez-vous photographier mes yeux ?

– C'est que, mademoiselle, leur couleur ! Je suis curieux, curieux, c'est cela, de savoir ce que cela rendrait sur papier.

Esther prit un air navré, tout à fait exagéré quand on la connaissait. L'expressivité n'était pas sa qualité première.

– Ce ne sont pas là mes vrais yeux, monsieur, dit-elle.

– Je… Quoi ?

– Mes yeux sont noirs. Ceux-ci m'ont été donnés par le dieu des Forêts, parce que j'ai trop longtemps contemplé les cimes d'automne. Ce ne sont pas mes vrais yeux, répéta-t-elle.

Et là-dessus elle se retira, sans attendre ni réponse ni inspecteur, comme si les derniers mots qu'elle avait jetés sur le tapis persan suffisaient à clore la discussion. Soufflés comme des chandelles, les deux hommes en restèrent figés un instant, avant que le policier ne se secoue l'échine.

– Excusez ma collègue, mon vieux. C'est que l'art de la photographie lui échappe.

Puis, portant deux doigts à sa tempe, il salua Léonard Bonvoisin et se hâta à la suite de la jeune femme. *Mes yeux sont noirs.* Un drôle de goût lui restait sur la langue.

*

Esther attendait sous la pluie battante, ses boucles alourdies dégoulinant sur la pelisse. Elle ne lui laissa pas même le temps de déployer le parapluie au-dessus d'elle qu'elle attaqua :

– Armand Laforest n'avait pas la moindre raison de s'en prendre aux Familistériens. Il n'est même pas encore établi avec certitude qu'il ait tué sa sœur, l'époux de sa sœur ou Désiré Orsini.

– Vous m'avez dit que c'était un fou.

– J'ai dit qu'il était un peu toc toc.

– *Détraqué.* C'est votre terme.

– Ça n'en fait pas un tueur.

Ils revenaient à présent sur leurs pas, s'en retournant au Palais social. Dans le lointain, un grondement sourd retentit, ponctué quelques secondes plus tard d'un claquement sec qui résonna dans le ciel d'acier.

– Sa sœur et son beau-frère l'ont fait enfermer à l'asile de Villejuif le temps de faire main basse sur l'héritage. Ça m'a tout l'air d'être un mobile plausible, dit encore Matthias.

– Un mobile, ce n'est pas une preuve.

– Votre gars ramassait les cadavres pendant la guerre, Esther. Dieu seul sait de quoi sont capables les tarés traumatisés.

– Mais s'il est bel et bien droitier, pourquoi s'embêterait-il à se faire passer pour un gaucher ?

– C'est évident. Pour narguer la police. Pour nous lancer sur une fausse piste.

Esther secoua la tête, affligée.

– Ce n'est pas logique.

– Avec les fous, rien n'est jamais logique, dit Matthias en levant le doigt comme s'il énonçait une vérité divine. À quoi ressemble-t-il, votre M. Laforest ?

Esther haussa les épaules et tressaillit de froid.

– Je ne l'ai jamais vu. Je crois me rappeler que son portrait a été publié dans la presse au moment des meurtres, mais je n'ai pas votre mémoire.

– Les articles précisaient-ils s'il était droitier ou gaucher ?

– Je ne m'en souviens pas, Matthias.

Étonnant comme elle utilisait son prénom quand il l'agaçait. Matthias imaginait que c'était le ton qu'une mère prenait quand elle répétait la même chose pour la centième fois. Mais qu'en savait-il, après tout ? Sœur Marie, qui l'avait élevé, n'avait pas été du genre à se répéter. Il fallait comprendre du premier coup – ce qui lui avait valu un certain nombre de punitions.

– Bien. Il faut donc nous mettre en quête des papiers parus au moment des meurtres, il y a deux ans.

– Je ne lis pas les journaux, mais le docteur Socquet est assez féru de *La Nouvelle Presse*, dit Esther.

Je suis presque sûre que ce sont dans les exemplaires qu'il laissait traîner à la morgue que j'ai vu le portrait d'Armand. Je vais leur téléphoner pour leur demander de nous envoyer les vieux exemplaires.

Matthias secoua la tête. Ils arrivaient au niveau de la buanderie où Rosalie Escudé avait trouvé la mort. *Ce palais*, songea l'inspecteur, *est jalonné de cadavres. Il y a des morts à tous les étages.*

– Inutile. Je sais précisément où trouver ces vieux canards.

*

Au premier niveau de la quincaillerie de feu Paul Beaucœur, ce n'était pas la même histoire qu'au rez-de-chaussée. Si la pièce principale de la boutique témoignait de la maniaquerie de son dernier occupant, avec son comptoir lustré, ses vitrines briquées et ses cloisons de verre fumé élégamment gravées, la pièce dans laquelle débouchait l'étroit escalier en colimaçon n'était, aux yeux d'Esther, rien d'autre qu'un débarras. Un débarras ni plus ni moins, prétexte à l'amoncellement de choses, de documents, de papiers qu'elle découvrait. Un débarras au milieu duquel était planté un petit bureau, sorte de leurre pour faire croire que les lieux étaient ordonnés.

– Eh bien, siffla-t-elle. Je m'étonne que vous ayez trouvé quoi que ce soit dans ce fourbi.

Matthias écarta les bras pour embrasser l'espace autour de lui.

– Vous exagérez, Esther. Regardez, tout – enfin presque – est rangé dans des caisses et sur des étagères. Je trouve que ce n'est pas si mal.

La jeune femme s'agenouilla devant une série de boîtes et entreprit de fouiller leur contenu.

– Pour quelqu'un qui se prenait pour un archiviste, grogna-t-elle, votre bonhomme manquait cruellement d'un système de classement efficace. Nous en avons pour des heures, ajouta-t-elle, placide, en extrayant de la caisse des factures pour l'achat de timbales en étain, une paire de gants troués, la photographie d'une grand-mère dans un cadre, de vieilles plumes hors d'usage, une lampe à pétrole, des bons de livraison et quelques journaux vieux de plusieurs années.

L'inspecteur, à présent qu'il n'était plus seul à mettre le nez dans la poussière, vivait la chose avec beaucoup plus d'allégresse que lors de sa première visite.

– En tout cas, nous sommes à présent certains qu'il gardait bien les journaux. Il n'y a plus qu'à mettre la main sur ceux de l'année 1920.

Par *il n'y a plus qu'à*, il entendait Esther. Elle le comprit et ne s'en formalisa pas ; Esther était une chercheuse. Elle aimait le silence et les choses qui ne bougent pas. Elle aimait la lecture, les mots et les cadavres.

Quand, au bout de quelques heures, elle mit la main sur plusieurs exemplaires de quotidiens datés des premiers mois de 1920, elle frappa le journal du plat de la main, faisant sursauter l'inspecteur. Ce dernier, lassé d'attendre, avait cédé aux douces sirènes du sommeil.

– Ce n'est pas trop tôt ! s'exclama Esther. Voyons cela. Vous écoutez, inspecteur ?

Matthias acquiesça dans un grognement, occupé à se frotter les paupières.

– Celui-ci est du 22 mars. *L'Humanité*. « Le double assassinat de Colombes – l'enquête d'hier et les hypothèses. Nous avons signalé le double assassinat commis jeudi soir à Colombes, dont M. et Mme Lamentin ont été victimes, et qui a été découvert par un garçon boulanger. »

Esther leva les yeux vers Matthias.

– Je me souviens de ce pauvre gamin, il était dans un état ! Je n'avais jamais vu quelqu'un au teint si vert. Je continue. « Les recherches faites par la police dès la découverte du crime ont été continuées dans la journée d'hier. Le matin, à dix heures… » Bon, cet article ne nous apprend rien, l'existence d'Armand n'avait pas encore été révélée.

La jeune femme tendit le journal à Matthias et en piocha un autre dans la pile qu'elle avait assemblée.

– *L'Intransigeant* du 24 mars titre « L'assassinat des époux Lamentin : les premières constatations ». Rien non plus sur Armand là-dedans.

Le journal changea de mains.

– Diable, les journalistes, bougonna Matthias en parcourant rapidement les articles. Ils se délectent vraiment des moindres détails sordides.

Dardant soudain ses yeux gris sur la silhouette d'Esther, il ajouta :

– Un peu comme vous, d'ailleurs.

Elle l'ignora.

– *Le Petit Parisien* a publié un schéma de la scène de crime, ma foi je dois dire qu'ils étaient bien informés. C'est tout à fait exact. Ah, *La Nouvelle Presse*, il me semblait bien que je me souvenais de ce titre.

Esther déploya le journal devant ses yeux, offrant au policier une vue impeccable sur la page de couverture du quotidien.

– « Ce serait donc Armand Laforest, le propre frère de Sarah Lamentin, interné deux fois comme fou à Villejuif, qui aurait commis le double meurtre. M. Laforest, selon nos sources, aurait développé très tôt une fascination pour les choses morbides. Enfant déjà, il jouait avec les charognes comme s'il s'agissait d'animaux en peluche. Une affaire remontant à 1913 l'impliquerait, sans preuves toutefois, dans la mort d'une jeune fille. Quant à son expérience sur le front, il semble que les tranchées aient achevé de… » Bon, nous sommes au courant de cette partie-là. Je continue. « Une hypothèse que confirment sans mal les faits, puisqu'il semble évident que les blessures horribles infligées aux victimes sont la manifestation d'une rage sanguinaire, comme si l'assassin avait été frappé d'une folie rouge. » Rien que ça, ponctua-t-elle. Une folie rouge, c'est tout de même un peu…

Elle n'eut pas le loisir de finir sa phrase. Ayant bondi sur ses pieds, Matthias venait de lui arracher le journal et brandissait sous son nez la photographie d'un homme en couverture. Il paraissait soudain en proie à l'excitation la plus totale.

– C'est lui ? Votre Armand Laforest, c'est lui ?

Esther, coutumière des lubies et des éclairs de l'inspecteur, se redressa, abandonnant là le reste des documents et journaux qu'elle avait compulsés pendant des heures. Ils avaient trouvé. Elle épousseta son pantalon en examinant le cliché, qui montrait un jeune homme d'une trentaine d'années au regard triste et aux cheveux clairs.

– C'est ce que dit la légende, répondit-elle.

Le sourire qui éclaira le visage du policier sembla illuminer la quincaillerie tout entière.

– Eh bien, Esther, je crois que nous tenons notre tueur. Car cet homme, ici au Familistère, se nomme François Bonvoyage.

# Chapitre 20

## Il était le soleil

Armand Laforest, depuis les quelque trente-cinq années qu'il arpentait le monde, n'avait jamais été le bienvenu nulle part. Simple : on ne voulait pas de lui. Rien ne lui était davantage familier que l'expression déconfite de son interlocuteur quand il pénétrait dans une pièce et que, sans pouvoir s'en empêcher, ce dernier disait *ah, c'est toi*. En conséquence, Armand passait son temps à s'esquiver, à s'effacer, à s'en aller. Il se déplaçait pour ne pas se trouver sur le chemin des autres, pour ne pas les gêner, pour ne pas devenir une source d'embarras. À peine était-il arrivé dans un endroit qu'il était déjà prêt à vider les lieux.

Armand avait eu des parents. Ce n'était pas un enfant abandonné que les foyers et orphelinats de la ville se refourguaient en fonction des paillasses disponibles. C'était un petit né d'une mère saine et en bonne forme, dotée d'un mari qui se trouvait être le père de ses enfants. La famille ne donnait pas dans le faste, mais on avait vu plus malheureux. Le tout semblait fonctionnel, les cartes distribuées à Armand n'étaient pas si mauvaises.

Il était né en 1887, dix mois après sa sœur Sarah. Le père d'Armand et de Sarah était ce « genre d'homme ». Le genre d'homme à avoir tout le temps envie de forniquer, partout, sans se soucier que sa femme fût fatiguée, enceinte, ou qu'elle considérât avoir mieux à faire. Sarah n'était donc pas plus grosse qu'un de ses godillots usés qu'il ôtait déjà ses bretelles et se hâtait de besogner sa femme pendant que la petite faisait la sieste. Elle l'avait bien prévenu que ce n'était pas le moment, qu'il aurait été sage d'attendre quelques semaines supplémentaires, mais quelques semaines et puis quoi encore ! Il avait déjà été bien bon d'attendre tout ce temps. Si un nouveau polichinelle sortait du tiroir, on aviserait.

Les choses ne commencèrent pourtant pas si mal. Accueilli dans le monde avec enthousiasme (un garçon, au moins ça rectifiait le tir), Armand reçut pendant quelque temps la quantité d'affection réglementaire que les parents doivent à leurs enfants. Hélas, au cours de sa cinquième année, la situation échappa à tout contrôle. Armand et Sarah, qui s'entendaient encore à cette époque, avaient adopté un chaton baptisé Chaussette – une trouvaille de Sarah, elle tenait aux prérogatives conférées par ses quelques mois d'avance dans l'existence. Chaussette fut écrasé par un fiacre, un jour qu'il avait échappé à la surveillance de ses maîtres. Malgré les protestations de son fils qui s'accrochait à la dépouille aplatie comme un naufragé à son radeau, le père des enfants enterra l'animal au fond du jardin.

Trois jours plus tard, on retrouva le cadavre du chaton, à demi mangé par les vers et puant comme un fennec, sur l'oreiller d'Armand. L'enfant le tenait serré contre lui dans son sommeil.

Cette bizarrerie qui avait conduit le frère de Sarah à déterrer le pauvre Chaussette se révéla un trait de caractère singulier. Armand affectionnait les charognes. Compréhensible : ces animaux-là ne mouraient pas. Ils faisaient de dociles compagnons de jeu, recevant sans broncher les attentions de l'enfant qui, à mesure que grandissait son attrait pour les choses mortes, voyait s'éloigner de lui les vivants.

Armand poussa d'un coup, telle une tige sans feuilles, et avec ça des cheveux longs, blonds comme les blés, épais et fournis. Des cheveux de fille. Il attira le regard d'une jeunette – s'il était l'opprobre de la famille, la honte de ses parents n'avait pas encore atteint le second cercle social. Léa, la fille, la première qu'il eût connue, était de faible constitution. En 1910, elle contracta un rhume de poitrine qui l'obligea à garder le lit durant tout un mois. Armand, qui était venu lui rendre visite, fut retrouvé un matin dans le lit de la jeune femme, dont la vie avait quitté le corps pendant la nuit. Loin d'exprimer du chagrin, le garçon parlait au cadavre avec exaltation, le câlinait comme autrefois il avait câliné son chaton écrasé.

Les parents d'Armand avancèrent que leur fils avait perdu l'esprit – le deuil faisait ce genre d'effet –, mais pour l'entourage, l'affaire était pliée. Le gamin était toqué. Funestement toqué. Une rumeur enfla ; on trouvait étrange que Léa fût décédée précisément la nuit où son amoureux était présent.

Puis la guerre vint chez les Laforest comme elle était venue partout ailleurs, réclamant son tribut de père ou de fils, et comme on cherchait chez eux à se débarrasser du fils, ça tombait bien. La mère lui tailla la tignasse, tapota vaguement sa nouvelle tête pour dire *allez, pas d'histoires*, et ce fut tout.

Il fallait s'y attendre, les tranchées venaient déjà à bout de la résistance d'hommes robustes et durs à cuire ; Armand ne fit pas long feu, lui qui ne recevait pas de lettres et n'avait plus d'amoureuse. Il n'avait pas d'anecdotes à raconter, pas de photographies à dévoiler. Armand ne tenait par rien. Et comme il peinait à se faire des amis parmi la soldatesque, on lui assigna l'élégante mission d'aller collecter les morts sur le champ de bataille après les affrontements. Ce n'était rien de moins que de ramasser des bouts de corps, en prenant soin de ne pas les mélanger. Parfois, le temps qu'Armand se pointe avec sa civière, la boue mêlée de sang avait resserré son emprise sur les cadavres et il avait beau prendre toutes les précautions du monde, la terre en gardait quelques lambeaux.

Rasséréné par son sordide pensum, Armand s'isola du monde encore davantage – un exploit, dans les tranchées où l'on était les uns sur les autres à longueur de temps. Un matin, on le trouva couché à côté d'un assemblage disparate de cadavres. Il les avait agencés de sorte que des corps entiers fussent reconstitués, sans grand souci de savoir si les morceaux étaient assortis, et leur faisait la conversation. Il fut collé au mitard. Personne n'ayant le temps de s'occuper de lui, on l'oublia quelques jours, et quand on se souvint qu'il fallait le faire sortir de sa cellule – les morts attendaient dans le no man's land, faisant la joie des charognards – manquaient à son pied droit plusieurs orteils. Il fut impossible de savoir comment il s'y était pris, il n'avait avec lui dans le cachot rien de tranchant, mais l'une de ses dents se révéla ébréchée. Les officiers délibérèrent : l'exemple aurait voulu qu'on passe par les armes ce traître qui, à l'évidence, s'était automutilé. Mais Armand eut de la chance : ne pouvant prouver l'acte délibéré, on le renvoya finalement chez lui, réformé.

Il rentra donc plus tôt que prévu. Sarah venait d'épouser Ernest Lamentin, un cabaretier de Colombes de quinze ans son aîné. Leurs parents ne manifestèrent pas la moindre intention de reprendre chez eux ce fils soupçonné de mutilation volontaire et aux fréquentations plus mortes que vivantes. Armand s'installa quelque temps à Paris, se collant en ménage avec une prostituée prénommée Daisy. Quand ses parents moururent sans qu'il les ait jamais revus, Armand se rendit à Colombes, chez sa sœur. C'était 1918, la guerre était finie, il soufflait un vent d'espoir teinté d'épuisement. Ernest et Sarah conduisaient une affaire qui, si elle n'était pas florissante, tenait à peu près la route. D'ailleurs, ils employaient un nouveau commis et avaient adopté un petit chien. Ces deux-là paraissaient bien s'entendre.

Ernest, qui n'avait pas inventé l'eau tiède mais se révélait assez fin quand il s'agissait de percevoir son intérêt, convainquit sans mal sa jeune épouse de faire interner son frère, le temps pour eux de toucher la coquette somme d'héritage thésaurisée par les parents. L'affaire, avec laquelle aucun juge n'avait envie de s'emmerder, fut rondement menée. Les antécédents militaires d'Armand, qui laissaient quand même supposer que le jeune homme avait une sacrée araignée au plafond, constituèrent l'argument décisif. Il fut sans délai interné à l'asile de Villejuif et y resta près d'un an.

Armand ne raconta jamais à personne ce qui était arrivé cette année-là ; ni les choses dont il fut témoin, ni celles qu'il commit, moins encore les médecines qu'on lui fit ingurgiter – et qui le rendirent probablement plus toqué qu'il n'était en franchissant les murs de Villejuif. Quand il sortit, il n'avait plus un sou mais sa tignasse avait repoussé. Un halo de cheveux blonds et épais, plus brillants que jamais, comme un pied de nez à toutes les maltraitances et privations. Lorsqu'il débarqua dans le petit établissement de sa sœur, cette crinière attira immédiatement le regard de Louise Orsini. Une petite femme, jolie comme pas permis, l'air ennuyé. Elle était assise à une table de l'estaminet avec Sarah. Sarah parlait, Louise se taisait. Accoudé au bar, un colosse riait grassement avec Ernest, tous deux ronds comme des queues de pelle, si ronds qu'ils ne remarquèrent pas la présence d'Armand.

– Ah, c'est toi, fit Sarah.

Et, comme une partie d'elle-même nourrissait un minuscule sentiment de culpabilité, elle lui désigna du menton la troisième chaise autour de la table. Armand se coula dans l'ombre et s'y assit. Il sentait sur lui les yeux de Louise, mais scrutait ses propres mains comme s'il allait y découvrir le secret de la Création. Le regard de la jeune femme le démangeait, pas comme une couverture rêche pleine de punaises, non, plutôt comme le bout des doigts effleurant la peau de son dos, provoquant un frisson de soulagement.

– Je vais te chercher un verre de liqueur, dit Sarah dans un élan de magnanimité qu'on ne lui connaissait pas.

Armand s'apercevrait plus tard que sa sœur cherchait surtout à fuir la compagnie de Louise, qui n'avait aucune conversation et qui lui donnait envie de bâiller.

– Je suis Louise, dit celle-ci à Armand quand Sarah se fut éloignée.

Armand finit par lever la tête et tomba droit dans ses yeux bleus. Deux flaques immenses, pures comme un lac de montagne. L'ancien soldat ne savait pas nager, alors il s'y noya.

– Vos cheveux, dit encore Louise. On dirait le soleil.

Il y avait dans ces quatre mots plus de chaleur qu'Armand n'en avait reçu durant toute sa vie. Il n'en fallut pas davantage pour qu'il tombât amoureux, amoureux de cette petite femme aux yeux trop grands pour son visage. Louise, il allait le découvrir au cours de nuits sans sommeil, de rendez-vous secrets, d'instants volés, possédait la fougue que l'on attribuait au diable, cette fougue qu'elle refusait à son mari, Désiré Orsini. Ce dernier, convaincu qu'il avait épousé une chose molle et sans volonté, les aurait tués sans ciller, un cou dans chacune de ses mains épaisses comme des battoirs et couic, s'il avait su. Mais Armand jouissait de cette fougue, s'y enfouissait avec délices, heureux à en mourir. Une femme l'aimait. Sa sœur le laissait en paix – c'est-à-dire qu'elle l'ignorait, sauf quand son mari et elle avaient besoin de bras pour des travaux ingrats et qu'ils ne voulaient payer personne. Il s'était même trouvé une sorte de camarade en la personne d'Abel, le nouvel employé des Lamentin. Abel, songeait Armand, lui ressemblait. Non pas qu'ils eussent l'air de frères ou ce genre de chose, Abel était aussi brun qu'Armand était blond. Mais ils se ressemblaient.

Puis l'impensable survint. L'enfer s'abattit sur la rue de Gennevilliers, frappa au domicile des époux Orsini. Le genre de drame qui faisait le jus des feuilles de chou et des journaux à scandale, des meurtres sordides dont la capitale était coutumière. On tuait à Paris pour trois francs six sous, pour des objets en toc, pour régler des comptes. Comme si on n'avait pas eu son content avec cette guerre qui venait de ravir des milliers de vies.

Armand avait l'habitude de lire dans la presse les articles qui relataient ce genre d'événement, mais il n'aurait pas imaginé qu'un jour une telle boucherie lui éclaterait à la figure. Il n'était pas sot, il vit bien qu'il faisait un coupable idéal. À Colombes, personne n'avait oublié Chaussette, la petite Léa ou les soldats recomposés dans les tranchées.

Après qu'on eut retrouvé son époux la gorge ouverte sur le sol de leur salon, Louise embrassa son amant et lui ordonna de déguerpir. *Un instant j'ai pensé que nous serions heureux, débarrassés d'eux tous*, lui souffla-t-elle à l'oreille. *Mais, mon amour, tu es le soleil et le soleil brûle. Rares sont les hommes qui peuvent supporter cette chaleur. Pars. Pars, ou ils éteindront ta lumière.*

C'est ainsi qu'Armand s'en fut. Sans qu'il s'y attendît – il n'avait guère l'habitude qu'on cherchât à l'aider, alors le sortir d'un tel merdier… –, le salut vint d'Abel. Ce dernier, sans emploi et désœuvré, avait eu vent d'un endroit où l'on traitait les hommes avec respect, où l'on pensait le futur comme appartenant aux petites gens. Un lieu qui était un rêve, lumineux et consolant, où la misère et l'ignorance étaient exclues. Un lieu dans lequel ils trouveraient un travail et un logement. Il s'y rendait, Armand s'il le souhaitait pouvait bien partir avec lui. Ils n'auraient qu'à changer de noms afin de ne pas être associés aux meurtres de Paris, pas d'ennuis en perspective.

Armand décida sur un coup de tête qu'il prendrait pour nom François Bonvoyage ; il avait vu une réclame sur une colonne qui l'avait inspiré. François Bonvoyage, ça sonnait formidablement, comme un nouveau départ.

À présent qu'il y repensait deux ans plus tard, finissant sa cigarette assis sur une pierre au pied du mausolée de

Jean-Baptiste André Godin, Armand-François se disait qu'il avait été con. Con de ne pas avoir saisi l'évidence, con de croire qu'on l'oublierait, lui, le fou de Villejuif. Il y avait eu d'autres morts, des morts qui lui collaient aux basques, des morts pour lesquels on avait fait venir un inspecteur et une drôle de femme qui, disait-on, occupait son temps en découpant des cadavres. Armand ne comprenait pas qu'il fût possible de *choisir* de découper des cadavres ; lui-même avait été confronté aux corps en morceaux pendant la guerre, ça lui avait dérangé l'esprit. Mais cette femme n'était qu'un détail, une anecdote dans le marasme de solitude et d'emmerdes qu'était la vie d'Armand. À présent, il était de nouveau seul. Louise croupissait en prison. La petite Rosalie, la douce Eleanor, le vieil instituteur ; tous ceux qui lui avaient un peu rempli le cœur avaient disparu.

Dans le lointain, le tonnerre gronda.

Armand Laforest, depuis les quelque trente-cinq années qu'il arpentait le monde, n'avait jamais été le bienvenu nulle part et découvrait maintenant que le Familistère ne faisait pas exception. Alors sans demander son reste, il ramassa le paquetage qu'il avait préparé à la va-vite le matin même, et puis tourna les talons. Rejoignant la rue de Courcelles, il s'enfuit par la rue Gaston-Godon.

# Chapitre 21

## Le dîner

François Bonvoyage s'était donc fait la malle, et l'inspecteur Lavau ne décolérait pas. De rage, il retourna l'appartement occupé jusqu'au matin même par l'ouvrier, à la recherche de preuves de sa culpabilité. Il n'en trouva aucune. Durant ces deux années au Familistère, Armand Laforest avait mené une existence discrète et exempte de tout reproche, c'était du moins ce qu'en disaient les apparences. Son logis était propre, il avait scrupuleusement laissé tout ce qu'il y avait trouvé en arrivant, n'emportant dans sa fuite que les frusques avec lesquelles il était arrivé au Palais social. Gabriel Saint-Simon, alerté des récentes découvertes d'Esther et de Matthias, ne sut comment justifier l'imposture qui avait eu lieu sous son nez.

– Que voulez-vous que je vous dise, inspecteur ? M. Bonvoyage ne s'est jamais illustré de quelque façon que ce soit. C'était un travailleur efficace mais effacé, son supérieur hiérarchique aux usines était satisfait, il payait son loyer, je n'en ai jamais entendu parler.

L'administrateur-gérant peinait à conserver son habituel ton affable, les grands airs du policier l'excédaient.

Ils se tenaient tous trois dans l'entrée de l'appartement 147, au troisième étage du palais. Les mains enfoncées dans les poches de sa pelisse, Esther passait la pièce en revue. Armand Laforest, François Bonvoyage. Deux identités, deux séries de crimes, deux lieux, un seul homme. Les éléments à charge se résumaient à un solide mobile pour les meurtres parisiens et à une extraordinaire coïncidence : lors des crimes perpétrés au Familistère, Armand Laforest était bel et bien présent. Si l'on ajoutait à cela le passif militaire de l'individu ainsi que son séjour en asile de fous, n'importe quel juge aurait signé un mandat d'arrêt en un clignement de paupières, Esther le savait.

Pourquoi le doute continuait-il de l'habiter ?

Elle se tourna vers les deux hommes qui se faisaient face, et se demanda avec une curiosité maligne lequel exploserait en premier.

– Vous prétendez avoir une mémoire exceptionnelle, disait Saint-Simon, les bras croisés sur la poitrine. Or, vous avez compulsé la liste des ouvriers et des résidents au palais. Comment se fait-il que vous ne l'ayez pas reconnu à ce moment-là ?

Le regard métallique de Matthias luisait d'un éclat mauvais.

– Armand Laforest n'a jamais été arrêté pour un crime de droit commun, fulmina-t-il. Il n'a pas de fiche.

– De quelles fiches parlez-vous ?

– Les seules qui importent, Saint-Simon. Les fiches anthropométriques.

L'administrateur-gérant, qui n'entendait rien aux méthodes de la police, haussa les épaules, l'air de dire *mon vieux, vous me parlez chinois*. L'inspecteur Lavau, drapé dans sa mauvaise foi, aurait fait sortir de ses gonds le plus paisible des moines franciscains. Esther décida d'intervenir avant que la situation ne dégénère.

– L'inspecteur principal n'a jamais croisé le visage d'Armand, dit-elle, car celui-ci n'a pas de passé criminel. Il n'avait aucun moyen de le reconnaître.

Gabriel Saint-Simon darda sur la jeune femme ses yeux verts que la colère éclaircissait. Il décroisa les bras et hocha la tête.

– Je comprends, dit-il.

Esther lança un regard à Matthias qui disait *voyez, quand on veut*. Celui-ci leva les yeux au ciel, excédé.

– Lui connaissiez-vous de la famille, des amis chez lesquels il aurait pu vouloir se rendre ? demanda-t-elle encore.

Il n'avait pas échappé à Esther que l'administrateur-gérant, sous ses airs très comme il faut, la regardait avec intérêt. Bien sûr, elle ne s'attardait jamais sur ces choses-là. En revanche, un intérêt était un intérêt, autant s'en servir.

– Non, répondit Saint-Simon. Je vous l'ai dit, il était extrêmement discret. Mais je vais demander aux ouvriers qui travaillaient avec lui s'ils savent quelque chose. Peut-être se sera-t-il confié à l'un d'eux.

– Ce serait aimable de votre part, répondit Esther en soulevant légèrement le coin de ses lèvres.

Elle se tourna vers Matthias qui la fusillait du regard.

– Inspecteur, vous devriez appeler vos collègues pour lancer un mandat d'arrêt. Armand Laforest est notre principal suspect. Il faut lui mettre la main dessus.

Comme le regard du policier allait alternativement de son visage impassible à l'expression d'irritation contenue de l'administrateur-gérant, Esther appuya sa remarque d'un haussement de sourcils. Matthias tourna les talons et s'éloigna dans un froissement de cuir.

– Je me disais… commença Gabriel Saint-Simon une fois que l'inspecteur fut hors de portée.

*Holà*, songea Esther.

– Que diriez-vous de dîner avec moi ce soir ? Je veux dire à ma table. En ma compagnie. Avec votre collègue, bien entendu. Et mon fils. Mon fils, Étienne, sera présent. Nous serions donc quatre.

Esther ne s'attardait jamais sur ces choses-là mais elle n'était pas aveugle. Gabriel Saint-Simon aimait avec fulgurance les femmes qu'il avait sous la main. Caroline Saint-Simon, Eleanor Fontaine. Il les aimait avec passion, mais il n'aimait rien tant que l'amour lui-même et il fallait bien que les unes remplacent les autres. Une idée terrible. Elle répondit pourtant :

– Avec plaisir.

Elle ne souriait pas, mais il put lire dans ses yeux couleur d'automne un peu de chaleur, et cela le ragaillardit.

*

– Vous avez accepté ?

Les épaules de Matthias s'affaissèrent de déconvenue. Déserté par la colère, il était à présent consterné par l'effort que l'exercice allait lui demander. Esther acquiesça.

– Bien sûr que j'ai accepté. Je suis résiliente, Matthias, mais je ne crois pas pouvoir supporter de déguster une nouvelle fois les victuailles que votre maîtresse vous apporte en douce.

Il ouvrit la bouche pour répliquer, mais ne trouva rien à dire.

– D'autre part, poursuivit-elle, notre suspect est en cavale et nous n'avons rien d'autre à faire. Ce dîner sera l'occasion d'en apprendre davantage sur cet endroit. Et sur ce M. Saint-Simon, d'ailleurs.

– Je ne l'aime pas.

– C'est hors de propos.

– Je ne crois pas à son numéro.

Matthias s'allongea sur le matelas, les bottes sur le cadre de lit, la tête reposant sur ses bras croisés. Il grimaça en sentant sous ses doigts l'énorme bosse dont il avait hérité la veille au soir, sur les toits du Familistère.

– Vous savez, cette espèce de saint qui gouverne en toute transparence, aimé de tous. Ce genre de père de famille nombreuse toujours juste, toujours droit. C'est suspect.

– Je suis d'accord.

D'étonnement, il se redressa sur un coude.

– Vous êtes *d'accord* ?

Esther acquiesça pensivement. Tout en parlant, elle flattait l'encolure de Red qui s'était précipitée dans ses jambes à la seconde où ils étaient entrés dans l'appartement. Le chien-loup avait posé la tête sur les genoux de la jeune femme et la regardait avec des yeux enamourés, comme si Esther eût été la plus belle chose au monde.

– Nul homme n'est fait d'une seule pièce, Matthias. Toute médaille possède deux faces. Comme les autres, votre Saint-Simon cache sa part de secrets. En l'occurrence, il vous a fait mander pour résoudre les crimes du Familistère, mais quand nous lui présentons un suspect, il n'y attache aucune importance. Pas de surprise, pas de dénégation.

– Pas de *juste ciel, ce François a trahi ma confiance*, ni de *c'est impossible, mademoiselle Louve, vous vous trompez forcément.* Ni même de *sapristi, c'était pourtant un brave garçon ! Si je m'étais attendu…*

– Exactement. Il n'a pas eu de réaction.

– Nous avions simplement l'air de l'emmerder.

À cet instant, la chienne, la tête sur les genoux d'Esther, poussa un jappement étouffé. Avec une certaine incrédulité, l'inspecteur observa la jeune femme tandis que celle-ci se levait, récupérait une écuelle en étain dans le fatras – ni l'un ni l'autre n'avait pris le temps de véritablement ranger l'appartement mis à sac – et versait de l'eau à l'animal. Ses doigts se perdirent dans le pelage de Red, tandis que ses yeux d'ambre erraient sur le tableau noir. Matthias se rassit sur le bord du lit. Avec douceur, il tendit la main et dégagea une mèche de cheveux qui dansait devant les yeux d'Esther.

– Il faut que nous ayons une conversation, murmura-t-il.

– N'est-ce pas ce que nous sommes en train de faire ?

– Une conversation à propos de cette chienne.

Esther se redressa, essuya ses mains sur le devant de son pantalon. Ils entendirent les bésicles tinter dans sa poche.

– Eh bien quoi, cette chienne ?

Matthias ne releva pas.

– Si nous la gardons, il faut changer son nom.

Esther se massa l'arête du nez, puis se versa un verre d'eau à la carafe qu'elle avait remplie un instant plus tôt. Ses prunelles mordorées vinrent se planter dans les yeux couleur orage.

– *Nous ?*

– Red, c'est ridicule comme nom. Nous n'allons tout de même pas adopter toute une ménagerie pour le plaisir de la nommer de toutes les couleurs de l'arc-en-ciel. En anglais, qui plus est.

Esther regardait tour à tour l'inspecteur et la chienne, l'air de se demander à quel moment la situation lui avait échappé. En l'occurrence, Red avait fini de laper son écuelle et s'était couchée aux pieds du policier de sorte que plus ce dernier cherchait à se décaler, plus elle se déplaçait pour se trouver précisément sur ses chaussures. *Me voilà bien*, se dit Esther. *Cette ingrate préfère Matthias.*

– Je ne vois pas le problème avec ce nom. Et *nous* n'allons pas l'adopter. C'est *ma* chienne.

– Esther, s'énerva Matthias, pourquoi êtes-vous venue ?

Ce fut elle, cette fois, qui resta muette. Soudain hypnotisée par cet homme dont la stature le faisait paraître trop grand pour les pièces dans lesquelles il se trouvait, dont la barbe en broussaille accentuait le côté belliqueux.

Quelques coups frappés à la porte la sauvèrent d'une réponse qui, elle le savait, n'aurait pas été juste. Grondant sourdement, Red se redressa d'un coup, libérant les pieds du policier.

– C'est le fils qui vient nous chercher, dit Esther en brisant le silence qui s'était installé. Essayez donc d'être aimable quelques heures.

Et tandis que Matthias sortait de la chambre en levant les yeux au ciel (une habitude), Esther dit à la chienne qui retroussait les babines :

– Tu ne bouges pas. Attends sagement.

Elle ferma la porte entre les deux pièces au moment où l'inspecteur sortait sur la coursive, un sourire forcé sur la figure, et balançait une grande claque dans le dos du frêle jeune homme qui les attendait, raide comme un piquet.

*

– Votre homme est à Bruxelles, inspecteur principal. Mademoiselle Louve, un peu de vin ?

L'humeur de grenade dégoupillée de Matthias n'avait pas duré ; Gabriel Saint-Simon, pour recevoir ses hôtes, avait commandé un repas aux meilleures cuisinières du Familistère. Viande, poisson et légumes étaient arrosés de vins somptueux, pour autant qu'Esther pût en juger. La sortie de Saint-Simon juste après l'entrée, en revanche, lui coupa la chique. L'administrateur-gérant attendait une réaction, la bouteille levée devant lui, un sourire éclairant son visage. À ses côtés, Étienne s'était figé et fixait son père. Machinalement, Esther tendit son verre et laissa leur hôte le remplir tandis que Matthias répliquait, la bouche pleine de rôti :

– À Bruxelles ? Qu'est-ce qu'il irait fiche à Bruxelles ?

Saint-Simon reposa la bouteille et, saisissant des couverts en argent dans un plat de haricots, entreprit de servir ses trois convives. Il régnait dans la salle à manger de l'appartement 265 une atmosphère capiteuse ; les effluves d'alcool et de nourriture se mêlaient aux fragrances de cire de bougie. Deux poêles diffusaient une chaleur propice à la somnolence. Aux fenêtres, les rideaux étaient tirés sur la nuit, mais on percevait toujours le martèlement sourd et régulier de la pluie. L'orage qui grondait depuis le matin n'avait toujours pas éclaté.

– Quand il a construit ce palais, Godin savait qu'il n'était pas en odeur de sainteté, à Guise. Il ne plaisait pas, son utopie ne plaisait pas.

– Ça ne s'est pas arrangé, fit Matthias en songeant à sa première conversation avec Astrid Vignot, quelques jours plus tôt.

– C'est vrai, mais ça tient bon. À l'époque, rien n'était gravé dans le marbre. C'est la raison pour laquelle Godin a préparé un exil éventuel et exporté son utopie dans la périphérie de Bruxelles. À Laeken, pour être exact.

Esther et Matthias échangèrent un regard incrédule.

– Vous voulez dire qu'il existe un *second* Familistère ?

Gabriel Saint-Simon se rassit et attaqua ses haricots avec un entrain excessif.

– Tout à fait. Un complexe usinier ainsi qu'un pavillon d'habitation. Tout s'y déroule exactement de la même manière qu'ici, à Guise.

L'inspecteur avait du mal à en croire ses oreilles. L'idéologie familistérienne, une société à l'intérieur de la société, lui apparaissait déjà follement excentrique, mais voilà qu'il apprenait qu'une autre bulle sociale, une autre expérience, existait à des kilomètres de là. *On n'arrête pas le progrès.*

– Les finalités d'une telle entreprise m'apparaissent floues, commenta Esther.

Gabriel Saint-Simon lui adressa un sourire lumineux.

– Le Familistère est à la fois le début et la fin, mademoiselle Louve. Il dépend de l'industrie et de la prospérité de nos usines, ses habitants sont des travailleurs industriels. Mais il faut comprendre qu'il est aussi la *finalité même* du développement industriel.

– En replaçant les jouissances de la richesse à la portée de tous.

– Exactement. Ainsi l'a voulu Godin. Si vous le permettez, j'aimerais partager avec vous un morceau de l'un de ses nombreux discours. Celui-ci date de 1881, Godin l'a écrit pour s'adresser aux membres de l'Association coopérative du capital et du travail. En quelques mots, cela dit *Le Familistère vivra. L'idée qui y a donné naissance est impérissable, elle vivra autant que le monde. Et quand les murs de brique qui nous abritent seront tombés en poussière, les générations se transmettront le souvenir des enseignements qui auront été incarnés ici.*

Esther porta son verre de vin à ses lèvres, laissant les mots l'imprégner. Elle sentait sur elle les yeux d'Étienne, ses yeux noirs dissimulés derrière un rideau de cils et de pudeur.

– C'est pompeux, dit Matthias.

Mais tout le monde l'ignora.

– Ça sonne comme une prophétie, dit Esther.

– C'en était une, approuva Saint-Simon en prenant à son tour une gorgée de vin. Jusqu'à présent, elle s'est réalisée.

– Quel rapport avec Laforest ? intervint Matthias. Pourquoi pensez-vous qu'il se soit rendu à Laeken ?

L'administrateur-gérant échangea un regard avec son fils, qui haussa les épaules et répondit d'une voix enveloppante après un instant d'hésitation :

– C'est une idée que j'ai eue. François est un bon ouvrier…

– Armand, rectifia l'inspecteur.

– Oui, Armand. C'est un bon ouvrier, répéta Étienne. Chez nous, il travaillait à l'atelier des modèles. Les modèles, ce sont les pièces en zinc qui composent les différentes parties d'un appareil de cuisine ou de chauffage. On fait ça d'après les dessins du bureau d'études.

Tout en parlant, Étienne Saint-Simon désigna un calorifère le long du mur de la salle à manger. Différent de celui qui meublait l'appartement 23, il paraissait plus ancien : cylindrique, il portait en outre l'inscription *Godin 123*.

– Les modèles, ça permet de faire un premier moulage de ces pièces, il faut que cela soit très bien fait, très soigné parce que, après, on réalise les répliques en fonte constituant les appareils complets, prêts à l'utilisation. François, je veux dire Armand, maîtrisait les modèles à la perfection. Mais c'est pas tout.

Étienne Saint-Simon, enhardi par l'audace qu'il avait eue de prendre ainsi la parole devant l'impressionnant inspecteur de police et sa drôle d'accompagnatrice, leva un doigt dans un geste plein de suspense.

– Il était très curieux. Il s'intéressait à toutes les étapes de la fabrication des poêles : moulage, ébarbage, émaillage, ajustage… Il s'est formé à toutes les techniques utilisées aux usines.

– Armand Laforest n'aura aucun mal à se faire embaucher à Laeken, conclut l'administrateur-gérant en posant une main sur l'épaule de son fils. Non seulement il connaît le produit sur le bout des ongles, mais il est aussi familier du mode de vie, de ses exigences et de ses contraintes.

Il fit une pause, le temps d'écouter le bruit de la pluie qui martelait les pavés de la place.

– Et puis il a goûté aux avantages d'usage commun du Familistère, qui sont nombreux, ajouta-t-il. Ce que je veux dire, c'est qu'après deux ans passés à profiter d'un logement sain et lumineux, d'un accès aux bains pour cinq sous, de magasins d'approvisionnement au juste prix… qui pourrait revenir à des conditions d'existence ordinaires ?

L'administrateur-gérant laissa la question en suspens, comme si la réponse allait de soi. Matthias posa sa serviette de table près de son assiette et, se renversant sur le dossier de sa chaise, darda ses yeux gris sur le fils Saint-Simon.

– N'est-ce pas toi qui t'en es allé vivre ailleurs pendant un temps ? Pour connaître des conditions d'existence *ordinaires*, justement ?

Le jeune homme se leva, faisant racler les pieds de sa chaise sur le parquet ciré, et entreprit de ramasser les assiettes des convives. L'enthousiasme qui l'avait animé un instant plus tôt, alors qu'il leur parlait d'Armand Laforest, s'était évanoui.

– Si, répliqua-t-il un peu abruptement, et je suis revenu. Ce n'est pas tenable, là-dehors. Il n'y a qu'à voir la misère qui a frappé ce pauvre François avant qu'il n'arrive chez nous, au Familistère. Qui voudrait de ce genre de vie ?

– François Bonvoyage et mon fils étaient bons camarades, dit Saint-Simon, comme pour excuser l'attitude soudain cavalière d'Étienne. Toute cette histoire a un goût amer, vous vous en doutez.

– Bien sûr, fit Esther dans une tentative de compassion peu convaincante. Où allez-vous donc ?

Elle s'adressait à Étienne, qui s'éloignait de la table de la salle à manger, les bras chargés des assiettes sales. Il se tourna à demi pour lui faire face.

– À la cuisine. La gouvernante a congé ce soir. Je vais chercher la tarte.

Esther se leva.

– Bien, dit-elle, je vais avec vous.

– Je ne…

– J'insiste.

Elle planta là l'inspecteur et l'administrateur-gérant et emboîta le pas à Étienne Saint-Simon. Elle était assise depuis trop longtemps. Il n'entrait pas dans ses habitudes de faire ainsi bombance, de discutailler des heures, d'être civile pour un temps qui, d'après ce qu'elle comprenait, pouvait s'éterniser. Elle saisit donc la première occasion de se lever de table. Et tandis qu'Étienne sortait des assiettes à dessert d'un cabinet vitré, elle put admirer une cuisinière émaillée et nickelée, décorée sur ses différentes faces de paysages luxuriants. Alors qu'elle s'en approchait, le jeune garçon la devança.

– Prenez garde, les poignées peuvent chauffer.

– C'est un meuble tout à fait remarquable, dit Esther.

Elle n'en savait rien ; la chose aurait pu être le reliquat raté d'une production bâclée ou un prototype abandonné. Elle n'était sensible ni à l'objet ni à sa fonction, à peine était-elle capable d'apprécier le coup de pinceau de l'artiste (était-ce seulement un artiste, on ne savait pas trop ce que faisaient ces gens-là). Mais elle pensait bien qu'Étienne apprécierait son effort.

– Oui, dit-il.

Elle vit un léger soubresaut de lèvres lui agiter la commissure droite et se sentit soudain étrangement proche de lui.

– C'est un modèle de 1909, mais les panneaux décoratifs ont été ajoutés pour faire un essai. Pour l'instant, cette cuisinière est commercialisée avec un émaillage uni.

Disant cela, il ouvrit l'un des battants de la cuisinière et en sortit une tarte odorante. Plongeant la main dans sa poche, il en tira un couteau pliant avec un manche en os et entreprit de couper des parts.

Esther l'observait. Il était assez beau, un visage encore enfantin, un nez droit et des yeux timides. Il y avait quelque chose, chez ce garçon, qui pinçait chez Esther une corde particulière. Un détail, alors, attira son attention.

– Tiens, dit-elle. Qu'avez-vous aux mains ?

Il la regarda avec surprise, posa la tarte sur le plateau de la cuisinière.

– Aux mains ? Mais rien.

Esther fixa un instant les paumes ouvertes devant ses yeux, cherchant à retrouver l'anomalie qui, un instant plus tôt, l'avait frappée. Mais Étienne avait raison, il n'y avait rien.

– J'ai dû rêver, dit-elle. Allons déguster cette tarte.

# Chapitre 22

## La cire sur une bougie ou la peau sur les os

L'un et l'autre avaient leur idée, et pour une fois ils étaient d'accord : Gabriel Saint-Simon, fin gourmet et hôte de qualité, tentait de se débarrasser d'eux en les envoyant sur la piste d'Armand Laforest, quelque part dans la périphérie de Bruxelles. Reconnaissons-lui ceci : l'administrateur-gérant s'était donné du mal pour être convaincant.

– Il nous prend pour des pigeons, dit l'inspecteur en ouvrant la porte de l'appartement 23 aux alentours de minuit. Peut-être Laforest a-t-il agi avec un complice, et Saint-Simon veut protéger ses arrières. Soixante ans de Familistère sans le moindre vol à l'arraché, et voilà qu'on ramasse trois macchabées en une semaine. Un sacré bordel sur son tableau de gouvernance.

Esther pénétra dans le logement à sa suite et libéra la chienne, enfermée dans la chambre.

– Ou alors, répondit-elle en s'asseyant sur le lit pour ôter ses bottines, Armand n'est pas le meurtrier.

L'inspecteur se défit de son cache-poussière et l'abandonna sur le dossier d'une chaise, puis alluma une lampe. Bientôt, une douce lueur dorée vint baigner leurs figures fatiguées, nimbant leurs gestes lents d'une aura diffuse.

– Armand est le dénominateur commun de tous les crimes, Esther. Frère brimé de Sarah Lamentin et amant de Louise Orsini à Paris. Ici au Palais social, il a fréquenté chacune des victimes…

– Tout le monde fréquente tout le monde. C'est en quelque sorte le principe, si j'ai bien compris.

– Mais Laforest a dissimulé sa véritable identité pendant deux ans, insista Matthias. Et quand nous approchons enfin de la vérité, il disparaît comme par enchantement.

– Aucune preuve matérielle ne le relie aux meurtres. Ni les empreintes, ni le mot retrouvé sur chaque scène de crime… Tout ce que nous avons, ce sont de vagues mobiles.

– Vague, le vol de son héritage ? Savez-vous combien de crimes d'argent sont commis chaque année, Esther ?

– Non, soupira-t-elle, mais je suppose que *vous* le savez.

– À la virgule près.

– Grand bien vous fasse.

– Je ne comprends pas. Pourquoi doutez-vous encore ?

Esther avait déposé ses chaussures au pied du lit et, d'un coup, semblait plus petite. D'un mouvement las, elle entreprit de défaire les dix-sept boutons qui fermaient la collerette de cuir. Chaque fois qu'une des minuscules attaches sautait, provoquant un infime claquement, le cœur de Matthias faisait un bond. Quand elle eut terminé, elle abandonna l'accessoire de cuir sur le lit et ouvrit le col de sa chemise blanche pour se masser le cou. Et sous la lumière tamisée de la lampe, elle apparut à Matthias plus foncée qu'elle ne l'était en réalité : la cicatrice. Ce collier de chairs rosées, ce bourrelet disgracieux qui lui ceignait la gorge et qui faisait qu'Esther était Esther. Une Esther presque coupée en deux et réparée à la va-vite, une Esther barrée puis rafistolée parce qu'il était établi que le monde, sans elle, n'aurait pas été le même. Il fallut à l'inspecteur toute la force de sa volonté pour ne pas tendre les bras vers elle, pour résister au désir brutal qui le saisissait de la saisir, elle, de la serrer contre lui jusqu'à l'étouffer.

Elle soupira, ignorant la bataille qu'il livrait contre lui-même.

– Je doute, Matthias, parce que vous ne doutez pas assez. Vous êtes un homme de convictions et vous êtes tenace. C'est votre force. Mais le doute, inspecteur, est indispensable et devrait alterner avec vos certitudes, comme le jour alterne avec la nuit.

Elle leva les yeux vers lui et ses prunelles mordorées s'arrimèrent aux siennes. Un instant, ils n'entendirent plus que la respiration rapide de Red qui, instinctivement, savait maintenant qu'elle devait se faire oublier.

– Il vous arrive d'avoir tort, Matthias. Et alors, vous peinez à le reconnaître. Ça fait des dégâts.

Le policier se laissa aller contre le dossier de sa chaise, le souffle court. Il s'était attendu à cette confrontation. Mille fois depuis le retour d'Esther, sa langue l'avait brûlé d'aborder le sujet qui les avait éloignés.

– Nous ne parlons plus de la culpabilité d'Armand Laforest, dit-il enfin.

Esther secoua la tête.

– Non.

– Nous parlons des Pollet.

À ce nom, elle tressaillit. C'était presque imperceptible, mais Matthias la connaissait si bien qu'il ne put ignorer le craquement. La fêlure dans la coquille. Esther lui faisait parfois l'effet d'une très vieille tortue, à l'abri dans sa carapace d'os et d'écailles. Inatteignable par les vicissitudes de l'existence, elle allait sous le feu ennemi comme elle allait partout ailleurs : d'une allure tranquille, presque désinvolte. Puis il se rappelait. Esther n'était pas tranquille. Elle n'était ni lente ni paisible et la vie, alors qu'elle n'en était pas même à la moitié de la sienne, lui avait déjà arraché tant d'écailles qu'elle devait recourir à la collerette de cuir pour se protéger. La carapace d'Esther était tout emboutie, et son âme à mi-chemin de l'enfer.

Sans qu'il y ait réfléchi davantage, les mots jaillirent de ses lèvres.

– Nous parlons de vos parents.

Nouveau tressaillement, et cette fois elle acquiesça. Matthias se passa la main sur le visage pour chasser les vapeurs de vin – ou était-ce pour chasser l'angoisse qui lui étreignait le cœur ? Sa blessure à l'arrière du crâne s'était réveillée, la douleur lancinante ne le laissait pas en paix. Quand il releva la tête, elle le regardait toujours. On disait de lui qu'il possédait un regard tranchant, mais Esther… Esther, c'était un ciel de neige par gros temps. Opaque, aveugle, désorienté. Et pourtant, le monde se cachait derrière ce ciel.

– Mes parents, répéta-t-elle et on eut l'impression que le mot lui éraflait la gorge, auxquels vous êtes allé rendre visite. À mon insu.

Elle ne cilla pas, pas plus que sa voix ne trembla. Elle énonçait un état de fait avec la même sobriété que celle qu'elle employait à l'examen des cadavres, quand elle énumérait des choses comme *la victime présente trois plaies au cœur, infligées avec une lame de boucher. La première plaie a sérieusement amoché le thorax, mais n'était pas mortelle. En revanche, d'après l'état de coagulation du sang, la lacération des chairs et la profondeur à laquelle la lame s'est enfoncée, je dirais que les deuxième et troisième coups portés ont été fatals.*

– Que voulez-vous ? demanda Matthias. Que je m'excuse ?

Il parla avec toute la douceur dont il était parfois capable, mais son ton disait assez qu'il n'avait aucune intention d'exprimer des regrets.

– Je veux que vous reconnaissiez que vous avez eu tort, répondit Esther.

Deux ans plus tard, elle en était toujours là. Il se redressa, ouvrant les mains devant lui. La lueur de la lampe dansait sur ses pommettes.

– J'ai agi selon ma conscience.

– Je sais. Vous n'avez pas douté une seconde que vous agissiez pour le mieux.

La jeune femme ébaucha un sourire froid. Dans le creux de son cou, la cicatrice palpitait. Sans qu'elle en ait conscience, ses doigts volèrent jusqu'à elle, frottant un point de démangeaison invisible sur la peau meurtrie.

– Vous n'avez pas *douté*, Matthias. Pas un seul…

– Esther, coupa-t-il, vous étiez en train de sombrer. Vos cauchemars étaient revenus. Vous ne dormiez plus.

Il se leva, incapable de rester immobile plus longtemps, et se mit à faire les cent pas entre la table et la fenêtre, tentant de maîtriser la fébrilité qui l'avait saisi.

– Ça ne vous concernait en aucune fa…

– Ça me concernait de toutes les façons. Dois-je vous rappeler que vous dormiez à mes côtés ? Et que chaque nuit, je me réveillais pour trouver la place près de moi froide comme la glace ? Vous n'étiez plus qu'un fantôme.

Au souvenir des jours sombres qui avaient précédé son départ, Esther tiqua. Elle parut irritée de se voir rappeler ses nuits de calvaire et son incapacité à les endiguer. La bête s'était emballée, elle avait été emportée par le courant.

– La vengeance que vous avez assouvie il y a cinq ans a tenu vos démons à distance quelque temps, Esther, mais ça n'a pas suffi. Ils sont revenus vous hanter. Et vous les avez laissés faire.

Il marqua une pause, le temps de fouiller du regard la nuit faiblement éclairée par un timide rayon de lune.

– Alors, oui, je suis allé voir vos parents, peu avant leur mort. Je suis allé voir les Pollet en pensant que peut-être, s'ils acceptaient de vous voir et de vous parler, vous seriez de nouveau… *quelqu'un*. Vous existeriez. Vous feriez votre deuil et la vie pourrait reprendre son cours.

Il se tourna vers elle à demi, sans la regarder tout à fait.

– Merde, Esther. Les Pollet n'étaient pas d'obscurs inconnus à qui j'aurais été raconter vos névroses. Ils étaient vos parents.

– Des parents qui m'ont abandonnée. Qui ont refusé de me reconnaître quand je suis sortie du pigeonnier. Des parents qui m'ont tuée une seconde fois.

– Je sais.

– Pourquoi aurais-je voulu avoir quoi que ce soit à faire avec eux ?

– Parce que, malgré tous leurs péchés, ils sont restés vos parents. Jusqu'à la fin.

L'inspecteur captura de nouveau les yeux mordorés dans les siens. Esther ne semblait pas tant remuée qu'ennuyée par leur discussion, mais il fallait lire dans ces deux flaques d'automne qu'en réalité elle brûlait de ressentiment. Qu'elle brûlait du pardon qu'elle ne parvenait pas à accorder.

– Je voulais simplement être là, Esther. Pour vous, j'aurais remué la fange la plus malodorante et je vous aurais plongé la tête dedans si j'avais pensé que cela pouvait vous aider.

– Quel étonnant choix de mots.

– Ne faites pas semblant de me réclamer de la poésie, maintenant.

Esther secoua la tête.

– Ça ne m'a pas aidée. Vous avez trahi ma confiance et ça m'a fait… fuir.

Matthias laissa échapper un petit rire sans joie.

– Non. Ne me prenez pas pour un idiot. Vous n'êtes pas partie parce que j'ai rendu visite à vos parents. Ils étaient morts depuis des mois quand vous avez appris que je les avais rencontrés. Ça vous a peut-être fourni un prétexte, mais ce n'est pas la raison pour laquelle vous avez fui.

Il s'approcha et s'accroupit devant elle.

– Vous êtes partie parce que vous aviez peur.

– Balivernes.

– Vous aviez peur, parce que vous aviez compris une chose.

Elle ricana, rompant le contact visuel, fit mine de vouloir se lever, mais la massive silhouette du policier devant elle l'en dissuada.

– Tiens donc. Et quelle était cette chose ?

– Si vous tombez, Esther, je vous ramasse. C'est comme ça que ça marche. Vous tombez, je vous relève. Votre cœur se brise, je vous donne le mien. Vous et moi, c'est comme la cire sur une bougie ou la peau sur les os. À la seconde où nous nous sommes rencontrés, nous avons fonctionné ensemble. Et cela vous a terrifiée.

Et soudain, Esther Louve prit conscience de la patience de l'inspecteur Lavau. Cet homme qu'elle avait toujours considéré comme un empressé, comme un impétueux, incapable d'attendre, de retenir le fond de sa pensée, cet homme avait attendu. Pendant deux ans, tandis qu'elle se plongeait à cœur perdu dans l'étude des cadavres et l'austérité des salles d'autopsie, il l'avait attendue.

Esther songea qu'elle lui devait quand même un morceau de vérité.

– J'ai essayé, dit-elle. Mais c'était pire.

Il ne sembla pas comprendre. Alors, elle s'éclaircit la gorge.

– De vivre sans vous. J'ai essayé. Mais c'était pire.

Esther n'était pas une excellente lectrice de l'âme humaine, elle avait été privée de contact avec ses semblables pendant trop longtemps. De la même façon qu'un arrêt cardiaque prolongé peut faire subir au cerveau d'irrémédiables dommages, l'isolement d'Esther dans le pigeonnier l'avait à jamais privée de l'instinct le plus élémentaire au regard des gens qui l'entouraient. Aussi fut-elle soulagée quand Matthias enferma ses doigts dans les siens et les pressa.

– On fera comme vous voulez, mademoiselle Louve.

## Chapitre 23

## Où l'administrateur est acculé

Longtemps après que ses hôtes eurent pris congé, Gabriel Saint-Simon resta seul, assis dans la pénombre de la salle à manger. Il avait entassé la vaisselle sale sur la tablette de la cuisine et sorti d'un cabinet fermé à clé une bouteille d'Aberlour douze ans d'âge qu'il avait réussi, Dieu savait comment, à dérober à la cupidité ennemie pendant la guerre.

À présent fin soûl, il faisait face au buste sévère de Jean-Baptiste André Godin et s'adressait à lui les yeux dans le marbre. Il était deux heures passées, son fils avait depuis un moment regagné son propre logement et la statue de Godin, tel un commandeur, toisait le pauvre Gabriel du haut de sa commode. Une scène cocasse.

– Je n'ai guère eu le choix, disait l'administrateur-gérant d'un ton empreint de dépit. Il fallait bien que je le récupère. C'est une preuve. Oh bien sûr, vous m'auriez dit *mon vieux Gabriel, tu es toqué, tu es paranoïaque, une si petite chose serait passée inaperçue dans toute la lessive de Rosalie.* Mais c'était un risque que je préférais ne pas courir.

Il prit une gorgée de whisky, fit claquer sa langue avant de poursuivre :

– C'est cet inspecteur. Il est diablement fin, sous ses airs d'ours échappé des cavernes. Et sa mémoire, si vous saviez. Sa mémoire le suit et le précède, comment est-ce même possible, je l'ignore. Je craignais que si je lui laissais le loisir d'examiner toute la lessive, il ne fasse le rapprochement, voyez-vous.

Gabriel se pencha en avant, l'oreille tendue.

– Ce que j'en ai fait ? Mais je l'ai caché. Non, impossible de m'en débarrasser. Que voulez-vous, je suis un sentimental. Mais je gage que notre bon policier n'a eu le temps de rien, certainement pas celui de se souvenir, j'ai agi à temps.

Il hocha la tête vigoureusement. On ne savait qui, de la statue ou de lui-même, il essayait de convaincre. L'absence de réaction de son maître à penser sembla l'affliger tout à coup, car les épaules de Saint-Simon s'affaissèrent et il perdit de sa superbe.

– Il a bien failli me surprendre. Seigneur, j'en tremble encore. S'il m'avait attrapé, je serais sous les verrous à l'heure où nous parlons. Dieu merci, je connais ces lieux comme ma poche et cette satanée pluie a joué en ma faveur. J'ai étalé l'inspecteur comme un bleu.

Soudain las, Gabriel Saint-Simon se laissa choir sur une chaise et fit tourner le verre dans sa main. Ses yeux verts, étrécis par l'alcool et la mélancolie, luisaient dans la pénombre. On n'entendait, hormis le chuintement de la pluie, que le son de sa respiration. Le palais, à cette heure de la nuit où chacun dormait, rêvait ou peut-être aimait, lui appartenait. Pourtant, pour la première fois depuis qu'il occupait l'appartement 265, cette pensée galvanisante ne parvint pas à le requinquer.

– J'ai tout donné pour cet endroit, murmura-t-il. Tout. J'ai travaillé sans relâche, j'ai suivi à la lettre vos préceptes, j'ai fait miennes vos valeurs. J'ai tenu la haine des mauvais cœurs éloignée, du moins le croyais-je… Car jamais, au grand jamais je n'ai été le maître. Cela m'apparaît à présent aussi clairement qu'une nuit de pleine lune.

Gabriel murmurait, était-ce pour lui-même ou pour le marbre de Godin qui recueillait ses confessions, nul n'aurait pu le dire.

– Je n'ai été qu'une marionnette. Une satanée marionnette. Un pantin manipulé par les fils du secret qui me tient depuis tant d'années. Peut-être aviez-vous aussi un secret, Jean-Baptiste. Un secret qui vous rongeait de l'intérieur et que vous avez, en l'enfouissant au plus profond, empêché de venir corrompre le rêve que vous vous acharniez à bâtir. Comment avez-vous réussi, Jean-Baptiste ? Pourquoi faut-il que j'échoue là où vous avez triomphé ? Vous n'étiez qu'un homme, vous n'étiez pas exempt de fautes. Mais le monde se souviendra de vous comme de celui qui réalisa l'utopie, tandis que je serai à jamais le mauvais cœur qui, par ses secrets éventés, a introduit le chaos.

L'administrateur-gérant considéra la possibilité de se resservir une rasade de whisky. Un regain de lucidité l'en préserva et il repoussa son verre. Un pauvre sourire éclaira son beau visage. Car il était beau, Gabriel, de cette beauté qui perd parfois les hommes en leur conférant cet excès de confiance, cette fausse certitude que toujours, le monde leur mangera dans la main et que rien de fâcheux ne peut arriver aux gens comme eux.

– Caroline n'y croyait pas, vous savez. Elle est venue vivre ici – Gabriel embrassa l'appartement du regard – pour moi. Parce qu'elle m'aimait, moi. Mais dès notre arrivée, elle a émis des réserves. Toute cette proximité ne lui convenait pas. Elle se sentait observée, jugée. Nous nous disputions souvent. Et puis Étienne est tombé dans les escaliers et tout a changé.

À ce souvenir, le désarroi sembla l'abattre d'un coup. Il se pencha en avant, enfouissant sa tête dans ses mains.

– C'était juste une chute, souffla-t-il. Une toute petite chute.

Un moment, l'administrateur-gérant fut sur le point de sombrer. L'inconscience ou le sommeil, peu lui importait, tout aurait été préférable à ses vieux démons qui, ce soir-là, ne comptaient pas le laisser en paix. Miné par une sourde angoisse, il se redressa et se mit à faire les cent pas devant l'impavide Godin.

– Aurais-je dû tout avouer ? Satisfaire la curiosité de Paul Beaucœur avant qu'il ne découvre la vérité ? Ce n'était pas un méchant homme, mais c'était un fouineur, Caroline m'avait prévenu. Pauvre vieux, sans cesse le nez dans le passé. Il ne m'aimait pas. Toujours à me regarder en coin comme ça, comme si j'allais sortir de mon chapeau un maillet et me mettre à détruire les murs du palais. *Je ne vous sens pas, Saint-Simon*, il me disait. *Je ne vous sens pas, Saint-Simon.*

Gabriel eut un petit rire et s'arrêta devant la fenêtre, dont il souleva le rideau pour regarder la place centrale du Familistère.

– Caroline savait qu'un jour, Paul Beaucœur poserait problème. Comme elle me manque ! Je n'ai plus jamais aimé comme je l'aimais, elle, vous savez, Jean-Baptiste. Même Eleanor. Ma douce Eleanor, ma belle étoile.

Sa voix se brisa et, même au marbre de Godin, il ne put avouer la culpabilité qui le rongeait. Avouer que s'il s'était tu, s'il n'avait point péché par son trop-plein d'amour et de confiance, la jeune femme serait encore en vie. Que la dispute qui avait scellé son sort n'aurait jamais eu lieu et que la petite Rosalie, témoin de la fin malheureuse d'Eleanor, n'aurait pas achevé sa vie sur le sol humide de la buanderie.

Ainsi était Gabriel, beau et coupable, si bien coincé dans le mensonge qu'il n'y avait plus, pour lui, d'issue favorable. Et le regard de Jean-Baptiste André Godin, fier et critique par-delà les âges, l'écrasait de honte.

# Chapitre 24

# Les Pollet

Le petit matin trouva Matthias Lavau les yeux grands ouverts dans la pénombre. Il tenait dans ses bras le corps assoupi d'Esther Louve, dont le souffle régulier venait lui chatouiller la gorge. Elle y avait pris place sans mot dire, se recroquevillant contre les plis rêches de sa chemise, avant de sombrer dans un sommeil lourd. Dès lors, un char ennemi pénétrant dans le Palais social ne l'aurait pas réveillée. Le bras droit de l'inspecteur, sur lequel elle reposait, était ankylosé, et les boucles brunes accrochaient les poils drus de sa barbe. Il avait chaud et n'avait pas fermé l'œil, mais il serait mort avant d'émettre une seule plainte. Un moment, il avait craint que son cœur, qui battait comme un tambour sonnant la charge, ne trouble le repos de la jeune femme. À présent il était apaisé, la respiration d'Esther le berçait et déposait sur la peau de son cou un mince voile d'humidité. Il humait la fragrance familière de ses cheveux, un parfum de neige et de forêt, il se demandait comment il avait pu, tout ce temps, vivre sans elle.

Les pensées semi-conscientes de Matthias le ramenèrent à ce fameux jour de la fin 1919. Le jour où il avait pris la décision qui devait détourner leurs trajectoires l'une de l'autre et le jeter dans un abîme de solitude. Le jour où ses pas l'avaient conduit chez les Pollet.

L'idée qu'Esther puisse avoir des parents lui apparaissait saugrenue. Esther Louve était née du pigeonnier. Elle était née de la forêt, tout comme lui qui avait été trouvé au pied d'un arbre dans les bois de Combe-Lavau lorsqu'il était enfant. En cela ils étaient semblables, deux êtres sans racines échoués dans le monde. Il avait aimé cette singularité chez elle, ce point commun qu'elle partageait avec lui. Matthias souffrait atrocement de ne pas avoir de mère, de mère véritable à laquelle il aurait ressemblé. Ce complexe avait miné ses jeunes années, assombri son humeur – laquelle n'était de toute manière jamais très joyeuse, même lorsqu'il était content. Esther, quant à elle, ne ruminait pas. Elle avait enterré Esther Pollet, cette jeune fille-là était morte. Il n'existait plus qu'Esther Louve, et cette femme, quand elle songeait au passé, le faisait avec un détachement tel qu'on aurait pu croire qu'il ne s'agissait pas de son histoire. Que les Pollet n'étaient pas ses parents.

Puis les cauchemars avaient envahi ses nuits, leurs nuits, et Matthias avait redouté qu'ils ne les dévorent. Alors, en désespoir de cause, il s'était rendu chez les parents d'Esther.

Le couple habitait une maison mitoyenne avec jardinet dans la cité Saint-Eugène. Matthias avait contemplé la façade sans charme de la bicoque, attendant de voir s'il discernait depuis la rue un mouvement aux fenêtres. Mais derrière les rideaux fatigués, rien ne bougeait. Dans la boîte aux lettres, le courrier débordait et sur la pelouse du minuscule terrain, des cageots vermoulus gisaient, abandonnés là depuis des lustres. Hormis le linge qui séchait sur une corde, il n'y avait guère d'indices que le logis fût occupé. L'inspecteur avait poussé la porte de la courette et gravi les marches du perron. Un homme avait ouvert. Le dos voûté, les cheveux rares et l'œil un peu hagard, il paraissait plus vieux qu'il ne l'était.

– Je m'appelle Matthias Lavau. Je suis venu pour parler d'Esther.

L'homme, dont les yeux sombres possédaient la même teinte que les terrils qui parsemaient la région de Bourgogne, avait porté la main à son cœur. Ce geste avait irrité Matthias. Les Pollet savaient que leur fille était vivante, pas de quoi feindre la stupeur. Mais le père, puisque c'était lui, ne s'attendait probablement pas à ce genre de visite ; il avait reculé pour le laisser pénétrer à l'intérieur et Matthias avait ravalé ses réflexions.

Introduit dans une cuisine puis dans une pièce servant tout à la fois de salon, de salle à manger, de bureau et de débarras, Matthias s'était senti comme il se sentait toujours quand il se trouvait entre quatre murs : trop grand, trop large, trop haut, engoncé dans son cache-poussière dont le cuir grinçait. Une femme était assise à une table dont elle tripotait nerveusement la nappe. Elle ne s'était point levée, se contentant d'un bref signe de tête et d'un regard à son époux. Le couvert était mis, Matthias compta trois verres. La figure de la femme, sillonnée de rides profondes et creusée de cernes, arborait un air d'hébétude teinté de surprise ennuyée. Au bout de quelques secondes d'un silence pesant, le père fit signe à Matthias de s'asseoir sur une chaise et s'en alla prendre dans un buffet affaissé un verre propre, dans lequel il versa de l'eau au pichet sur la table. Matthias but pour être poli, tandis que le père disait à la mère :

– C'est l'inspecteur de Haut-de-Cœur. Il vient pour Esther.

Un vaisseau sanguin tressauta au coin de l'œil de la vieille femme. Sans décroiser les mains posées sur ses genoux, elle répliqua :

– Esther est morte.

– Oui, je sais, dit le père.

– Esther n'est pas morte du tout, dit Matthias.

– Non, elle n'est pas morte, dit encore le père. Mais elle n'existe plus.

Un ange passa qui suivit cette déclaration. Un constat d'une surprenante douceur, que le père avait énoncé en haussant les épaules. Esther Pollet n'existait plus. Elle avait disparu en 1902, alors âgée de quinze ans, ravie par un fou et gardée prisonnière pendant près d'une décennie. Dix longues années durant lesquelles nul n'avait espéré la revoir vivante un jour.

Mais Esther avait survécu. Elle était sortie du pigeonnier et s'était rendue dans la maison de ses parents comme si elle l'avait quittée la veille. Hélas, après une si longue absence, ils ne l'avaient pas reconnue. C'était elle sans être elle, elle avait tant changé et ils ne retrouvaient pas, dans l'adulte brisée qui se présentait devant eux, l'enfant qu'ils avaient tant aimée et dont la perte les avait anéantis. *Tu n'es pas notre fille. Notre fille avait les yeux noirs.* Esther avait fui sans se retourner.

Le père claudiqua jusqu'à un guéridon sous la fenêtre et saisit délicatement un cadre contenant une photographie. Il la contempla un instant, le visage empreint de nostalgie, puis tendit le cadre à Matthias.

– Regardez, dit-il, notre enfant. Notre fille.

Le policier observa le visage de la fillette qui fixait l'objectif. Elle possédait de grands yeux sombres, noirs comme les terrils, les yeux du père, et elle souriait. Matthias ne voyait jamais Esther sourire. Son estomac se noua.

– Elle est morte, répéta la mère en désignant le cliché. Ma petite fille, elle est morte.

Matthias ne trouva rien à répondre parce que, en un sens, cette femme disait vrai. Tout à coup, il se sentit misérable et inconvenant. Avait-il cru en venant chez les Pollet qu'il lui suffirait de prononcer un prénom pour être accueilli comme le Messie ? Avait-il cru qu'il pourrait à lui seul réunir tous les Pollet, guérir Esther en lui rendant ses parents ? Matthias n'avait pourtant pas une âme de curé à vouloir sauver les gens. Mais c'était la peur qui l'avait conduit ici, la peur de voir Esther se faire avaler par ses démons, la peur qu'elle ne lui échappe, qu'elle ne s'évapore dans l'air comme la fumée d'une bougie. Matthias, qui ne connaissait ni père ni mère, avait placé toute sa foi – une foi qui sortait d'on ne sait où, il n'avait jamais été croyant – dans la famille. Or il n'y connaissait rien en famille, et il s'était trompé.

– Je n'aurais pas dû venir, dit-il en se levant.

La mère ne le regardait plus, et Matthias sut qu'elle l'avait déjà oublié. Elle se tordait nerveusement les mains en marmonnant, ignorant la présence du colossal inspecteur dans sa salle à manger. Il avait posé le cadre sur la table et se dirigeait vers l'entrée de la maison quand la voix du père s'éleva dans la pièce.

– Attendez… attendez.

Le regard de Matthias croisa celui du vieil homme, agrandi par le chagrin, voilé de larmes qui ne couleraient pas. Il n'y avait plus, dans ce cœur, que des regrets. Tout ce qui avait compté n'était plus. Il ne restait qu'une femme qui se tordait les mains, égarée.

– Esther, balbutia le père. Je voudrais savoir… Ma fille…

La voix se brisa. Alors, Matthias se rassit. Sans rien omettre, il relata les années d'Esther Louve à ses côtés. Il relata les derniers instants d'Adèle Lestrange, le bourreau d'Esther, à laquelle la jeune femme avait pardonné ses crimes avant de l'abattre. Esther, qui avait sacrifié un morceau de son âme pour rétablir une sorte d'équilibre des forces, et qui en payait dorénavant le prix. Tout le temps que dura le récit de l'inspecteur, le père but ses paroles, hochant la tête avec approbation. Il ponctua ainsi les derniers mots du policier :

– Une vie pour une vie. Que cette femme, Lestrange, rôtisse en enfer.

Matthias n'eut pas le temps de répondre. Un bruit, dans la pièce adjacente, fit sursauter la mère. Une silhouette se profila brièvement dans l'encadrement, puis s'effaça. Le père dit quelque chose, prononça un nom, demanda au visiteur de patienter un moment, un voisin certainement qui venait chercher des œufs ou ce genre de chose. Mais Matthias n'écoutait pas. À nouveau, il regardait la fillette sur la photographie. Le sourire, les yeux terril.

La mère se leva, le dos courbé comme une vieille, même si elle ne comptait pas plus de cinquante ans, et se posta devant le policier.

– Les enfants, ils disparaissent puis reviennent un jour comme si l'on pouvait simplement les reprendre. Comme les chats, tiens ! Mais nous n'avons plus le cœur, le cœur est brisé. Qui voudrait d'une mère cassée comme moi ?

Matthias voulut répondre qu'une mère cassée était préférable à pas de mère du tout, mais qu'en savait-il, après tout ? Les Pollet n'avaient plus de fille, et Esther n'avait plus de parents. Il prit donc congé et, lui qui se souvenait de tout, tout le temps, tâcha de les oublier.

*

À son réveil, Esther annonça qu'elle devait rentrer à Paris. Matthias en renversa son café sur sa chemise.

– Si c'est à cause de cette nuit, dit-il, effaçons tout. Vous dormirez dans l'entrée sur le lit de camp. Toute la vie.

Elle achevait de boutonner sa collerette, s'interrompit une seconde pour lui jeter une œillade réprobatrice. Les sorties intempestives de Matthias, ses conclusions hâtives, la façon qu'il avait de jeter l'éponge ou de vendre la peau de l'ours, en un mot l'emportement de Matthias l'avait toujours agacée.

– Nous sommes bloqués. Nous n'avançons pas.

– Vous exagérez, Esther, dit Matthias qui savait qu'elle n'exagérait pas du tout.

– Le tueur est maladroit et brouillon, nous avons établi cela. Et malgré tout, nous n'avons ni empreintes ni indices qu'il aurait laissés derrière lui. Votre analyse minutieuse…

– Microscopique. Analyse microscopique.

– … n'a rien donné non plus. Un droitier qui veut faire croire qu'il est gaucher, cela pourrait être n'importe qui.

Esther passa les doigts dans ses cheveux, tira sur un nœud en désignant négligemment du menton le tableau d'écolier couvert des photographies et des dessins prélevés dans les archives de Paul Beaucœur.

– Absolument n'importe qui. Plus de quatre-vingt-cinq pour cent des gens sont droitiers.

Matthias prit une gorgée de café pour ne pas avoir à répondre.

– Et enfin, nous savons que le tueur vous a dérobé une pièce qui se trouvait dans la lessive de Rosalie. Une pièce incriminante dont vous refusez de vous souvenir. Ce qui est un comble.

– Je ne refuse pas de…

– En somme, nous n'avons rien.

Esther enfila ses bottines et rabattit les ourlets de son pantalon. Quand elle releva la tête, ses yeux fauves se plantèrent dans ceux de Matthias et il fut soulagé de n'y voir qu'une détermination toute professionnelle.

– Il faut que nous en apprenions davantage sur les assassinats de Colombes. Pour l'instant, seuls les billets trouvés sur les scènes de crime relient les meurtres entre eux, mais…

– Mais si le tueur a traîné ses guêtres là-bas, quelqu'un l'a forcément vu. Il aura laissé une trace.

Esther acquiesça.

– Deux séries de meurtres, deux lieux différents, à deux années d'intervalle, et très peu de points communs entre ces crimes. Rien ne colle, et pourtant nous savons qu'il s'agit du même individu. Quelque chose a déclenché ces passages à l'acte. Quelque chose en 1920, et quelque chose il y a quelques semaines, ici même.

– Vous voulez remonter à la source. C'est une bonne idée, reconnut Matthias.

Cela lui coûta, mais il fit bonne figure.

Esther caressait la tête de la chienne, qui battait la queue comme si elle avait compris qu'une expédition se préparait. Cependant, la jeune femme saisit sa pelisse sur le dossier de la chaise sans toucher à la laisse de l'animal.

– Occupez-vous de Red en mon absence, inspecteur. Elle n'est pas encombrante.

Matthias ouvrit la bouche pour protester, il n'aimait pas les chiens, il leur trouvait une sale odeur et ne goûtait pas leurs marques d'affection. Il risquait d'oublier de la nourrir ou, pis, de la sortir et mal lui en prendrait ; Seigneur, non, il n'était pas fait pour cela. Il se ravisa à temps ; si Esther lui laissait la garde de la chienne, c'est qu'elle comptait bel et bien revenir.

C'était tout ce que Matthias avait besoin de savoir.

# Chapitre 25

# Un gaucher

La première pensée d'Esther Louve, quand elle se rendit pour la seconde fois au 107 de la rue du Faubourg-Saint-Denis, fut que Louise Orsini ne possédait plus le même regard. C'était infime, mais Esther avait l'œil pour ces choses-là. Le bleu des yeux de Louise, ce bleu lumineux des ciels d'été, s'était affadi. Il était dorénavant piqué de blanc, le blanc-gris du ciel de Paris, prenant la teinte des maigres carrés de lumière blafarde qui parvenaient jusqu'à elle dans sa cellule de la prison de Saint-Lazare. Esther sentit ses entrailles se contracter ; elle, mieux que personne, savait que la réclusion vous marquait de la sorte.

Esther, du parloir où elle l'attendait, regarda la jeune veuve traverser la cour. Elle lui parut plus chétive encore que dans son souvenir. Elle marchait la tête baissée, rentrée dans les épaules, comme si elle avait craint d'être de trop dans cet endroit où s'entassaient les exclues et les importunes.

– J'ai retrouvé votre amant, dit Esther quand Louise fut assise près d'elle dans le corridor qui servait à recevoir les visiteurs.

Louise ne parut pas émue de cette nouvelle. C'était une autre conséquence de l'enfermement ; peu à peu, la réalité de la vie s'éloignait et tout ce qui parvenait de l'extérieur devenait une fable racontée par le visiteur. Il n'y avait plus de réel que les quatre murs et les barreaux, les gardiens et la pitance.

– Il était au Familistère de Guise, sous l'identité de François Bonvoyage, ajouta encore Esther. On le soupçonne de trois meurtres supplémentaires.

– Bonvoyage, murmura Louise. Comme c'est joli…

Avait-elle entendu la seconde information ? La chose lui paraissait-elle si absurde qu'elle choisissait de la balayer d'un revers de main ? Un pâle sourire éclaira son visage et elle leva le regard vers Esther.

– Si je suis encore ici, c'est que vous ne l'avez pas arrêté.

– Non, en effet. Il s'est enfui avant que nous puissions le confondre.

– Bien.

La veuve sembla soulagée. Elle se redressa, soudain plus alerte. De dépit, Esther répliqua d'un ton mordant :

– On m'a dit que vous aviez suivi le conseil de votre avocat. Vous avez plaidé coupable de l'assassinat de votre mari. Vous êtes tombée sur la tête ?

Louise fit la moue, comme si Esther la réprimandait d'avoir laissé brûler le souper qu'elle était censée surveiller.

– Au moins, elle est toujours sur mes épaules. Sans ça, j'aurais été condamnée à mort.

Esther plissa les yeux, de fines pattes-d'oie s'imprimant sur sa peau. C'était son air le plus perplexe.

– Je vois, dit-elle. Voulez-vous que l'on vous colle sur le dos les trois crimes du Familistère ? Tant que nous y sommes.

La détenue secoua la tête, hermétique au sarcasme.

– Vous ne comprenez pas, mademoiselle Louve.

– Je comprends que vous allez mourir en prison, madame Orsini. Pour protéger un homme qui, à l'évidence, ne se soucie pas de vous. Il vient de passer deux ans planqué dans un palais pendant que vous croupissez ici et que vous vous étiolez.

Esther marqua un temps d'arrêt, envahie soudain par l'image de Matthias. Matthias qui, s'il l'avait connue du temps de sa captivité, aurait mis la forêt à feu et à sang pour la retrouver. Matthias, qui aurait démonté le pigeonnier pierre par pierre.

– Il ne mérite pas votre loyauté.

– Il est innocent, mademoiselle Louve.

– Je le crois aussi. Mais il vous a abandonnée.

Un voile de douleur passa dans les yeux de Louise, qu'Esther ignora. Elle se leva. La veuve Orsini, bien que très jeune encore, avait scellé son propre sort. Par amour, et certainement parce que son mariage avait été un tel désastre, elle avait choisi un homme faible, un homme qui fuyait. Il avait fait montre de gentillesse, et à cette femme qui n'avait connu que les coups cela avait suffi. Elle ne demandait pas autre chose. À présent, pour préserver le souvenir de ces jours heureux dans les bras d'Armand Laforest, elle s'accusait d'un crime qu'elle ne pouvait en aucun cas avoir commis. Pour ce souvenir, elle flétrirait et, un jour, ne serait plus qu'une ombre dans cette sordide prison où les femmes déambulaient, sans âme ni avenir. Il n'appartenait pas à Esther de la juger, mais il ne lui appartenait pas non plus de la sauver.

La visiteuse s'apprêtait à prendre congé quand un geste que fit Louise l'arrêta. La veuve Orsini allumait une cigarette. Voyant qu'elle manipulait le cône de tabac de la main gauche, glissant la droite sous son aisselle pour la réchauffer, Esther demanda :

– Votre amant, est-il gaucher ou droitier ?

Un instant surprise par la question, Louise Orsini répondit ensuite sans hésiter :

– Armand est droitier.

Esther hocha la tête et tourna les talons. Elle sentit, jusqu'à ce qu'elle franchisse les portes de la cour, le regard usé de Louise Orsini dans son dos.

*

La prison Saint-Lazare avait beau être truffée de courants d'air, Esther éprouva du soulagement à retrouver le trottoir parisien : elle respirait soudain beaucoup mieux. En quittant la rue du Faubourg-Saint-Denis, elle eut le sentiment de se délester d'un manteau sale et malodorant. Alors qu'elle s'engageait sur le boulevard de Magenta, elle se surprit à accélérer le pas comme si, plus légère, elle en devenait aussi plus véloce.

Les bésicles tintant dans sa poche, Esther descendit le boulevard en direction du sud. C'était le début de l'après-midi, la circulation battait son plein, une multitude de piétons se pressaient sur les bas-côtés. Des travailleurs surtout, en vêtements d'usine ou habits domestiques ; des cuisinières et des femmes de chambre, des ouvriers et des artisans de petits commerces, des employés des travaux publics. On allait casser la croûte ou faire les commissions pour les familles bourgeoises qui, fuyant les manufactures de plus en plus nombreuses aux abords de la gare du Nord, s'en étaient éloignées. Esther avait hâte d'en faire autant. L'effervescence de la capitale ne l'avait pas gênée tant qu'elle avait pu rester isolée dans les sous-sols de la morgue. Elle travaillait la plupart du temps de nuit, quittant sa mansarde du boulevard des Italiens à la tombée du jour et ne rentrant qu'à l'aube. Elle ne croisait jamais que les plus matinaux ou les oiseaux de nuit qui finissaient leur java au petit matin.

Déambuler dans Paris en plein midi était une autre affaire.

Esther bifurqua sur le boulevard de Strasbourg et, de là, descendit plus au sud encore sur le boulevard de Sébastopol. Parvenue place du Châtelet, elle la traversa en direction de la rue Saint-Martin et du pont Notre-Dame. Au-dessous, la Seine coulait furieusement, charriant les eaux de pluie qui tombaient sans discontinuer depuis des jours. Le spectacle du fleuve, voilà quelque chose qu'elle aimait contempler, quand elle quittait la morgue aux premières lueurs du jour. Ce fleuve qui, loin de Paris, se jetait dans une mer qu'Esther n'avait jamais vue.

De l'autre côté du pont, sur l'île de la Cité, Esther se coula à l'ombre de la cathédrale et longea le quai de la Corse, puis le quai aux Fleurs, avant de rejoindre sa destination : le quai de l'Archevêché et la tristement fameuse morgue municipale de Paris.

Elle y était comme chez elle.

Esther trouva le docteur Jean-Charles Socquet dans son bureau, en train de houspiller son jeune secrétaire qui peinait à retranscrire un rapport. Le pauvre transpirait à grosses gouttes, ses yeux écarquillés parcourant les notes sans parvenir à en comprendre un traître mot. En l'apercevant, la barbe épaisse du légiste se fendit d'un large sourire. Il renvoya le secrétaire, qui fila sans demander son reste.

– Votre congé est fini ? Quel soulagement. C'est infernal, les étudiants en médecine sont des empotés, si vous saviez. Mais il a bien fallu garder votre place au chaud, ma chère Esther. Alors dites-moi, vous avez retrouvé votre inspecteur ?

Un instant étonnée que Socquet fût si bien informé, Esther se rappela ensuite que la personnalité impossible de Matthias avait fait suffisamment de vagues pour que toute l'administration judiciaire eût entendu parler de lui. En mal, la plupart du temps.

– Il est devenu inspecteur *principal*, figurez-vous.

– Bien. C'est un sacré bon élément, à ce que l'on m'a rapporté. Infernal, mais talentueux. Vous faites la paire, tous les deux.

La jeune femme ne releva pas le compliment.

– Docteur, il me faudrait lire certains rapports d'autopsie. C'est pour… mon affaire avec l'inspecteur Lavau.

– Ah.

– Oui.

– Votre congé n'est donc pas fini.

– Non. Ce n'est pas vraiment un congé, d'ailleurs. Je travaille.

– C'est un congé de votre emploi ici, à la morgue.

Esther sentit ses narines se dilater d'irritation, mais resta impassible. Socquet avait ce petit côté possessif, cette fierté bizarre d'avoir mis la main sur Esther, une femme à la personnalité si atypique. Il aimait bien l'exhiber, se vanter d'avoir trouvé en elle la perle rare, le genre d'employée corvéable à merci puisqu'elle n'avait rien, pas de vie, pas de famille. Et elle était douée ! La perspective de se passer d'elle ne l'avait guère réjoui quand elle avait annoncé son intention de s'absenter.

À présent, il avait l'air de trouver que cela relevait du gag. Elle haussa un sourcil.

– Les rapports, docteur Socquet. Je peux les lire ?

– Vous savez bien que non, Esther.

– Il s'agit du rapport sur les meurtres des époux Lamentin, à Colombes, et celui de Désiré Orsini. Le géant qui battait sa femme.

– Ah oui. La femme d'un mètre cinquante qui a confessé avoir ouvert la gorge de son mari. Ubuesque, cette histoire. Voyez, c'est ce que je dis toujours. On s'emmerde à dépecer des cadavres pour comprendre le pourquoi du comment ces crétins sont morts – alors que le reste du monde s'en contrefout –, on recoud le tout pour qu'ils gardent figure humaine dans la tombe, on se paluche des rapports circonstanciés, et personne ne les lit.

– Eh bien moi, docteur, je veux les lire.

– C'est toujours non, Esther. Ce sont des pièces d'instruction.

La jeune femme considéra un instant le désordre qui régnait dans le bureau de Socquet, tandis que ce dernier faisait mine d'être absorbé dans la lecture d'un courrier à l'en-tête de la préfecture de police. Les dossiers s'entassaient en équilibre, des feuilles volantes menaçant de s'en échapper, un encrier était renversé sur le sous-main de cuir, plusieurs plumes étaient cassées. Partout, des notes, des schémas, des gribouillis qui représentaient, Esther le savait, les pensées de Socquet quand il réfléchissait à ses conclusions.

– Mon remplaçant ne me semble pas d'une efficacité redoutable, dit-elle.

Le légiste ne releva pas la tête, l'ignorant superbement.

– Je vais rédiger le rapport, ajouta-t-elle en saisissant plusieurs feuilles sur le bureau.

– Vous n'avez pas assisté à l'autopsie, Esther. Vous ne comprendrez rien.

– Ne me sous-estimez pas, docteur. Je vais rédiger ce rapport, remettre de l'ordre dans votre foutoir, et ensuite j'emprunterai les dossiers Lamentin et Orsini. Je les lirai chez moi, puis je vous les rapporterai discrètement. Ni vu ni connu, personne ne se rendra compte de rien.

Socquet, qui redoutait plus que tout d'assister à une nouvelle crise de larmes de l'étudiant en médecine, céda. Irrité par sa propre faiblesse, il maugréa quelques insanités sur l'ignominie du chantage et quitta la pièce, la tronche en biais.

Esther prit place au bureau. *Bien, ça a été facile.*

*

Esther attendit la tombée de la nuit, puis quitta la morgue en emportant dans une sacoche les trois rapports d'autopsie rédigés par le docteur Socquet deux ans plus tôt. De retour sur la rive droite, elle emprunta cette fois la rue de Rivoli en direction de la place de la Concorde, qu'elle remonta d'un pas rapide jusqu'à la place du Carrousel, puis bifurqua sur l'avenue de l'Opéra. C'étaient là les plus beaux lieux de Paris, ceux qui scintillaient de mille feux quand le soir tombait et que les réverbères s'embrasaient. Ceux que les gens bien mis fréquentaient nuit et jour, ceux dont les pierres racontaient la grande histoire de la France. Mais Esther, qui avait arpenté les chemins des forêts de Bourgogne, n'y était pas sensible. Elle allait vite, incommodée par les gens, gênée par le brouhaha permanent qui brisait la paix du monde.

Elle se faufila dans la rue Sainte-Anne, qu'elle remonta jusqu'au boulevard des Italiens. Elle y louait une petite mansarde, un comble brisé d'à peine quinze mètres carrés, au cinquième étage d'un immeuble haussmannien. Lorsqu'elle pénétra dans le logis qu'elle avait quitté quelques jours plus tôt à peine, le sentiment la prit qu'elle n'y avait pas mis les pieds depuis des années. L'endroit était rangé, le plancher balayé et la couchette – on ne parlait pas vraiment de lit ; Esther, qui n'était pourtant pas bien épaisse, devait dormir sur le flanc pour ne pas verser sur le côté – faite au carré. Hormis un réchaud, une chaise et une commode surmontée d'une vasque de toilette, la mansarde ne contenait que quelques effets sans valeur. Il n'y avait là rien qui aurait manqué à Esther, pas de bien auquel elle aurait tenu, aucune chose qui eût changé cette pièce minuscule en foyer. Elle arrivait chez elle comme elle serait arrivée chez un inconnu : sans émotion, sans soulagement. Elle arrivait, sachant déjà que ce serait la dernière fois.

Esther sortit d'un sac en papier le pain de maïs et le gobelet de soupe à l'ail qu'elle avait achetés à un marchand ambulant, et déposa les rapports sur la courtepointe qui recouvrait son couchage. Elle mangea un morceau, puis s'installa par terre pour entamer sa lecture, éclairée seulement d'une vieille lampe à pétrole qu'elle avait trouvée dans la mansarde en y posant ses affaires, vingt-quatre mois plus tôt.

Jean-Charles Socquet avait d'abord pratiqué l'autopsie du corps d'Ernest Lamentin, l'homme qui tenait l'estaminet Au Saint-Sauveur, rue de Gennevilliers à Colombes. L'homme, âgé de quarante-six ans au moment de sa mort, avait eu le visage proprement défoncé au moyen d'une pince-monseigneur. Selon le rapport – et le légiste n'avait pas lésiné sur les détails, c'était un amoureux de poésie, qui s'était un temps rêvé grand auteur –, la pauvre figure du cabaretier avait été frappée près de vingt-six fois. Un coup porté plus haut sur les tempes et un autre, au niveau de la gorge, se disputaient la cause directe de la mort et, après étude, Socquet avait conclu que c'était celui à la gorge qui avait vraisemblablement provoqué un étouffement de la victime dans son propre sang. Les vingt-quatre autres coups avaient réduit le visage d'Ernest Lamentin à l'état de pudding prémâché, puis recraché dans l'assiette. L'assassin, selon les indices prélevés sur la scène de crime, avait poursuivi sa victime jusque dans le bureau de la petite maison adjacente à l'estaminet ; du mobilier avait été renversé vers l'intérieur de la pièce, comme si dans sa fuite Ernest avait heurté les consoles et les tabourets. Puis il s'était retourné, dans un sursaut de courage pour faire face à son adversaire ou, plus probablement, parce qu'il était acculé et ne voyait plus d'issue, et l'autre lui avait sauté dessus. Socquet, de sa plume élégante quoique prolixe – Esther en était par moments consternée –, décrivait la scène comme une pièce de théâtre : un homme-chat, une sorte de félin bondissant des quatre fers pour atterrir sur la poitrine de sa proie qui s'effondrait en arrière. Puis, levant haut la main gauche tenant la pince-monseigneur, il se mettait à frapper le pauvre cabaretier comme s'il avait voulu fendre une bûche sur un billot de fortune.

Si ce n'était la tentative de fuite, l'homme ne s'était presque pas défendu. Esther leva les yeux du rapport et son regard alla se perdre dans le ciel d'encre, par le chien-assis qui constituait la seule source de lumière de la mansarde. Selon les autres pièces du dossier, Ernest Lamentin n'était pas un pleutre. Les nombreux témoignages recueillis par les enquêteurs le décrivaient comme un homme pugnace et agressif, une sorte de matamore.

Pas le genre à laisser un intrus lui défoncer le crâne sans riposter. Pourtant, le rapport de Socquet était sans appel : la victime ne s'était pas défendue. Esther ne voyait là qu'une seule explication. La peur.

L'assassin, vraisemblablement mû par une rage bestiale, avait déclenché chez Ernest une peur si grande, si puissante, qu'il en était resté paralysé. C'est qu'il en fallait, de la rage, écrivait encore Socquet, pour s'acharner sur un visage jusqu'à le rendre méconnaissable.

La rage. La perte de contrôle. Esther songea à Eleanor Fontaine, l'amante secrète de Gabriel Saint-Simon, tuée dans un accès de rage. Et comme pour les trois meurtres perpétrés au Familistère, la police scientifique n'avait relevé aucune empreinte sur la scène de crime. C'était à rendre chèvre, aurait dit Matthias. Comment un tueur, emporté par de telles pulsions, pouvait-il songer à effacer ses empreintes, forcément nombreuses vu le chaos observé dans la maison des Lamentin ? Esther posa le rapport devant elle et mâchonna une bouchée de pain de maïs. L'équation ne fonctionnait pas.

Au bout de quelques minutes, elle s'empara du deuxième rapport d'autopsie. Sarah Lamentin, plus jeune que son époux de quinze années, avait succombé la première. Les conclusions du médecin légiste n'étaient pas tellement différentes, mais, cette fois, la victime s'était défendue.

*Il y a eu lutte entre Sarah Lamentin et son assassin. Mme Lamentin se trouvait censément près de la table de la salle à manger quand son bourreau est apparu dans l'embrasure de la porte. Cette lutte a été de courte durée, la surprise ayant d'abord figé la victime sur place. Selon les éléments versés au dossier, elle aura jeté sur son assaillant une bouteille qui était à sa portée, avant de reculer d'un pas. Mais elle se trouvait dans l'angle de la cheminée, et le premier coup porté par l'assassin l'a projetée dans l'âtre encombré de déchets divers, dont quarante-huit bouteilles de verre vides. On observera à l'ouverture du cadavre de nombreuses lésions traumatiques causées par cette chute. Le tueur a ensuite fondu sur la victime et posé sur sa poitrine un genou, de manière à l'empêcher de se redresser, puis a frappé trente et une fois la figure de Sarah Lamentin avec la pince-monseigneur, abattant son bras gauche avec une rage féroce. Il est ici impossible, en raison de l'état du cadavre, de déterminer lequel de ces trente et un coups portés fut fatal à la victime. La profondeur des plaies et l'éclatement des os dans toutes les directions ne nous permettent pas de conclure avec certitude sur ce point.*

Esther referma le rapport. Quelque chose, dans sa lecture, la taraudait. Il lui semblait qu'elle n'avait rien appris qu'elle ne sût déjà au sujet de cet assassin fantôme, pourtant il y avait sous ses yeux un élément nouveau. La pince-monseigneur, la rage. La main levée vers le ciel pour frapper, frapper, frapper. La main. La main *gauche*.

La jeune femme rouvrit frénétiquement le rapport d'autopsie d'Ernest Lamentin et parcourut les pages à la recherche des quelques lignes qui établissaient avec certitude que l'assassin tenait la pince-monseigneur de la main gauche. L'angle et la profondeur des blessures ne laissaient aucun doute.

L'assassin d'Ernest et de Sarah Lamentin était gaucher.

Esther repoussa brusquement le sachet de pain de maïs et le gobelet de soupe à l'ail qui se renversa sur le plancher, et saisit le troisième dossier extorqué au docteur Socquet : le rapport d'autopsie de Désiré Orsini, le mari violent de Louise Orsini. Elle n'avait pas oublié que le colosse avait été égorgé par-derrière, puisque là résidait toute l'aberration de la condamnation de sa femme – cette dernière étant trop petite pour une telle prouesse. Or, dans ce genre de modus operandi, la manualité de l'assassin était un jeu d'enfant à établir.

Esther, qui avait visité la demeure Orsini de façon clandestine quelque temps après le meurtre, se souvenait de la topographie. Un intérieur propre et rangé, au contraire du taudis des Lamentin. Cette fois, l'assassin n'avait pas retourné les lieux ; il s'était contenté de s'emparer d'un couteau sur la table de la salle à manger puis, se glissant derrière Désiré qui se servait un verre devant le guéridon à alcools, l'avait saisi par les cheveux pour tirer sa tête en arrière et lui avait tranché le cou. *Tchlac.*

À mesure qu'elle lisait le rapport du docteur Socquet, Esther se revoyait, penchée sur le cadavre, interrogée par son mentor pour livrer ses propres conclusions. Les mots couchés sur le papier étaient les siens, ceux qu'elle avait prononcés ce fameux jour à la morgue. Une précision majeure était cependant apportée. Une précision qu'elle n'avait pas relevée lors de son examen, tout simplement parce que ce n'était pas ce qu'elle cherchait alors.

*La blessure présente des bords légèrement contus. L'angle initial de la coupure, du côté droit, est indiqué par une section plus nette et plus profonde, tandis que du côté gauche, la blessure se termine par une division de plus en plus superficielle, qui se prolonge en queue de rat. La peau de la victime ressemble aux feuillets d'un mouchoir mal plié.*

Esther releva la tête, toute trace de doute s'étant envolée. Elle inspira un grand coup puis ouvrit la fenêtre pour évacuer les relents de soupe à l'ail. L'air de la nuit lui emplit les poumons. *Le tueur est un gaucher.*

Louise Orsini, bien que trop petite pour avoir égorgé son mari par-derrière alors qu'il se tenait debout, était ambidextre. Elle usait de ses deux mains avec la même facilité, la même aisance – Esther l'avait constaté quand elle lui avait rendu visite à la prison Saint-Lazare. Lors de sa première visite, la jeune femme avait allumé et fumé sa cigarette de la main droite. Plus tôt dans la journée, elle avait effectué la même action en se servant de sa main gauche. Aussi sur ce point, le rapport du docteur Socquet n'avait pas pu l'innocenter.

*En revanche*, songea encore Esther, *il innocente son amant. Armand Laforest ou François Bonvoyage, peu importe : ce monsieur n'a tué ni nos gus de Colombes, ni ceux du Familistère.*

La jeune femme rangea les rapports dans la sacoche, puis s'étendit sur sa paillasse sans ôter ses habits. Le froid qui s'insinuait dans la mansarde la faisait frissonner, mais elle ne ferma pas le carreau. Elle ressentait de temps à autre l'étrange besoin de recréer les conditions de sa longue captivité, dont elle s'était pourtant affranchie depuis dix ans. Il lui fallait se trouver dans un endroit réduit, avoir froid et n'entrevoir qu'un morceau de ciel par une minuscule ouverture. Elle se rappelait ainsi qu'elle n'était pas différente des victimes qu'elle autopsiait à la morgue ; qu'elle n'était pas différente non plus de leurs bourreaux. Simplement, elle avait survécu.

Donc, un gaucher.

Les paroles de l'inspecteur, dans l'atelier de photographie de Guise, lui revinrent en mémoire. *Notre tueur est droitier et se donne beaucoup de mal pour faire croire que nous avons affaire à un gaucher. Malheureusement pour lui, ses variables psycho-physiologiques transparaissent et le trahissent.*

Ainsi, les billets laissés sur les cinq scènes de crime racontaient l'exact opposé des rapports d'autopsie. L'examen microscopique des feuillets pointait du doigt un droitier, quand l'examen des corps désignait un gaucher. Se pouvait-il que Matthias se soit mépris ? Qu'il n'ait pas su lire entre les lignes écrites par le tueur ? Instinctivement, Esther rechignait à remettre en cause les conclusions de l'inspecteur ; s'il n'était pas lui-même expert graphologue, elle avait une confiance aveugle en son extraordinaire mémoire. Et c'était à cette mémoire qu'il s'en remettait dans cette histoire.

Esther enfouit son visage dans ses mains. Pénible était le sentiment de faire deux pas en arrière chaque fois qu'ils pensaient faire un pas en avant. Fourbue, elle finit par s'endormir, avec au cœur un manque qu'il lui tardait de combler à nouveau.

# Chapitre 26

# Marcus Taillandier

Il y avait eu, dans la vie de Matthias et d'Esther, une constante.

Une constante d'un mètre quatre-vingt-dix, doctorant en médecine et responsable du département de chirurgie de l'hôpital Tenon, dans le XXe arrondissement de Paris, depuis qu'il avait choisi de quitter la Bourgogne pour gagner la capitale, quatre ans plus tôt.

Marcus Taillandier, qui affichait près de cinquante printemps au compteur, était le genre d'homme que l'on remarquait. Bien malgré lui, car il souffrait comme Esther d'une sorte de phobie humaine qui lui faisait détester la plupart des gens dont il croisait le chemin. Il lui importait d'être beau comme d'une guigne, ça le gênait davantage que ça ne le flattait, sauf les soirs de disette affective. Ces soirs-là, il suffisait à Marcus de lever les yeux, qu'il laissait d'ordinaire traîner sur le carrelage de l'hôpital, pour croiser ceux d'une femme qui, si elle le souhaitait, le rejoindrait dans son lit. Marcus n'aimait pas les hommes mais il aimait quand même les femmes, certaines femmes, certains soirs.

Autre paradoxe concernant l'individu : il avait abandonné une florissante carrière de médecin légiste – nul mieux que lui ne savait faire parler les morts – pour s'occuper des vivants. Étrange décision. On disait dans son dos que l'odeur des cadavres avait eu raison de sa santé ; que la plongée quotidienne dans des viscères putrides lui avait si bien retourné l'estomac qu'il n'avait eu d'autre choix que de changer de route. S'occuper des morts finissait par faire mourir. Et Marcus n'était pas prêt à mourir.

Matthias Lavau avait rencontré le docteur Taillandier alors que tous deux officiaient dans l'équipe du professeur Locard, au sein du laboratoire de police scientifique de Lyon. Entre les deux régnait une placide camaraderie. Ils avaient l'un pour l'autre un franc respect et une confiance profonde en chacune de leurs expertises. Depuis près de vingt ans qu'ils se connaissaient, ils avaient souvent collaboré et c'était au cours de l'une des enquêtes de Matthias que Marcus avait fait la connaissance d'Esther Louve.

Marcus et Esther se ressemblaient. Outre leur méfiance épidermique pour le reste de l'espèce humaine, ils se comprenaient en peu de mots et, fait rare pour des individus de leur nature, n'étaient pas embarrassés par leur présence respective. Ils s'aimaient bien.

Un peu plus tôt dans la matinée, Esther avait fait porter une note au chirurgien pour lui demander de la rejoindre au cimetière du Père-Lachaise, qui se trouvait à quelques encablures de l'hôpital Tenon, rue de la Chine. Quand vint le moment de sa pause méridienne, Marcus Taillandier troqua sa blouse contre un élégant pardessus en feutrine et, négligeant de couvrir ses cheveux poivre et sel, quitta l'hôpital. Traversant la place des Pyrénées, il s'engouffra dans la rue Malte-Brun et de là parvint à l'entrée du cimetière qui se trouvait rue des Rondeaux. Esther avait précisé qu'elle l'attendrait près de la tombe d'Adélaïde Paillard de Villeneuve, dans la division 42. Et en effet elle était là, son regard fauve perdu dans les cimes dénudées, emmitouflée dans son éternelle pelisse, ses boucles brunes voletant autour de son visage dans la brise. Ce lieu de rendez-vous, pour deux amoureux de la mort, n'était guère étonnant. Marcus, en indiquant du doigt la médecine légale à Esther, l'avait peut-être sauvée.

Il sourit largement, elle esquissa une moue de contentement et il la serra contre lui, raide et empotée, ses mains gantées enfouies dans les poches de la pelisse.

– Que me vaut le plaisir ? attaqua-t-il, ravi pour sa part de cette distraction dans sa journée. Le docteur Socquet vous fait des misères ?

C'était une façon de parler, Marcus savait bien qu'Esther ne s'en laissait plus conter par personne depuis des lustres.

– Il s'agit des morts au Familistère, dit-elle.

Marcus hocha la tête et, l'invitant d'un geste à marcher, ils gagnèrent le chemin du Quinconce. Le temps était maussade, les visiteurs plutôt rares à cette heure du jour.

– Les billets, dit Marcus. *Je vous pardonne.* Les mêmes que ceux que vous avez trouvés sur les victimes de Colombes en 1920.

Esther acquiesça. Quand il avait reçu la missive de Matthias requérant son avis sur les meurtres de Guise, Marcus avait immédiatement fait le lien avec les affaires Lamentin et Orsini qui avaient défrayé la chronique parisienne. Il avait brièvement rédigé une réponse à l'inspecteur et s'était empressé d'avertir Esther.

– Vous avez donc la confirmation qu'il s'agit d'un seul et même tueur ?

– Les billets le laissent fortement supposer, soupira Esther. Les billets, et autre chose.

L'attention de Marcus redoubla. Il lui manquait, de son ancienne vie dans la police, non pas l'examen des cadavres qui avait fini par le rendre fou, mais bien l'excitation des enquêtes criminelles. Il avait toujours aimé cet instant où, coincé dans un recoin de l'énigme, un collègue venait le trouver pour tenter d'élucider le crime. Cette stimulation intellectuelle déclenchait chez lui une poussée d'adrénaline bienvenue.

– Voyez-vous, Marcus, notre tueur est brouillon, précipité. Sur les six meurtres, aucun ne se ressemble – hormis les époux Lamentin, tous deux frappés avec une pince-monseigneur. Désiré Orsini a été égorgé. Eleanor Fontaine a été violemment poussée contre un chambranle de porte. Une semaine avant elle, Paul Beaucœur a été étranglé et son meurtre maquillé en suicide par pendaison. Quant à la dernière, Rosalie Escudé, elle a été étouffée avec un morceau d'étoffe et abandonnée sur le sol détrempé de la buanderie où elle faisait sa lessive.

– C'est en effet étonnant, si peu de similitudes.

– Excepté ce mot. *Je vous pardonne*. Trouvé sur chaque scène de crime, rigoureusement identique. Je ne vous cache pas qu'il y a là un autre mystère, Matthias a tenté une analyse graphologique qui s'est révélée peu concluante.

À l'évocation de son vieux camarade, le chirurgien réagit.

– Lavau peut être agaçant, je vous le concède, Esther, mais il se trompe rarement.

– Je sais. Mais nous sommes tombés sur un os. Il a mené un examen minuscule…

– Un examen microscopique.

– Oui, voilà. De cet examen, il a déduit que notre tueur était droitier mais qu'il tentait, pour déguiser son écriture, de se faire passer pour un gaucher. Or il est établi dans les rapports d'autopsie des Lamentin et d'Orsini que l'assassin ne prétend pas être gaucher, il *est* gaucher.

Marcus se frotta le menton. Arrivés au bout du chemin du Quinconce, ils poursuivaient leurs déambulations sur le chemin des Anglais.

– C'est troublant, en effet. Comme si le tueur et celui qui écrivait les billets n'étaient pas la même personne.

– Exactement. Et il y a autre chose, Marcus.

La brise se leva davantage, faisant tournoyer autour d'eux les tapis de feuilles mortes. Esther resserra les pans de sa pelisse.

– Il n'y a pas d'empreintes.

– Ce n'est pas possible.

Sa réponse fusa. Il s'arrêta net, et elle se retourna pour lui faire face, tandis qu'une nourrice poussant un landau les contournait en leur lançant un regard noir.

– Avec tout le bazar que votre gus a mis chez les Lamentin ou chez cette pauvre Mme Fontaine, vous voulez dire que vos techniciens n'ont relevé aucune empreinte ?

– Ni chez eux, ni chez les autres.

– Vous avez vraiment des équipes de bras cassés dans la police scientifique, de nos jours.

– La compétence des techniciens n'est pas en cause.

– Cela signifierait que votre assassin, qui tue à l'instinct, sous le coup de l'urgence ou de ses émotions, aurait pris le temps d'effacer ses empreintes. Je n'y crois pas du tout, Esther.

Elle secoua la tête.

– Je n'y crois pas non plus. Mais quelle autre explication y aurait-il ?

– Un deuxième homme. Quelqu'un qui fait le ménage.

Esther se remit à marcher.

– Nous aurions trouvé des traces. Un assassin qui n'en laisse aucune, c'est déjà presque impossible. Mais deux ? Non.

Ils évoluèrent un moment en silence, chacun plongé dans ses pensées, tentant de percer le mystère qui occupait Esther et Matthias depuis des jours. Ils étaient arrivés au bosquet du Dragon quand Marcus reprit la parole.

– Il y aurait bien une explication. Mais cela tiendrait d'un sacré coup du sort.

Esther redressa la tête.

– Eh bien, dites-moi.

– Il y a quelque temps, j'ai eu vent par un collègue d'une maladie extrêmement rare qui, d'après les premières études, s'observerait chez les membres d'une même famille. Pour tout vous dire, j'ignorais même que cela existait.

La jeune femme prit sur elle pour ne pas secouer le chirurgien, qui faisait traîner ses révélations. *Parfois*, songea-t-elle, *le docteur Taillandier ressemble à l'inspecteur Lavau.*

– Figurez-vous qu'il s'agit d'un phénomène appelé adermatoglyphie.

– À vos souhaits, dit Esther. Et en quoi cela consiste-t-il ?

– En l'absence de crêtes épidermiques au niveau des paumes et des plantes de pied.

Elle se figea. Devant le monument funéraire d'Antoine de Guillaume-Lagrange, première statue jamais érigée au Père-Lachaise, elle posa ses yeux couleur d'automne sur l'allégorie de la douleur qui ornait le bas de la stèle, et laissa l'information pénétrer son esprit. Puis elle répondit d'une voix blanche :

– Autrement dit, en l'absence pure et simple d'empreintes digitales.

– Exactement. Si votre homme est atteint d'adermatoglyphie, Esther, il est normal que vous n'ayez relevé aucune empreinte sur les scènes de crime. Il n'en a pas !

# Chapitre 27

# Une histoire de main

Se rendant quai de l'Archevêché pour restituer au docteur Socquet les rapports d'autopsie, Esther en profita pour emprunter le téléphone à cadran rotatif de la morgue. N'ayant guère l'habitude d'utiliser ce genre d'appareil, elle s'y reprit à plusieurs fois avant de réussir à joindre le Familistère. L'inspecteur Lavau, avant qu'elle se rende à Paris, lui avait communiqué le numéro de la ligne téléphonique qui se trouvait dans le bureau de l'administrateur-gérant, appartement 265. Elle s'était étonnée ; les téléphones n'étaient-ils pas réservés aux entreprises et aux institutions ? *Bah*, avait répliqué Matthias, *ici, on est entre les deux.*

– Taillandier est sûr de lui ?

La voix de l'inspecteur lui parvenait, lointaine et éraillée. Il ne cachait pas son scepticisme. Plantée debout le long du mur sur lequel était fixé le téléphone, parlant dans un combiné avec l'étrange sensation de devoir monter le ton pour être entendue, Esther répondit :

– Il n'a jamais rencontré un cas de ce genre. Mais il tient l'information d'un éminent collègue. Et surtout, c'est la seule explication à l'absence d'empreintes sur les scènes de crime.

Au bout du fil, un grognement.

– Et que proposez-vous que nous fassions, Esther ? Que je fasse relever les empreintes des quelque mille habitants du palais pour voir qui, parmi tout ce petit monde, n'en a pas ?

– Il faut bien faire quelque chose, Matthias. De mon côté, je retourne à Colombes.

– Sur la première scène de crime ? Vous pensez trouver là-bas ce qui a déclenché cette série de meurtres ?

Esther acquiesça.

– Il s'est passé quelque chose au Saint-Sauveur. Je dois trouver de quoi il s'agit.

– Soyez prudente.

Il y eut une interférence sur la ligne, et Esther raccrocha. Elle contempla un instant l'appareil, imaginant Matthias qui, à des kilomètres de là, fixait lui aussi le combiné du téléphone sur le bureau de Gabriel Saint-Simon. Le manque, ressenti la nuit précédente alors qu'elle était étendue dans sa mansarde, revint lui mordre le cœur.

*

Au Familistère, l'humeur de l'inspecteur allait de mal en pis.

Sitôt après avoir raccroché avec Esther, il téléphona au commissariat de Lille, siège de la 2e brigade régionale de police mobile.

– Ici Lavau, aboya-t-il. Vous, restez là, j'ai quelque chose à vous dire.

Il s'adressait en même temps à Gabriel Saint-Simon qui, dans l'embrasure de la porte, était venu voir s'il pouvait reprendre possession des lieux. Au bout du fil, l'agent préposé au téléphone ne comprit rien.

– Allô ? Allô ? Inspecteur principal, où voulez-vous que j'aille ?

– Ce n'est pas à vous que je parle, Florent.

– Ah. C'est que ça n'était pas clair.

L'agent de police Albert Florent, vingt-huit ans, était un jeune homme sans grand talent et assez peu intelligent, si bien que, malgré ses sept années d'expérience dans les brigades, il faisait encore partie des membres les moins gradés de l'unité. En revanche, il manipulait fort bien le téléphone.

– Dispensez-moi de vos commentaires, Florent. Et passez-moi le commissaire.

L'agent de police Florent était bien connu pour son zèle, et l'inspecteur principal n'était pas le seul à qui il tapait sérieusement sur les nerfs. Un idiot zélé, c'était vraiment la pire espèce.

– Le commissaire n'est pas disponible, rétorqua l'agent en faisant claquer sa langue. C'est l'affaire des femmes énuclées et jetées dans la Deûle. Ça occupe pas mal. Figurez-vous que…

Et tandis que Florent se mettait à énumérer les répugnantes particularités des cadavres repêchés sans leurs globes oculaires, Matthias retint une exclamation contrariée.

– Allez chercher Decerf, Florent, ou je vous assure que c'est vous qu'on ne tardera pas à repêcher dans la rivière.

Les menaces, ça fonctionnait toujours. Bisquant comme une vieille commère, l'agent de police abandonna le combiné pour s'en aller quérir son supérieur. Matthias pianotait sur le sous-main de cuir. Gabriel

Saint-Simon s'était retranché au salon, attendant que le policier ait achevé son appel.

– Lavau ?

Une voix caverneuse, éraillée par le cigare et le mauvais whisky, lui fit décoller le téléphone de son oreille.

– Commissaire, je…

– Vous vous foutez de ma gueule, Lavau ? Ça fait des jours que j'attends votre rapport ! Pour qui me prenez-vous ? Votre dernière cocotte ? Bordel de Dieu, qu'est-ce que vous foutez !

Le commissaire de la 2e brigade régionale de police mobile, Valentin Decerf. Une masse de bonhomme, cent vingt kilos au bas mot, étonnamment souple et rapide pour un gaillard de sa corpulence. Compétent, efficace, mauvais comme une teigne. Il n'avait de doux que son prénom, que personne n'utilisait jamais sauf sa vieille maman et que beaucoup, l'ayant oublié, n'auraient jamais associé à cet énergumène survolté, obsédé par les performances de sa brigade.

Matthias se pinça l'arête du nez entre le pouce et l'index.

– Commissaire, j'aurais besoin de…

– Besoin ? BESOIN ? Vous entendez ça, Florent, l'inspecteur principal a BESOIN de quelque chose ! Ne répondez pas, Florent, je me contrefous de votre avis. Eh bien moi, Lavau, si ce n'est pas trop de dérangement, j'ai besoin de votre satané rapport ! Qu'est-ce que vous croyez ? Que vous pouvez disparaître comme ça pendant des jours sans rien dire à personne ? On n'est pas à la kermesse, ici !

Le commissaire Decerf criait beaucoup, c'était ainsi. La moindre conversation prenait des allures de joute oratoire digne des assemblées révolutionnaires les plus virulentes. D'aucuns savaient qu'il valait mieux laisser passer l'orage, qu'après la pluie venait le beau temps et que, d'une façon générale, Decerf était plutôt satisfait du travail de ses subordonnés. D'ailleurs, il ne s'encombrait pas de ceux qui traînaillaient ou qui se contentaient du minimum syndical. Ceux-là sautaient avant d'avoir eu le temps de dire ouf. La résultante de cette personnalité irascible était qu'à la brigade, ça filait droit. On écoutait, on obtempérait, on mettait tout son cœur dans son travail. Et surtout, on obéissait aux ordres.

Évidemment, c'était sans compter l'inspecteur principal.

Valentin Decerf avait personnellement recruté Matthias dix-huit mois auparavant. On l'avait pourtant averti : Lavau était un loup solitaire, il travaillait mieux seul, n'aimait pas montrer patte blanche, n'aimait pas partager, n'aimait pas rendre de comptes. Mais les facultés de celui qui n'était alors qu'inspecteur l'avaient tant impressionné que Decerf avait passé outre. Pouvait-on, dans la police, se priver d'un homme qui se souvenait d'un visage entraperçu à la nuit tombée vingt ans plus tôt ? D'un homme capable de mémoriser des milliers de fiches et de rapports et de les associer à n'importe quel salaud de récidiviste ? D'un homme dont l'extraordinaire mémoire avait permis la résolution de dizaines d'affaires ? Decerf se faisait confiance pour le faire rentrer dans le rang. Il en avait maté plus d'un, ce n'était pas un petit orphelin des forêts qui allait la lui faire à l'envers.

Force était de constater que c'était un échec. Chaque fois qu'il avait affaire à son commissaire, Matthias regrettait les années où, en poste dans les campagnes de Bourgogne, il n'y avait pas de hiérarchie pour lui demander des comptes ou lui gueuler dessus. Tout le monde se foutait bien de ce qu'il faisait, il obtenait d'excellents résultats sans qu'on s'occupât jamais de lui, personne ne l'emmerdait. Le bon temps. Il haussa le ton pour se faire entendre :

– Commissaire, j'ai besoin de deux inspecteurs en renfort. Pour mon affaire au Familistère. C'est urgent, ajouta-t-il.

Voilà qu'en plus de n'en faire qu'à sa tête, il se payait le luxe d'avoir des exigences. Un silence accueillit sa sortie, et Matthias imagina que Decerf, pour ne pas exploser, broyait entre ses doigts la petite tête de fouine de l'agent Florent. À moins que ce dernier, plus fin qu'on ne croyait, n'eût pris la tangente. Quand il reprit la parole, le ton du commissaire était glacial.

– Vous me faites chier, Lavau.

– Ce n'est pas mon intention, commissaire.

– Quelle est donc votre intention, Lavau ?

– Rameuter deux inspecteurs à Guise, commissaire, dès que possible.

– Et auriez-vous la civilité de m'expliquer pourquoi vous avez besoin de deux agents supplémentaires ? Je croyais que vous préfériez travailler seul.

Matthias ignora le sarcasme ; il n'existait pas d'homme en ce monde capable de l'intimider. Cela tenait davantage à de l'inconscience qu'à de l'esbroufe, mais Decerf ne manquerait pas d'en être froissé.

– Pas des agents, rectifia l'inspecteur principal. Il me faut des gradés. Des inspecteurs, ou au moins des brigadiers.

– L'explication, Lavau.

Matthias soupira, irrité de perdre ainsi son temps. Alors, il fit à son supérieur un résumé au lance-pierre, truffé de raccourcis et de conclusions hâtives. Il passa cependant sous silence la dernière trouvaille d'Esther, peu sûr que Decerf goûterait cette histoire d'adermatoglyphie. Lui-même peinait à y croire.

– Six meurtres, donc.

– Six meurtres, commissaire.

Malgré sa mauvaise volonté, il avait réussi à capter l'attention de Decerf qui, en dépit de son tempérament exécrable, était un bon policier. Matthias entendait presque les méninges de son interlocuteur turbiner.

– Hum. Mes énucléées ne sont encore qu'au nombre de trois.

– Et souhaitons qu'elles restent à trois, commissaire.

– Vous en êtes à six meurtres.

– Six.

– Bien.

Matthias attendit.

– Vous aurez Lescot et Dalembert, trancha finalement Decerf. Un inspecteur et un brigadier. C'est tout ce que je peux faire pour vous, Lavau.

– C'est très généreux, commissaire.

– Gardez vos flatteries, inspecteur principal. Vous avez une semaine pour me boucler cette histoire de canés dans votre expérience sociale à la con. Passé ce délai, vous revenez ici fissa et je vous colle sur les énucléées.

Matthias raccrocha, satisfait. Au fond, il ne regrettait pas sa décision de rejoindre les brigades mobiles ; certes il se fadait un supérieur caractériel, mais il agissait comme il avait toujours agi. Il suivait son instinct et ignorait les remontrances parasites. Et jamais, au grand jamais, il ne se demandait ce qui arriverait le jour où il rencontrerait plus buté que lui.

Il rejoignit Gabriel Saint-Simon dans la salle à manger. L'administrateur-gérant, assis dans un fauteuil, sirotait un verre de liqueur. D'un geste aimable, il invita l'inspecteur principal à se servir à la console sur laquelle étaient posées plusieurs bouteilles ambrées. Dans un froissement de cuir et un cliquetis de boucles – des sons qui, chaque jour passant, devenaient familiers au Palais social –, le policier se dirigea vers le petit meuble.

– Alors, que dit-on en haut lieu ? demanda Saint-Simon.

– Deux membres de mon unité seront là dès demain, annonça Matthias. À ce sujet, vous allez être mis à contribution, Saint-Simon.

Ce dernier ébaucha un sourire qui disait *un peu plus, un peu moins, allez-y, mon vieux*. L'inspecteur prit soudain conscience que l'administrateur-gérant, les traits tirés et les joues creusées, avait perdu de sa superbe. Ses cheveux, d'ordinaire brillants et lustrés, étaient mal peignés et ses yeux soulignés de deux poches sombres. Coulé dans son fauteuil comme un désossé, il paraissait épuisé.

Matthias but une gorgée de whisky, son regard d'aigle scrutant la figure absente de son interlocuteur.

– Eh bien, qu'est-ce qui vous arrive ? Vous êtes malade ?

Saint-Simon se redressa, passant une main sur son visage comme pour se tirer d'un état de somnolence.

– Non, tout va bien. Je vous écoute.

– Tout n'a pas l'air d'aller bien.

– Une simple querelle avec mon fils. Vous savez ce que c'est.

Matthias ne savait pas du tout ce que c'était, mais il ne releva pas.

– Dites-moi, inspecteur Lavau, en quoi je peux vous être utile. Je ferais n'importe quoi pour que cesse cette vague de violence au Familistère.

– Nous allons devoir relever les empreintes de tous les habitants du palais, dit Matthias.

Gabriel Saint-Simon écarquilla les yeux.

– Tous ? Mais… ils sont des centaines !

– C'est bien pour ça que j'ai demandé du renfort. Mais comme je ne souhaite pas foutre le bazar dans votre… machinerie, je vous laisse le soin de mettre sur pied une organisation qui permette un roulement. Tout le monde, absolument tout le monde, devra se plier à l'exercice. Il faut une salle dédiée et un ordre de passage.

– Je… Eh bien… Êtes-vous sûr que cela soit utile ?

Matthias ne daigna pas répondre, se contentant de lancer un regard glacé à l'administrateur-gérant.

– Qu… Quand voulez-vous commencer ?

– Mais demain à la première heure, naturellement.

Sur ces mots, Matthias Lavau avala d'un trait son breuvage et claqua le verre sur la table. Puis, portant deux doigts à son front, il salua Gabriel Saint-Simon.

– Je vous laisse, vous avez du pain sur la planche. Quant à moi, j'ai encore un mystère à éclaircir.

*

Une autre découverte qu'avait faite Esther le taraudait.

Alors qu'il parvenait au mausolée de Jean-Baptiste André Godin, flanqué de la chienne qui reniflait joyeusement chaque aspérité du chemin, Matthias enfonça les mains dans les poches de son cache-poussière. La menace d'orage semblait s'être éloignée et la pluie avait faibli, mais une bruine persistante lui glaçait les os. L'inspecteur ne se rappelait pas avoir eu si froid quand il vivait dans les collines de Bourgogne, pourtant ensevelies sous la neige. Pour lui qui aimait le mauvais temps, cette soudaine accalmie n'était pas de bon augure.

L'assassin était gaucher.

Conclusion qu'il n'avait été possible de tirer qu'en se renseignant sur les premiers meurtres commis deux ans plus tôt ; les modes opératoires des crimes du Familistère n'ayant pas permis de déterminer la manualité de leur auteur. La foi que Matthias plaçait en Esther lui interdisait de remettre en question cette information. Cependant, il ne savait qu'en faire.

L'examen graphologique des billets trouvés sur les scènes de crime était formel : le tueur déguisait son écriture, ils avaient affaire à un *droitier* qui se faisait passer pour un *gaucher*. Or, les rapports d'autopsie de Socquet révélaient qu'en réalité les premières victimes avaient été tuées *de la main gauche*. S'était-il fourvoyé ? Avait-il lu les signes à l'envers ?

Red jappa et Matthias reporta son attention sur son environnement. La chienne gratta un parterre non loin, exhumant du même coup des bulbes savamment enfouis. De sa position, il apercevait le palais, entouré par la rivière. Tant de beauté et de paix qui côtoyaient l'horreur d'un seul homme qui volait la vie des autres. L'inspecteur contourna le mausolée pour relire l'inscription qui ornait le monument.

*Venez près de cette tombe*
*Lorsque vous aurez besoin*
*De vous rappeler*
*Que j'ai fondé le Familistère*

*Pour l'association fraternelle*
*Restez unis*
*Par amour de l'humanité.*
*Pardonnez les torts*
*Que les autres ont envers vous.*
*La haine est le fruit*
*Des mauvais cœurs,*
*Ne la laissez pas*
*Pénétrer parmi vous*
*Que mon souvenir*
*Soit pour vous un sujet*
*De fraternelle union.*
*Rien n'est bon et méritoire*
*Sans l'amour de l'humanité.*

Malgré l'avertissement, la haine s'était bel et bien infiltrée au Familistère. Le Palais social abritait un tueur, un *mauvais cœur*, un être qui avait fait sécession et qui octroyait ironiquement son pardon, comme pour respecter les ultimes recommandations d'un maître à penser. Un mauvais cœur gaucher.

L'assassin était-il, comme Louise Orsini, ambidextre ? Il siffla la chienne et reprit le chemin du Palais social. Quelque chose le tracassait, et ce n'était point la possibilité de s'être trompé. Matthias ne se trompait pas. Il avait foi en Esther, mais il avait aussi foi en lui-même.

Quand il fut revenu dans l'appartement 23, il délaissa la cafetière pour se servir un whisky, puis s'assit sur une chaise, face au tableau d'écolier. Avant de regagner Paris, Esther avait tout rangé et il ne s'y retrouvait plus, c'était pénible. Elle avait organisé les clichés par thématique, rassemblant d'un côté les portraits des enseignants au fil des années, de l'autre les photos de classe où les bambins posaient sagement devant l'objectif. Au centre du tableau, elle avait réuni les photographies prises sur le vif, témoignant de la vie et des activités quotidiennes dans les écoles du Familistère. Le regard de Matthias repéra Paul Beaucœur, élégant dans son costume, qui supervisait une classe de petits enfants en train de dessiner. Celui qui était alors professeur avait tracé quelques formes basiques sur un tableau noir et encourageait les élèves à les reproduire sur leurs feuilles. Il avait été immortalisé le bras en l'air, en plein mouvement du bout de sa craie. Un deuxième cliché le montrait debout derrière un garçonnet, la mine radieuse, une main appréciatrice ébouriffant la masse de cheveux noirs qui couronnait l'enfant. Le petit brandissait son dessin devant lui pour le montrer au photographe.

Matthias plissa les paupières ; âgé tout au plus de cinq ans, le petit avait réalisé une esquisse du mausolée de Godin. L'inspecteur n'était pas plus doué en art qu'en enfants, mais le résultat lui sembla correct. Les traits étaient droits et réguliers, les dessins représentant les statues étaient, sans être ressemblants, reconnaissables. Lui-même n'aurait pas fait mieux. D'ailleurs, s'il en croyait les derniers éléments punaisés par Esther tout en haut du tableau, Beaucœur avait conservé ce dessin : Matthias l'avait justement sous les yeux. Le papier avait jauni et le graphite s'était affadi par endroits, mais il s'agissait bien du même ouvrage.

Ce qui était plus étonnant, c'est que l'archiviste avait également conservé un second dessin. Le sujet était identique – le mausolée de Godin –, mais les traits beaucoup plus malhabiles suggéraient qu'un enfant bien plus jeune avait crayonné ce papier-là. *Jusqu'où va le culte*, songea l'inspecteur avec un certain dégoût. *Faire dessiner un tombeau à des enfants… Et si j'en juge par les dates de ces dessins, toutes les classes y ont droit les unes après les autres. Pauvres gosses.* En effet, le premier dessin portait l'inscription *1907*, tandis que le second, moins réussi, indiquait *1908*.

Matthias vida son verre d'un trait – un single malt vieilli en fût de whisky – et se resservit. Un fourmillement le démangeait à la base de la nuque, conséquence probable de l'alcool qu'il ingurgitait à jeun, mais l'inspecteur préférait se dire que c'était là l'effet de sa mémoire. Car il le sentait, il y avait sur ce tableau couvert de photographies un élément de réponse. Paul Beaucœur avait été assassiné pour ses archives ; en attestait le billet retrouvé entre les pages de ses vieux albums. Quelque chose dans ces images, un secret, une vérité, un mobile, avait déclenché un carnage.

L'inspecteur avisa, à demi dissimulé sous un autre, un cliché qui dépassait. Il s'en empara et l'examina.

La première chose qui le frappa fut l'expression d'une jeune femme d'une trentaine d'années qu'il reconnut instantanément : Violette Champois se tenait en retrait sur la photographie. Elle était alors bien plus jeune, sa chevelure dorée relevée en un chignon plus seyant que la coiffure stricte que Matthias lui connaissait. Son doux visage empreint d'une expression horrifiée, elle se tordait les mains et paraissait sur le point d'émettre une protestation. Devant elle, faisant face à l'objectif du photographe, trois fillettes (d'un coup d'œil rapide, il lui semblait bien que c'étaient des fillettes, elles avaient les cheveux longs) assises à leur pupitre copiaient des lignes, la tête penchée sur leur ouvrage. Bien qu'il ne fût pas possible de distinguer leurs visages, il se dégageait des petits corps prostrés en avant une sorte de malaise, un inconfort palpable. L'inspecteur ne mit pas longtemps à en distinguer la source : les trois petites filles avaient le poignet gauche attaché au dossier de leurs chaises. De profil sur le cliché, Paul Beaucœur se tenait raide comme un verre de lampe, la figure impassible. Matthias retourna le cliché et lut, griffonnée à la va-vite, la mention suivante : « Sanctions disciplinaires. »

*Bordel de Dieu. Pour la bienveillance, on repassera.*

Et puis soudain, il sut. Il sut, en fixant les petites mains gauches entravées, pourquoi il s'était laissé berner par les billets. Les lettres inclinées vers la droite, les jambages qui différaient, les tracés dans des sens opposés… *Le tueur est bel et bien gaucher*, songea Matthias en replaçant la photo sur le tableau, bien en vue près de celle de l'enfant au dessin réussi. *Seulement, il écrit de la main droite sous la contrainte.*

## Chapitre 28

## Au Saint-Sauveur

Debout devant le pavillon des Lamentin, rue de Gennevilliers à Colombes, Esther contemplait sans indulgence la façade moche et le jardinet à l'abandon. De ce qu'elle savait du couple assassiné – des gens rustres, surtout lui, et mauvais selon les dires de Louise Orsini –, Esther se disait que la maisonnette était à leur image. Elle se souvenait de la pagaille légendaire qui régnait quand elle s'était rendue sur la scène de crime. Le meurtrier avait tout saccagé, mais il n'était pas responsable de l'incroyable saleté ou de l'effarante accumulation d'objets.

Elle était venue à pied de la gare, parcourant de son pas rapide les rues bordées d'ateliers et d'entrepôts. Ignorant la maison, dont quelques planches barraient la porte d'entrée, elle se dirigea vers l'estaminet juste à côté, Au Saint-Sauveur. Contrairement au domicile des Lamentin, le débit de boissons avait été repris et les fenêtres éclairées témoignaient de sa fréquentation.

Esther poussa la porte et pénétra à l'intérieur.

L'endroit n'était en rien extraordinaire ou même singulier. Un plafond bas auquel étaient suspendues des ampoules, certaines nues, un plancher poli par les souliers au fil des ans, des tables rondes en bois, un comptoir massif derrière lequel étaient entreposés verres et bouteilles. Il faisait bon, les clients attablés devant des chopes de bière ou de petits verres à liqueur baignaient dans une torpeur bienfaisante.

Esther se dirigea vers le bar et se hissa sur un tabouret auquel il manquait un barreau. Avisant une femme qui essuyait des verres en surveillant la salle, elle lui adressa un signe.

– Un whisky, s'il vous plaît.

La femme avait peu ou prou le même âge qu'Esther ; ses cheveux roux et ses grands yeux verts adoucissaient un visage aux traits marqués. Elle sourit en lui servant sa consommation.

– Vous n'êtes pas du coin, vous, dit-elle, invitant à la conversation.

Esther prit une gorgée de whisky qui la réchauffa instantanément. Elle ouvrit sa pelisse, laissant apparaître son étrange collerette de cuir qui ne manquait jamais de susciter la curiosité de ses interlocuteurs. La femme, se dit-elle, devait manquer d'une compagnie ; la clientèle – exclusivement masculine et la barbe enfoncée dans les chopes – ne lui donnait probablement pas satisfaction sur ce point.

– En effet. Vous non plus, hasarda-t-elle.

La femme éclata d'un petit rire musical, jetant son chiffon à vaisselle sur son épaule.

– Ça se voit tant que ça ? Non, madame, je suis une authentique Bretonne, égarée sous ce ciel gris par amour. Je m'appelle Hélène.

– Ah, fit Esther que ce genre d'information déstabilisait toujours.

– Que voulez-vous, on rencontre un homme, c'est le coup de foudre et du jour au lendemain on se retrouve dans une situation embarrassante, on se marie et, hop, on plie bagage pour tenter la fortune dans la grande ville.

Les boucles rousses dansaient autour de son visage, elle dodelinait de la tête tout en parlant. Esther promena son regard fauve sur les tables alentour. Hélène haussa les épaules.

– Oui, bon. La partie fortune, je vous accorde qu'il y a encore du chemin à faire, nuança-t-elle, riant encore comme si ses paroles étaient des plus comiques. Nous avons repris ce bouge il y a dix-huit mois. Les anciens propriétaires sont… morts subitement, ça a laissé un vide dans le quartier. Quand nous avons ouvert, toutes les abeilles sont revenues à la ruche !

Esther hocha la tête. La cabaretière s'agitait de nouveau, rangeant son bar déjà impeccable, réorganisant les bouteilles, comme si elle craignait de périr d'ennui si d'aventure elle s'arrêtait trop longtemps de travailler.

– Et vous, reprit-elle en disposant sur le bar une assiette de biscuits, qu'est-ce qui vous amène par ici ?

– Les anciens propriétaires, répondit Esther en prenant une nouvelle gorgée de whisky.

– Ah ? Vous les connaissiez ?

Esther, dans le train qui la conduisait à Colombes depuis la gare Saint-Lazare, avait réfléchi à la façon dont elle justifierait sa présence. Elle ne pouvait se réclamer de la police, et révéler ses fonctions d'assistante légiste lui valait en général plus de méfiance que de sympathie. Aussi avait-elle inventé toute une fable.

– J'étais une amie de Sarah, du temps où elle n'était pas mariée. Je n'ai appris son décès que récemment.

– Oh. Ça a dû vous faire un choc.

C'était, pour Esther, la partie la plus difficile. Prétendre que la mort d'une étrangère lui faisait quelque chose. Simuler la compassion, elle qui présentait toujours un visage impassible. Elle afficha l'air le plus contrit qu'elle put, tordant les lèvres dans une grimace de douleur, baissant les yeux dans son verre.

– Si vous saviez. Et les circonstances de sa mort qui m'ont été rapportées, j'ai tant de mal à y croire.

Le malheur des uns, avait-elle constaté à de multiples reprises, était un motif de réjouissances pour les autres. On s'en délectait, on s'y baignait, on s'y vautrait même avec ravissement car cela signifiait qu'il existait plus misérable que soi. On adorait décortiquer les infortunes d'autrui, énumérer les disgrâces. Cela permettait, le temps d'une conversation, de se sentir plus léger dans ses propres chaussures. Esther avait bien saisi le mécanisme.

– Oh, mais vous pouvez bel et bien y croire, s'exclama Hélène en se penchant vers elle d'un air de conspiratrice. Tout est vrai.

Esther ouvrit de grands yeux – qu'elle ne parvint pas à humidifier, il ne fallait pas exagérer.

– Tout ? La… la pince-monseigneur ?

– La pince-monseigneur, approuva la cabaretière en hochant vigoureusement la tête.

– Le… le sang ?

– Des litres et des litres.

– On m'a dit, mon Dieu, on m'a dit qu'ils étaient… méconnaissables.

– Leurs propres mamans ne les auraient pas reconnus. Une véritable bouillie de veau. Enfin, d'humains.

*Dis donc, elle doit sacrément s'ennuyer*, songea Esther.

– Et… non, ça je ne peux pas le croire.

– Quoi donc ? la pressa la rousse Bretonne, ses yeux verts allumés comme un soleil couchant.

– Armand. Je connaissais aussi Armand, vous savez. Un gentil garçon. Je refuse de croire qu'il est responsable de cette… boucherie.

– Oh, mais si ! Enfin, ce que j'en sais, moi, c'est ce que disent les clients, hein. Et les journaux. Cet Armand, c'était un zinzin.

– Ce n'est pas une raison pour défoncer le crâne des gens à la pince-monseigneur, tout de même.

– Apparemment, continua Hélène sans relever le langage d'Esther, qui n'était plus tellement celui d'une jeune femme frappée par le deuil, il aurait été privé de sa part d'héritage et aurait perdu les pédales. Remarquez, un homme qui faisait copain-copain avec les cadavres…

Elle se redressa pour servir un nouvel arrivant, qui jeta sur Esther un regard méfiant avant de gagner une table déjà occupée par trois de ses compères.

– Enfin, soupira la cabaretière. J'imagine que l'on peut s'estimer heureux qu'il n'y ait eu que deux victimes, et non pas trois.

*Et non pas trois ?*

Les yeux perdus dans le liquide ambré qui tapissait le fond de son verre, Esther sentit ses narines se dilater. Son instinct de limier vibra. Elle flairait, pour la première fois depuis des jours, une toute nouvelle piste.

– Que voulez-vous dire ? demanda-t-elle.

– Eh bien, le commis !

– Le commis ?

– Oui, le commis des Lamentin. Un jeune garçon, qu'ils employaient à diverses tâches pour les seconder ici et même chez eux.

Hélène frotta une tache invisible sur le comptoir, l'air soudain réprobateur.

– Moi je suis toute seule tout le temps, mon mari fait des livraisons, et je trouve encore le moyen de m'emmerder. Pourquoi leur fallait-il un commis, franchement ? C'est qu'ils devaient aimer se la couler douce. Enfin ! Il a eu le nez creux. Il a filé à l'anglaise, peu avant les meurtres. Il n'était pas très… heureux, ici. Les Lamentin…

Hélène balaya la salle du regard, pour s'assurer que nul hormis Esther ne pouvait l'entendre.

– Je ne veux pas dire du mal des morts, mais j'ai entendu des rumeurs. Ce petit, c'était leur souffre-douleur. Certains clients m'ont raconté qu'Ernest et Sarah, dès qu'ils avaient un coup dans le nez, ils passaient leurs nerfs sur lui. Il a fini par se tirer, et il a eu bien raison.

Hélène accompagna ses dernières paroles d'un vigoureux hochement de tête. Elle ne voulait pas dire du mal des morts, mais visiblement ça lui brûlait la langue. Esther tendit son verre et la cabaretière le remplit de nouveau. Pour sceller leur complicité, elle se servit également et s'accouda près d'Esther. Cinq minutes de conversation et elles étaient bonnes amies, on allait rentrer dans le vif du sujet. *La nature humaine*, songea Esther, ébahie.

– C'est que, voyez-vous, les gens parlent.

*Sans rire.*

– Quand nous avons repris l'affaire, avec mon mari, les anciens habitués, comme je disais, ils sont revenus petit à petit. Ils étaient méfiants, comme si d'un coup nous aussi on allait nous retrouver avec la cervelle en bouillie. L'a fallu gagner leur confiance, voyez.

Hélène accompagna cette dernière phrase d'un regard tendre sur la salle de son estaminet, comme si tous les piliers de bar présents étaient en quelque sorte ses enfants, et poursuivit :

– C'est qu'on en a appris de belles, sur le vieux Lamentin. Il tapait sur tout ce qui bouge – et qui ne lui rapportait pas de sous. Donc sa femme, les chiens errants, les chats galeux, et le petit commis. Celui-là, s'il avait le malheur de passer sous son nez au mauvais moment, il mangeait pour tout le monde à la fois. Pauvre gosse.

– S'agissait-il de leur fils ?

– Non, ils n'avaient pas d'enfants. Sinon, c'est lui qui aurait hérité de tout ça.

– Et ce commis, dit encore Esther doucement, grattant une saleté sur sa pelisse, où peut-on le trouver, maintenant ?

– Il a tout bonnement disparu, à ce que je sais. Mais vous savez, enchaîna la cabaretière en se redressant soudain, l'air réprobateur, votre copine, elle valait pas mieux que son bonhomme.

Esther mit un instant à réaliser qu'elle parlait de Sarah Lamentin. Avant qu'elle n'ait eu le loisir de formuler une réplique, Hélène apostropha un homme qui venait de pénétrer dans le bar.

– Michel ! Ah tu tombes bien, viens donc.

À Esther qui se raidissait, elle adressa un clin d'œil.

– Michel, ça fait dix ans qui vient au Saint-Sauveur tous les vendredis soir. Que le vendredi soir, sa bonne femme elle le laisse pas sinon. Si vous voulez mon avis, et c'est moi qui dis ça, hein, mais elle a raison, sa bonne femme. Les hommes, si on leur tient pas la bride, ils font n'importe quoi, comme donner tous leurs sous à la cabaretière du coin.

Le fameux Michel, la cinquantaine bien tassée, une barbe aussi épaisse que ses cheveux étaient rares, arborait un ventre si enflé qu'Esther suspecta qu'il ne picolait pas que le vendredi soir, mais elle se garda de faire une réflexion.

– Michel, dit Hélène au nouvel arrivant en lui servant une chope de bière moussante, toi tu les connaissais bien, les Lamentin. Madame – Hélène désigna Esther du menton – était une connaissance de Sarah, elle a eu vent de… des événements.

L'homme dévisagea Esther, qui afficha de nouveau son air contrit. Prenant une gorgée de bière, il essuya la mousse sur sa lèvre supérieure du bout du pouce.

– Mes condoléances, dit-il.

– Merci, répondit Esther.

– Le petit commis, intervint Hélène en lui tapotant le bras par-dessus le comptoir, tu sais.

– Ouais.

– C'est toi qui m'as dit qu'Sarah, elle était pas tendre avec lui non plus. Le vieil Ernest, c'est sûr, mais…

– Le vieil Ernest, c'était tout l'monde. Fallait même l'empêcher de cogner les clients, des fois.

– Oui, voilà. Mais Sarah…

– Sarah, reprit Michel en dardant sur Esther deux billes chocolat, j'l'aimais bien parce qu'elle avait pas la vie facile, mais elle restait aimable.

– Oui, mais avec le commis, dit Hélène en jetant à Esther un regard qui disait *il faut vraiment lui tirer les vers du nez, à celui-là !*

– Avec le commis, oui, c'est vrai, elle était pas tendre. C'est qu'il était très maladroit.

Esther s'émerveillait de voir qu'elle n'avait nul besoin de poser la moindre question ; ces gens n'attendaient en réalité qu'une seule chose, et c'était de pouvoir raconter leur version des faits à une oreille attentive. Ils voulaient s'exprimer, ragoter, comparer leur ressenti et, surtout, ils voulaient poser des mots sur ces personnages qu'ils avaient fréquentés, ces individus dont ils avaient partagé des instants de vie et qui avaient connu une fin si spectaculaire. Hélène, Michel et tous les autres ne vivraient jamais que de choses convenues, ils ne se démarqueraient en rien, leur passage sur terre serait vite oublié. Le destin funeste des Lamentin serait, pour chacun d'eux, l'instant *extraordinaire* de toute leur vie.

Et c'était tout ce qu'Esther leur souhaitait.

– Maladroit comment ? réagit-elle pour prendre part à la conversation.

– Ben il cassait des trucs. Et Sarah, elle avait voulu lui apprendre à t'nir les comptes. J'sais pas pourquoi, c'est pas un travail de commis, les comptes. Mais Sarah, on aurait dit qu'ça lui f'sait plaisir de voir le p'tit faire des ratures.

– Des ratures ?

Esther sentit son cœur manquer un battement. Elle cligna des paupières, chassant l'image des billets de la main du tueur qui, d'un coup, dansait devant ses yeux.

– Ouais. Le p'tit, l'écriture, c'était pas son fort. Il f'sait des ratures. Il avait deux mains gauches, ce gosse.

Esther déglutit et, pour masquer son trouble, voulut prendre une gorgée de whisky. Son verre était vide. Hélène tendit la bouteille pour le remplir une nouvelle fois, mais Esther posa sa main dessus en signe de refus.

– Il avait deux mains gauches, que voulez-vous dire ?

– Eh ben c'que j'ai dit. Il était empoté.

– Était-il gaucher ?

La question parut déstabiliser Michel, qui ouvrit de grands yeux comme si on venait de lui demander de quelle main le pape signait ses courriers au bon Dieu.

– Bah c'que j'en sais ! Foutre rien, moi !

– Réfléchissez, dit Esther en plissant les yeux. Réfléchissez bien.

– J'sais pas, c'qu'Abel il était. L'était bizarre, oui, maladroit, pour sûr, y s'faisait cogner par Ernest et Sarah, ça oui. Mais gaucher, jamais fait attention.

– Abel ? C'était son nom ? Abel comment ?

– Abel j'en sais rien. Et j'comprends pas non plus vos questions, madame la connaissance de Sarah. Z'êtes qui, au juste ?

Esther jugea le moment opportun pour prendre congé. Elle tira de sa poche la monnaie pour régler ses consommations, et ajouta un pourboire ; Hélène, sans le savoir, venait de lui fournir un indice de taille quant à l'identité du tueur.

# Chapitre 29

## La méthode Beaucœur

Gabriel Saint-Simon avait mis à la disposition de l'inspecteur principal une annexe du cabinet médical, au rez-de-chaussée du Palais social. L'inspecteur Lescot et le brigadier Dalembert, fraîchement débarqués de Lille le matin même, se mirent immédiatement à la tâche. À dire vrai, ni l'un ni l'autre n'était réellement fâché d'avoir été dispensé dans l'affaire des énuclées de la Deûle ; ils méritaient bien une pause, cela faisait des jours qu'ils rendaient leur petit déjeuner tous les matins. Ils prirent donc leurs ordres de l'inspecteur principal, puis relevèrent les empreintes de l'administrateur-gérant, qui s'était porté volontaire pour passer en premier. L'affaire allait durer des plombes, Matthias en était consterné.

Durant le jour, les ménagères viendraient au compte-gouttes entre deux tâches domestiques, tout comme les commerçants des économats ou le personnel des écoles, qui se relaieraient. À la pause méridienne et le soir venu, les ouvriers des usines défileraient après leur passage rituel à la buanderie-piscine et aux douches, avant de regagner leurs pénates. Comme il était impossible de boucler l'histoire en vingt-quatre heures, Gabriel Saint-Simon avait fourni un emploi du temps précis en fonction des différents métiers des usines, de sorte qu'aucun service ne serait dépouillé trop tôt de ses travailleurs.

Ayant donné son approbation à cette organisation millimétrée – Saint-Simon était quelqu'un d'efficace, on pouvait lui reconnaître cela –, l'inspecteur principal laissa ses adjoints en charge et quitta le Palais social pour se rendre aux écoles.

Profitant d'une accalmie – la pluie s'était miraculeusement arrêtée de tomber, ça en avait fini de pisser là-haut –, Matthias ficha une cigarette au coin de ses lèvres et fuma tout son soûl le temps de traverser la place. Sous la statue de Godin, au centre de l'esplanade, il avisa sa Rover, recouverte d'une bâche pour la protéger des intempéries. Un moment, il avait craint qu'elle ne disparaisse, mais l'administrateur-gérant avait ri. Il n'y avait pas de voleurs au Familistère. *Non, tu parles. Rien qu'un meurtrier et un instituteur aux intentions sacrément discutables !*

N'ayant pas eu de nouvelles d'Esther depuis son appel de la morgue, il ne savait rien de son escapade à Colombes, dans l'ancien fief des Lamentin. Il devinait cependant qu'elle le rejoindrait bientôt. La chienne devait lui manquer.

Matthias poussa la porte du bâtiment qui faisait face au palais et, faisant comme chez lui, suivit le couloir qui menait aux salles de classe. Tous les enfants étaient à l'étude et on n'entendait que lui ; le bruit de ses bottes qui martelaient le sol, les frottements de son cache-poussière de cuir poli et usé. Violette Champois se trouvait dans le bureau réservé à la direction, au bout du couloir. La porte était ouverte, et elle leva le nez des documents qu'elle compulsait pour voir arriver ce grand escogriffe d'inspecteur principal.

– Vous en faites, un raffut, grinça-t-elle en se levant.

Violette Champois se donnait beaucoup de mal pour inspirer de l'antipathie à ses interlocuteurs. Elle ne souriait pas, les traits de son visage étaient perpétuellement crispés, se tenait si droite qu'on ne pouvait s'empêcher de se dire qu'elle prenait tout le monde de haut, même si on était plus grand qu'elle. Décidément, Matthias ne l'aimait guère. Pourtant, elle avait de l'éducation. Elle se levait pour accueillir ses visiteurs, elle répondait aux questions sans détour, dans un souci de clarté et d'honnêteté des plus sincères. Et, si l'on en croyait les archives de Paul Beaucœur, c'était une institutrice concernée et intègre.

– J'ai des questions, répliqua l'inspecteur principal en fermant la porte du bureau derrière lui.

– J'imagine.

Matthias prit place sur la chaise devant le bureau, et la directrice se rassit sur son propre siège, les mains croisées devant elle.

– Paul Beaucœur.

Elle tiqua. Un infime plissement de paupières, un frémissement à peine perceptible de ses lèvres pincées. Les yeux d'aigle de Matthias n'en perdirent pas une miette.

– Eh bien quoi ?

– Il est mort.

– Paix à son âme.

– Il était déjà mort quand je suis venu vous interroger sur Eleanor Fontaine.

– Tout à fait.

– Pourtant, vous ne m'en avez rien dit.

– Vous ne m'avez rien demandé. Et pourquoi vous en aurais-je parlé ? L'ancien directeur s'est pendu dans son magasin, il n'y a rien à dire. À part : paix à son âme.

Si Matthias tenait Violette pour une emmerdeuse, il ne doutait cependant pas de son honnêteté. Elle ignorait que l'archiviste, tout comme Eleanor et Rosalie, avait été assassiné. Il se pencha en avant, les coudes sur les genoux.

– Pourquoi ai-je le sentiment que vous ne l'aimiez pas beaucoup ?

– Probablement parce que j'en parle avec froideur, répliqua la directrice dans un soupir. Voulez-vous du thé ? Si vous devez me tenir la jambe et m'entretenir de cet individu, autant faire passer le tout avec une boisson chaude.

Si ces propos étaient en réalité une pique – Violette n'appréciait pas plus l'inspecteur qu'il ne l'appréciait lui-même –, ce dernier choisit d'y voir une manifestation maladroite de bonne volonté et accepta le thé.

– J'avais plutôt le sentiment que l'ancien directeur était quelqu'un d'estimé, dit Matthias en saisissant la tasse qu'elle lui tendait.

– C'était le cas.

– Mais pas par vous.

– Non, pas par moi.

Puis, voyant que son interlocuteur attendait qu'elle développât, Violette Champois ajouta :

– Lui et moi avions des… divergences d'opinion.

– À quel sujet ?

Elle tourna dans sa tasse une minuscule cuillère. C'était inutile, elle n'avait pas mis de sucre. Mais le geste lui donnait une contenance.

– Cela concernait certaines méthodes… d'éducation.

– Madame Champois, seriez-vous assez aimable pour étoffer votre propos ?

Elle posa sa tasse sur le bureau, la reprit, but une gorgée en grimaçant. C'était chaud.

– Écoutez, inspecteur, c'était il y a longtemps. M. Beaucœur est mort, cela me gêne de médire à son sujet. Et je ne vois pas en quoi mon ressenti peut concerner vos investigations.

– Paul Beaucœur ne s'est pas pendu, madame Champois. Il a été étranglé et son meurtre a été maquillé en suicide.

– Je… Quoi ?

La directrice en resta baba. Ses yeux s'ouvrirent comme deux soucoupes, tandis que ses lèvres formaient un o parfait. Elle balbutia :

– Seigneur…

Puis elle s'exclama :

– La vieille charogne !

Ce fut au tour de Matthias d'en rester comme deux ronds de flan. Constatant qu'elle avait déstabilisé son impassible interlocuteur, elle se reprit.

– Pardonnez-moi, je me suis laissé emporter. C'est que je nourrissais secrètement l'espoir que le vieil animal se soit donné la mort par culpabilité. Comme une repentance. Vous voyez ?

L'inspecteur principal considéra un instant la directrice, semblant d'un coup la découvrir sous un jour nouveau. Il posa la tasse de thé brûlant sur le bureau et tira de sa poche une photographie froissée, qu'il lui tendit.

– Et votre animosité a-t-elle un rapport avec ce qui se passe sur ce cliché ?

Violette Champois se pencha pour saisir l'image et la contempla un long moment. Elle était de ces femmes dont la figure ne trahissait pas les émotions ; ses lèvres restaient résolument pincées, un sourire à l'envers qui pointait vers le sol. Les rides sur ses joues et au coin de ses yeux donnaient l'impression qu'elle portait un masque ; le masque d'une vieillesse contrariée. Pourtant Matthias, qui savait lire les regards, attrapa au vol l'expression de souffrance qui traversa les prunelles brunes. La directrice posa la photo devant elle.

– Vous êtes donc au courant.

Il hocha la tête.

– J'ai besoin que vous m'expliquiez, madame Champois.

– Il n'y a pas grand-chose à expliquer, inspecteur principal. M. Beaucœur pensait, à l'instar de beaucoup d'ignares en ce bas monde, que les enfants gauchers étaient nés avec une tare qu'il fallait absolument corriger. En tant que professeur – et plus tard directeur des écoles du Familistère –, il était convaincu qu'il était de son devoir de… *rectifier* ce que la nature avait raté.

Elle désigna du menton la photographie entre eux et porta sa tasse de thé à ses lèvres. Cette fois, elle prit le temps de boire plusieurs gorgées, comme si le liquide chaud la soulageait de ses souvenirs douloureux.

– Ce cliché a été pris à sa demande, pour immortaliser sa *méthode*, comme il l'appelait. C'était très simple en réalité. Il retenait en classe les enfants gauchers, dès que ceux-ci étaient en âge de fréquenter le pouponnat. Il attachait leur main gauche au dossier de la chaise et les forçait à écrire ou à dessiner, en fonction de leur âge, avec la main droite. En général, cela durait plusieurs heures.

Violette Champois leva les yeux vers Matthias et ajouta :

– Que les petits pleurent, ce n'était pas grave. Qu'ils se blessent en tentant de libérer leur main, ce n'était pas grave. Qu'il faille leur administrer des coups de règle sur les doigts de la main droite quand ils ne réussissaient pas à écrire, ce n'était pas grave. C'était pour leur bien.

Elle cracha ces derniers mots avec une ironie écœurée et tapota du doigt la photographie.

– Ces enfants, inspecteur principal, n'ont jamais réussi à l'école. Ni ceux sur ce cliché, ni les autres. Ils n'étaient pas plus sots que leurs camarades droitiers, croyez-moi. Mais ils étaient traumatisés. Et Beaucœur se servait de leurs échecs pour appuyer sa théorie fumeuse.

– Être gaucher est une tare.

Violette Champois acquiesça. Matthias prit le temps de boire son thé. Il l'avait accepté par politesse, le breuvage lui fit néanmoins du bien. Malgré sa longue expérience de la méchanceté humaine, ça lui faisait toujours quelque chose quand cette méchanceté prenait pour cible les enfants.

– Ces trois-là, demanda-t-il en désignant les fillettes sur la photographie, que sont-elles devenues ?

La directrice haussa un sourcil.

– *Elles ?*

Elle tendit le doigt vers la petite silhouette assise sur le pupitre le plus à droite.

– Celui-là n'est pas une fille, même si ses cheveux un peu longs peuvent suggérer le contraire. Il s'agit d'Étienne Saint-Simon.

Les yeux gris de Matthias quittèrent la photographie pour s'envoler vers le visage parcheminé de Violette Champois. La directrice saisit la photo, puis finit par hocher la tête pour confirmer son propos.

– Oui, c'est bien lui. Il y en a eu beaucoup, des petites victimes de Beaucœur, mais j'ai bonne mémoire. Comme vous, paraît-il. Enfin, peut-être moins que vous. Mais je vous assure que cet enfant n'est pas une petite fille. C'est…

– Étienne Saint-Simon.

Matthias se laissa aller contre le dossier de sa chaise. Ainsi, le fils de l'administrateur-gérant était un gaucher. Un gaucher que l'on avait forcé à écrire de la main droite. *Un parmi tant d'autres*, songea-t-il.

– D'ailleurs, Étienne était un cas vraiment étrange, poursuivit Violette, soudain happée par ses souvenirs. Je me souviens que Paul s'était particulièrement acharné sur lui, encouragé par M. Saint-Simon, d'ailleurs. J'ai le plus grand respect pour notre administrateur, mais j'avoue qu'à cette époque je n'ai pas compris.

– Un cas étrange ? Que voulez-vous dire ?

– Eh bien, avant son accident, le petit était, selon toute vraisemblance, droitier. Du moins c'était ce que laissaient supposer ses premiers travaux. Il avait un joli coup de crayon, même très jeune.

Matthias songea aux deux dessins du mausolée de Godin qu'il avait découverts dans les archives de l'ancien professeur. Le premier admirablement réussi, le second aux traits maladroits et imprécis.

– Étienne Saint-Simon a eu un accident ?

Violette acquiesça.

– Il est tombé dans les escaliers du palais quand il avait cinq ans environ. Je n'étais pas présente, mais cela a beaucoup fait parler, à l'époque. Sa mère, Caroline, était comme folle, elle protégeait son petit garçon comme une louve. Elle a d'ailleurs refusé que l'on s'approche d'Étienne, même le médecin n'a pas pu le voir. Elle a tenu à le soigner elle-même.

Elle secoua la tête, toujours consternée malgré les années écoulées.

– Une chute pareille, ce n'était pas raisonnable... Mais Caroline Saint-Simon ne faisait pas confiance au personnel du Familistère. Elle était très bigote et se laissait influencer par le curé de Guise. L'église, comme vous le savez certainement, n'est pas la première supportrice de notre communauté et cela ne date pas d'hier. Enfin bref, toujours est-il que, lorsqu'il a été de nouveau sur pied, le gamin s'est mis à utiliser sa main gauche. J'imagine que son cerveau avait été atteint. Inutile de vous dire qu'il est immédiatement tombé dans les griffes de Beaucœur.

Matthias saisit délicatement la photographie, considérant le petit au poignet entravé, et songea au frêle jeune homme qu'il était devenu. Timide, effacé. Il y avait tant de tristesse dans ce constat.

L'inspecteur principal se leva, remerciant la directrice pour ses éclaircissements, et prit congé. Il avait, sans qu'il sût vraiment pourquoi, le cœur lourd.

# Chapitre 30

## Le frère

Les deux agents de Lille, l'inspecteur Lescot et le brigadier Dalembert, discutaient à voix basse quand Matthias Lavau revint des écoles après son entretien avec Violette Champois. Ils étaient seuls et se levèrent aussitôt en voyant leur supérieur hiérarchique pénétrer dans la pièce. Lescot était un grand rouquin aux yeux verts intelligents, quand Dalembert était petit, à demi chauve, doté d'yeux de cocker et d'une moustache tombante. Il avait beau lisser cette moustache cinquante fois par jour en prenant soin de la tirer vers le haut, elle retombait systématiquement. L'inspecteur principal promena son regard d'aigle autour de lui.

– Pourquoi n'y a-t-il personne ?

– On a bien charbonné, répondit aussitôt Lescot en désignant les nombreux relevés qui jonchaient leur table de travail. La suite ne va pas tarder.

Matthias parcourut les documents sur lesquels, sous chaque nom, prénom et fonction, les empreintes des index droit et gauche des Familistériens apparaissaient avec une netteté confondante.

– Alors ? demanda-t-il, connaissant déjà la réponse.

– Jusque-là, tout le monde en a, chef, dit Dalembert. Sans surprise, ajouta-t-il en laissant traîner le « sans » avec impertinence.

Matthias se tourna vers lui. Cette moustache qui tombait l'avait toujours excédé. Dalembert avait l'air benêt. Il n'y pouvait certainement pas grand-chose, mais s'il avait accepté de raser cette balayette, il aurait paru un peu moins con.

– Vous avez quelque chose à dire, Dalembert ?

– Non, chef. Rien que j'aie déjà dit.

– C'est que, inspecteur principal, intervint Lescot qui, en plus d'être un bon policier, jouait souvent la carte de la diplomatie, c'est extraordinaire, cette histoire de suspect sans empreintes. On n'a pas l'habitude.

– Vous comme moi, Lescot. Vous comme moi.

– Je pensais… Nous pensions que tout le monde avait des empreintes digitales, inspecteur principal. Absolument tout le monde. C'est ce qu'on apprend à l'école de police.

– Et, avant qu'on ne découvre que tout le monde a des empreintes, on ne savait même pas ce que c'était, rétorqua Matthias. Voyez, on en apprend tous les jours.

– Mais, inspecteur principal, êtes-vous bien certain de votre source ? Je veux dire, sauf votre respect, d'où tenez-vous cette inf…

Lescot, foudroyé par le regard de son supérieur, n'insista pas. Quand il s'aperçut que son collègue Dalembert s'apprêtait à renchérir, il lui envoya un coup de coude dans les côtes. Lavau n'avait pas la réputation d'être patient, il n'était pas recommandé de se le mettre à dos. Ce dernier tourna les talons mais, dans l'embrasure, pivota sur lui-même.

– Quand vous aurez relevé les empreintes d'Étienne Saint-Simon, venez immédiatement m'avertir. Une simple vérification.

– Bien, inspecteur principal.

En entendant la chienne japper depuis la coursive du deuxième étage, Matthias comprit qu'Esther était rentrée. Planté debout devant la porte de l'appartement 23, il laissa le soulagement l'envahir et lui tourner la tête, tel un alpiniste trop longtemps resté dans les sommets et soudain confronté à un surcroît d'oxygène. Avec elle, on ne savait jamais trop et c'était peut-être précisément la raison pour laquelle il l'aimait tant. Esther était à la fois l'absence, le trop-plein, l'inconnu et la certitude absolue qu'il n'y aurait jamais rien qu'elle. Esther, c'était le bordel.

Il poussa la porte et pénétra à l'intérieur. Tout à sa joie d'avoir retrouvé sa maîtresse, Red jaillit de la pièce du fond et bondit sur lui pour partager son excitation. Il la repoussa.

– Ah, vous voilà, dit Esther en l'apercevant.

*Bonjour, comment allez-vous ?*, non, bien sûr. Esther buvait un verre d'eau, qu'elle déposa sur la table. Ouvrant sa besace sur le lit, elle en tira un petit nécessaire de toilette dans lequel elle fourra un chemisier propre.

– Je m'apprêtais à me rendre aux cabinets de bains. J'en ai grandement besoin, je pue. Mais puisque vous êtes là, voici ce que j'ai appris en me rendant à Colombes. L'estaminet a été repris par une Bretonne, Hélène. C'est dans les bars et les tavernes que les enquêtes de voisinage sont le plus efficaces, c'est vous qui m'avez appris ça, inspecteur. Bien. J'ai fait comme vous m'avez conseillé, j'ai écouté.

Matthias ôta son cache-poussière et l'abandonna sur le dossier d'une chaise. La chambre était en désordre, un homme et un chien y avaient vécu seuls quelques jours, ça se voyait.

– Racontez-moi, soupira-t-il, sachant qu'il serait inutile de l'interroger pour savoir comment elle allait, si elle avait fait bon voyage, ce genre de choses.

Elle ferma son nécessaire de toilette et se tourna vers lui. Ses yeux couleur de feuilles d'automne brillaient d'une lumineuse intensité.

– Les Lamentin avaient un commis. Un commis empoté qui faisait des ratures quand il tenait les comptes.

Le policier comprit dans l'instant.

– Un commis gaucher.

– Exactement. Un commis gaucher, que l'on n'autorisait pas à se servir de la main gauche. Ça fait sens, Matthias. Le couple Lamentin maltraitait ce jeune homme. Ernest était physiquement violent et Sarah le tourmentait chaque jour à cause de son écriture maladroite. D'après Louise Orsini, son défunt mari était de la même engeance qu'Ernest. Je suis certaine que ce commis a aussi été la victime de Désiré.

– Vous pensez qu'il s'agit de notre meurtrier ?

Esther hocha lentement la tête, son regard planté dans les yeux gris.

– Il a très bien pu assassiner trois personnes *de la main gauche*. Même s'il était contraint, au quotidien, d'utiliser sa main droite, le naturel reprend le dessus dans ce genre de situation incontrôlée. Ensuite il a disparu dans la nature après avoir laissé un billet sur les scènes de crime. *Je vous pardonne*, Matthias. Une sorte d'absolution accordée à ses bourreaux.

Elle se tut un instant et ajouta :

– Je suis prête à parier que, quand nous le trouverons, nous constaterons que ce commis ne possède pas d'empreintes digitales.

L'inspecteur principal se mit à faire les cent pas.

– Je vous suis, Esther. Mais quel rapport avec les meurtres commis ici, au Familistère ?

– C'est forcément la même personne. Cet Abel, il est ici. Il a fui Colombes et, pour une raison ou pour une autre, il est venu se réfugier au Palais social, où il a fait de nouvelles victimes.

Matthias se figea.

– Quel nom avez-vous dit ?

– Abel. C'est son prénom. L'avez-vous lu dans les listes de Saint-Simon ?

– Non, ce n'est pas ça…

– Vous êtes sûr ? Il devait y avoir des centaines de noms dans ces listes.

– Tsss, fit-il, chassant le doute d'Esther avec dédain.

Le regard de Matthias se perdit par la fenêtre, se fondant dans les pelouses qui descendaient jusqu'à la rivière en contrebas. Quelque chose, dans son cerveau, s'était mis en branle. Il n'entendit pas Esther alors qu'elle quittait la pièce pour se rendre aux cabinets de bains, il n'entendit pas plus la chienne aboyer alors qu'elle se retrouvait, une fois de plus, enfermée dans l'appartement. Les yeux de Matthias fixaient sans les voir les quelques promeneurs qui s'attardaient sur la pelouse avant de retourner aux usines, les remous de l'Oise qui grossissait, signe avant-coureur de l'orage qui grondait dans le lointain. Matthias ne voyait et n'entendait plus rien.

La mécanique complexe qui gouvernait sa formidable mémoire venait de se déclencher.

Abel. Il connaissait ce prénom. Quelqu'un l'avait prononcé en sa présence. Quand était-ce ? Et qui ?

Les yeux gris du policier quittèrent le paysage pour se raccrocher au tableau d'enquête. Ils scrutèrent les billets, les photographies, les dessins, mais Abel n'était nulle part. Le souvenir de Matthias n'appartenait pas au Familistère. Il avait mémorisé le nom et le visage de chaque habitant du Palais social, de chaque ouvrier travaillant aux usines. Il n'aurait su faire la différence entre un calorifère et une cuisinière, mais il aurait pu lister chaque équipe de travailleurs sans se tromper ni omettre qui que ce soit. Ce souvenir n'était pas récent, non. Cela datait d'avant les crimes au Familistère, peut-être même avant les brigades mobiles et le commissaire Decerf. Deux syllabes entendues sans être écoutées, un prénom doux qu'il ne parvenait pas à associer à un visage. Voilà, ce prénom n'avait pas de visage.

*Concentre-toi.*

Pourtant, cette pièce, cette chambre, Abel y résonnait en écho. Si ce n'était pas le tableau, il y avait autre chose ici qui activait ce souvenir. L'inspecteur balaya la table du regard, le plateau était enseveli sous de la vaisselle sale et des vestiges de repas ; les chaises sur lesquelles ils déposaient leurs habits, les siens froissés et ceux d'Esther proprement pliés. Il n'y avait là que quelques affaires, rien d'autre ne leur appartenait. Cet appartement était un contenant mais ne contenait que le passé d'autres personnes, des ouvriers en retraite et des familles parties sous d'autres cieux. Le prénom sans visage n'avait pas sa place dans cette pièce, dans cet appartement, et pourtant il stagnait dans l'air comme une idée à attraper, à saisir avant qu'elle ne s'évanouisse.

Matthias convoquait le souvenir de toutes ses forces, il lui semblait qu'il allait surgir d'un coup, s'imposer à lui, l'envahir. Il avait croisé tant de criminels, lu tant d'articles et de signalements. Il était à lui seul une encyclopédie du crime en France, et parfois les pages collaient entre elles, s'amalgamaient, se mélangeaient. Il feuilletait l'immense ouvrage de sa mémoire, peinant à trouver la bonne information.

Son regard se posa sur le lit aux draps défaits, et l'image de la nuit partagée avec Esther le frappa soudain. Cette nuit où elle s'était assoupie tout habillée, lourde sur son bras ankylosé, l'odeur de ses cheveux lui chatouillant les narines. Esther, encore elle, toujours elle, constante dans la vie de Matthias. Esther. Le prénom sans visage s'immobilisa près de lui, cessant de danser pour échapper au policier. Abel. Esther. Abel.

Voilà.

Cela faisait écho à une conversation qu'il avait eue avec Esther.

Pourquoi Esther ? De quoi avaient-ils parlé ? Ils avaient discuté de l'affaire, bien entendu, le travail était tout ce qui les animait. Ils étaient concentrés, efficaces, rien ne pouvait les détourner de leur objectif de faire la lumière sur les crimes du Familistère. La chienne aboya et, cette fois, Matthias l'entendit. Il baissa les yeux vers Red, cet animal à mi-chemin entre le loup et le chien de traîneau, avec son pelage indéfinissable et son air patibulaire que contredisaient ses élans d'affection. Esther et lui avaient parlé du chien et ça avait tourné court, d'ailleurs. Ils allaient si peu sur des terrains intimes… Leurs rapprochements s'étaient toujours faits sans paroles, comme des évidences qui se passaient de commentaires. La seule fois où Matthias avait eu des velléités de se mêler de la vie d'Esther, de se mêler *vraiment* de sa vie, ça s'était mal fini. Esther avait disparu.

Ils avaient parlé des Pollet.

Matthias ne bougeait plus, ne respirait plus. Le prénom sans visage attendait que l'inspecteur eût assemblé tous les morceaux de puzzle.

Ils avaient parlé des Pollet, les parents d'Esther. Cet homme et cette femme auxquels il avait rendu visite à Grand-Cœur, dans la cité Saint-Eugène, et qui lui avaient montré la photographie d'une fillette aux yeux noirs. La femme que connaissait Matthias n'était pas cette Esther-là, car la couleur de ses yeux avait changé pendant sa captivité. *Mes yeux sont noirs*, avait-elle dit à Léonard Bonvoisin.

*La photographie. Les yeux noirs.*

Le prénom s'agitait, il y était presque.

Le père d'Esther qui interpellait quelqu'un dans la pièce d'à côté que Matthias ne voyait pas. La mère d'Esther qui se levait, si vieille alors qu'elle n'avait pas cinquante ans, et apostrophait le policier sur le départ, le policier qui regrettait déjà sa venue. *Les enfants, ils disparaissent puis reviennent un jour comme si l'on pouvait simplement les reprendre.* Matthias vacilla soudain.

*Les* enfants. *Ils*. Les yeux noirs.

*Bordel de Dieu.*

Le cœur au bord des lèvres, l'inspecteur principal sentit un mince filet de sueur couler le long de sa tempe. Baissant le regard sur la table, il avisa le verre d'eau abandonné par sa partenaire et, sans y penser deux fois, enfila ses gants qui traînaient sur le manteau de la cheminée. Son cœur battait la chamade, il sentait le sang pulser dans sa gorge. Il saisit le verre dans lequel Esther avait bu et sortit en trombe de l'appartement 23. Dans sa précipitation, il ne ferma pas la porte derrière lui.

*

De son seul regard d'acier, il avait fait évacuer la salle des relevés. Une vingtaine de personnes qui attendaient pour tremper leurs doigts dans l'encre, deux policiers de la brigade régionale de Lille, pas la moindre résistance. Matthias, en débarquant, avait l'air d'un fou.

Il était seul à présent, seul avec le verre.

L'inspecteur principal s'assit sur le siège occupé un instant plus tôt par le brigadier Dalembert et, plongeant la main dans la poche de son pantalon, en sortit son nécessaire à empreintes. Tel un automate, il nettoya la surface du verre pour enlever la poussière, puis déposa la poudre noire au moyen d'un pinceau.

Il tamponna longtemps. Combien de temps précisément, il n'aurait su le dire, la poudre était volage, elle refusait d'adhérer au verre. Peut-être avait-elle atteint une sorte de péremption, il trimballait ce nécessaire depuis des années. Quelle autre explication rationnelle aurait-il pu y avoir au fait que la poudre, déposée et tapotée sur le verre, ne révélait rien ?

Pas la moindre trace d'huile ou d'humidité, pas le moindre dessin de crêtes.

Alors, quand il devint évident que la poudre n'était pas en cause, il comprit. Dans un hurlement de rage, il pulvérisa le verre contre le mur et renversa les tables, répandant au sol les dizaines de fiches avec les empreintes digitales des Familistériens.

À son oreille, il lui sembla entendre le prénom sans visage qui ricanait.

*

Quand Esther revint des cabinets de bains, elle trouva l'inspecteur principal qui lui tournait le dos, le regard perdu par-delà les vitres embuées. C'était la fin de l'après-midi et le jour tombait, assombrissant les jardins et plongeant l'appartement dans la pénombre. Le tonnerre grondait par intermittence, l'orage se rapprochait. Un éclair zébra le ciel, nimbant la silhouette de Matthias d'une étrange lueur métallique. Son dos était raide et ses épaules tendues. Sur la table, une bouteille de whisky était largement entamée. En revanche, la chienne avait disparu.

En entendant la jeune femme, le policier tourna vers elle son profil taillé à la serpe. Esther contempla ce nez busqué, ce menton carré que mangeait une barbe drue, et son instinct l'avertit : la donne avait changé. Les pions s'étaient déplacés sur l'échiquier de leur enquête. Bien loin de la satisfaction qu'elle aurait imaginée, elle ne fut parcourue que d'un long frisson, ses cheveux humides imprimant une auréole sombre sur la collerette de cuir. Nerveuse, elle déposa ses effets sur le lit.

– Qu'y a-t-il ?

– Prenez un verre, Esther.

Il ne se retourna pas et, une fois n'est pas coutume, elle obtempéra. Elle se versa une rasade de whisky dans un verre déposé là à son intention, et l'avala d'un trait. L'alcool lui brûla la gorge.

– C'est vous-même qui m'avez mis sur la piste, le savez-vous ? Quand nous sommes allés chez ce photographe, en ville. Léonard Bonvoisin. Vous lui avez dit *mes yeux sont noirs*. Ce qui est inexact, Esther, vos yeux sont de la couleur des feuilles d'automne.

Dans la voix de l'inspecteur, elle entendit le sourire triste.

– J'aime tant vos yeux, Esther, cette façon qu'ils ont de se poser sur le monde, constamment agacés. Et pourtant, comme ils brûlent. À chaque instant, ils brûlent.

Elle chancela.

– Mais vous avez dit *mes yeux sont noirs*, parce qu'ils l'étaient quand vous étiez enfant. Ce qui m'a rappelé le portrait de la fillette.

– Quelle fillette ?

– Vous, Esther. Le portrait, chez vos parents, les Pollet. Sur ce portrait, vous avez encore les yeux noirs. C'est vous, mais ce n'est plus vous.

– Pourquoi parlez-vous de ça ? Qu'est-ce qui vous prend, à la fin ?

– Il y avait quelqu'un chez eux, Esther. Quelqu'un que je n'ai pas vu, car il se tenait dans la pièce voisine. Je ne l'ai pas *croisé*, et pour tout vous dire j'étais un peu perdu dans mes pensées. Votre père, M. Pollet, a prononcé son nom, mais je n'y ai pas prêté attention. Je me souviens de tout, mais parfois j'accorde de l'importance aux mauvaises choses, vous voyez ? Quand c'est comme ça, ça met plus de temps à me revenir.

L'inspecteur principal se retourna enfin. Le visage fermé, le regard teinté de tristesse. Il se resservit un verre de whisky et le vida d'un trait.

– Et puis votre mère a mentionné des enfants. Elle parlait de vous, bien sûr, mais étrangement elle utilisait le pluriel, comme si vous… vous n'aviez pas été seule.

– Ça suffit, Matthias. Arrêtez.

Esther avait reculé d'un pas. Sa figure s'était durcie, mécanisme de défense qu'il connaissait bien, ses yeux mordorés flambaient de colère. On ne parlait pas du passé, c'était une règle, on ne parlait pas des Pollet.

Matthias avait déjà enfreint cette règle une fois, on savait comment cela s'était soldé. Mais l'inspecteur ne regrettait pas, il n'avait jamais regretté. Il avait eu mal, oui, mal à en crever. Mais quel homme aurait-il été s'il n'avait pas essayé de la comprendre et de l'aider ? Il planta ses yeux dans les siens et asséna :

– Abel est le prénom qu'a prononcé votre père lors de ma visite, Esther. Je ne l'ai pas *vu*, alors ma mémoire a relégué l'information aux oubliettes. Mais aujourd'hui, je suis catégorique : Abel se trouvait chez vos parents, en même temps que moi.

Au-dehors, le tonnerre claqua, comme une formidable ponctuation aux révélations de Matthias. Esther s'étrangla.

– Mais… mais…

– Et puis vous voilà avec cette histoire d'adermato-machin, j'ai cru à une invention de Marcus pour faire son intéressant, c'est bien son genre, mais à l'évidence j'avais tort. Marcus Taillandier est probablement le meilleur médecin de ce foutu pays. Il nous a fourni la solution sur un plateau. Enfin ! Cette maladie expliquait pourquoi nous n'avions, malgré le chaos sur les scènes de crime, pas la moindre empreinte digitale.

Matthias fit une pause, un éclat douloureux se logea au fond de ses prunelles grises. Il s'en voulait des mots qu'il allait prononcer, des mots qui allaient la détruire. Mais quel homme aurait-il été s'il avait menti ?

– C'est vous qui me l'avez rapporté : on a observé ce phénomène chez les membres d'une même famille. Alors j'ai dû vérifier. Vous… vous n'avez pas d'empreintes.

La jeune femme s'appuya contre le chambranle de la porte, un goût de bile dans la bouche. Elle allait vomir.

– Ce… n'est pas possible.

– Esther, Abel est votre frère.

# Chapitre 31

## J'irai en enfer, inspecteur

N'ayant rien trouvé de mieux à faire que de se soûler la gueule, Matthias avait terminé la bouteille de whisky. La pluie, compagne fidèle depuis son arrivée à Guise, s'était remise à tomber. S'il fermait les yeux, l'inspecteur pouvait presque confondre son crépitement avec le craquement d'un feu dans une cheminée, mais l'illusion était de courte durée. L'humidité mordante et le grondement du ciel unissaient leurs efforts pour l'empêcher de sombrer dans un oubli qui aurait été, il en était sûr, bienvenu.

Esther était partie régler ses comptes. Sans lui adresser une parole, elle avait quitté l'appartement une heure plus tôt. Elle était de cette nature de femme qui, peu importe la somme des douleurs, met un point d'honneur à rétablir l'équilibre. Le monde, selon Esther, se devait d'être simple. Et, dans son monde, elle n'avait pas de frère. Simple. S'il s'avérait que Matthias avait raison – et il avait raison bordel, il s'en souvenait –, elle agirait en conséquence.

Le policier se passa la main sur le visage, dans une vaine tentative pour chasser l'engourdissement qui s'était emparé de lui. Ainsi, Abel Pollet était le meurtrier qu'ils traquaient depuis le départ. Un meurtrier gaucher, que l'on avait tourmenté pour le faire écrire de la main droite, la seule main convenable. Un meurtrier que le sort avait frappé d'une étrange particularité, puisqu'il ne possédait pas d'empreintes digitales. Un gaucher sans empreintes, les bigots s'en donneraient à cœur joie quand la presse s'emparerait de l'affaire.

Qui était-il ? Le fils des parents d'Esther n'apparaissait pas sur les listes des habitants du Familistère, il y vivait donc sous un autre nom, tout comme Armand Laforest avait trompé son monde en se faisant appeler François Bonvoyage. Matthias se demanda combien de criminels se planquaient au cœur de l'utopie, et se promit d'en toucher deux mots à l'administrateur-gérant. Il avait l'impression qu'on s'était bien foutu de lui, à lui vendre cet endroit comme une sorte de paradis sur terre. En attendant, il tenta de rassembler le fil décousu de ses pensées. L'alcool lui faisait cet effet, il passait du coq à l'âne et de nouveau à la poule. Il lui fallait chercher du côté des ouvriers arrivés à Guise entre la date de l'assassinat des Lamentin et celle du meurtre d'Eleanor Fontaine. Dans ce laps de temps – près de vingt-quatre mois –, Abel Pollet s'était volatilisé dans la nature, avait changé de peau et s'était glissé dans les alcôves du Familistère. Un véritable caméléon.

Matthias se leva de sa chaise, fit quelques pas, l'esprit embrumé. Où diable avait encore filé Esther ? Il aurait dû se ruer à sa poursuite. Il aurait dû lui coller aux basques, l'empêcher de faire ce qu'elle allait immanquablement chercher à faire. Tout son être lui criait de la retrouver, de la rejoindre. Elle était en danger. L'était-elle seulement ? Le plus bel ennemi d'Esther, celui contre lequel elle ne pouvait pas lutter, c'était elle-même. *Mais ça, c'était avant qu'elle ait un frère ! Un frère qui dézingue tout ce qui bouge !*

Pourquoi était-il encore là ? En dépit du bon sens, Matthias restait planté dans l'appartement, ses yeux gris légèrement vitreux parcourant les indices épinglés sur le tableau noir. Une pensée le démangeait sans qu'il réussisse à la saisir ; la clé de tout ce foutoir se trouvait là, juste sous son nez, il en était convaincu. Dans ces archives qu'à force de regarder il ne voyait plus.

Alors, il se mit à énumérer les éléments de l'enquête. *Les billets. Un gaucher. Pas d'empreintes. Abel Pollet. Les billets. Un gaucher, contraint d'écrire et de dessiner de la main droite. Comme Étienne Saint-Simon, tiens.* Matthias porta son regard sur la photographie des trois enfants qui, la main gauche attachée au dossier de leur chaise, s'exerçaient à l'écriture « propre » sous le regard jubilatoire de Paul Beaucœur. Il ne pouvait s'empêcher de faire le parallèle entre le fils de l'administrateur-gérant, qui avait été la victime d'un instituteur zélé, et le frère d'Esther, violenté par ses employeurs du Saint-Sauveur. À côté du cliché jauni, Esther avait épinglé l'inventaire qu'il avait dressé des habits ramassés dans la lessive de Rosalie Escudé, la dernière victime retrouvée dans la buanderie.

La lessive.

L'inspecteur principal contempla la liste, soudain frappé d'évidence. La réponse était dans cette liste. Ou plutôt, elle n'y était *pas*. Matthias ferma les yeux, revivant le moment où il avait ramassé les vêtements humides sur la scène de crime, avec l'intention de les passer en revue plus tard. Hélas, avant qu'il ait pu s'adonner à cette tâche, un élément avait été dérobé. Il avait poursuivi son agresseur jusque sur le chemin de ciel, mais n'était pas parvenu à l'identifier ni à récupérer l'élément manquant. Sur le moment, il avait été incapable de se souvenir de cette pièce à conviction.

L'inspecteur principal expira avec lenteur, laissant les bribes de souvenirs se reconstituer dans son esprit. L'amoncellement de vêtements mouillés. *Les blouses étaient trop grandes, les chemises étaient trop larges. Ce n'était pas le linge de Rosalie, elle faisait la lessive pour autrui. Des tabliers, il y avait des tabliers.* Tout cela était sur la liste, Matthias la connaissait par cœur. *Un jupon taché, des robes reprisées, des gilets dont l'un était décousu au niveau de l'ourlet. Il manquait un mouchoir. Un mouchoir avec des initiales. Des initiales ? Il me semblait qu'il y avait davantage de lettres…*

Et alors qu'il croyait cette information perdue à jamais dans une faille insoupçonnée de sa mémoire, cela lui revint sans prévenir. Matthias rouvrit les paupières. Le mouchoir brodé d'initiales. *CSS.*

*Caroline Saint-Simon.*

Il vacilla et, comme une réaction en chaîne à l'évocation de la disparue, les mots de Violette Champois remontèrent à la surface. *Elle a d'ailleurs refusé que l'on s'approche d'Étienne, même le médecin n'a pas pu le voir. Elle a tenu à le soigner elle-même.*

Le souffle soudain court, il crut qu'il allait rendre le whisky ingurgité.

*Bordel de Dieu.*

*

Le 28 août 1914, les troupes allemandes avaient provoqué l'incendie de l'aile gauche du Palais social. Il n'était resté debout que les façades, la totalité des charpentes et des planchers de bois ayant brûlé en quelques heures. À la fin de la guerre, la priorité avait été donnée à la reconstruction des ateliers et autres infrastructures nécessaires au redémarrage de l'activité industrielle, aussi le chantier de l'aile gauche avait-il débuté quelques semaines seulement avant l'arrivée du policier au Familistère. Matthias Lavau, s'étonnant devant ce morceau de palais piqué de béances, s'était fait expliquer l'échéancier des travaux par son amante occasionnelle, Astrid Vignot. Laquelle amante, dès l'apparition d'Esther, avait tiré sa révérence, non sans une pointe d'amertume.

Il savait donc que Gabriel Saint-Simon passait le plus clair de son temps libre dans l'aile gauche, à superviser le chantier de restauration.

Trempé comme une soupe, l'inspecteur principal ignora les maçonneries du rez-de-chaussée et escalada les échafaudages en bois qui ornaient l'aile ouest, donnant sur la place centrale qu'il venait de traverser sous un véritable déluge. Perché tout en haut, Saint-Simon conversait avec les couvreurs qui, achevant leur journée de travail, faisaient un rapport succinct au maître des lieux. Quand il avisa la haute silhouette du policier, l'administrateur-gérant donna congé aux ouvriers. Coiffé d'un casque de chantier, il paraissait ne pas sentir la pluie, pas plus qu'il n'était gêné par la hauteur de sa position et le vide, à quelques centimètres de ses souliers. D'un signe de tête, il salua le nouvel arrivant.

– Inspecteur principal. Que puis-je pour vous qui n'ait pu attendre que je regagne la terre ferme ?

Gabriel Saint-Simon croisa le regard de Matthias, ce regard qui, depuis le premier jour, représentait une menace. Des yeux d'aigle qui sondaient le monde, immatriculaient chaque élément, archivaient chaque information dans les registres de son extraordinaire mémoire. Et en cet instant sur cet échafaudage, alors même qu'il s'acharnait à reconstruire son palais, Saint-Simon sut que sa belle utopie venait de se fendiller. Un éclair zébra le ciel, la pluie redoubla d'intensité.

– Qu'en avez-vous fait ? cria le policier pour couvrir le bruit de l'orage. Le mouchoir qui porte les initiales de votre femme, Caroline Saint-Simon. *CSS*. Qu'en avez-vous fait ?

Les épaules de Gabriel se contractèrent tandis qu'il faisait signe à Matthias de le suivre. Les deux hommes se mirent à l'abri sur une partie de l'échafaudage à l'intérieur de l'édifice. La charpente métallique de la cour et des combles était presque achevée ; le travail de couverture avait commencé par endroits. Ainsi protégés de la pluie, les deux hommes se firent face à deux mètres de distance, et Matthias prit soudain conscience de la hauteur vertigineuse à laquelle il se trouvait. Il saisit fermement la rambarde.

– Je suis désolé pour… ça, dit l'administrateur-gérant en désignant l'arrière de son crâne en référence au coup reçu par Matthias. Mais je n'avais pas le choix.

Il plongea la main dans la poche intérieure de sa veste et, d'un geste anodin, en tira le petit carré de tissu. Avec tendresse, il passa le pouce sur les trois lettres brodées. L'inspecteur parla doucement, assez fort toutefois pour être entendu par-dessus le tambourinement de la pluie.

– Ce mouchoir appartient à Étienne. Un souvenir de sa mère, j'imagine. C'est pour ça que vous l'avez dérobé, pour éviter qu'on incrimine votre fils. Car c'est lui, tous ces morts. C'est Étienne qui les a tués. Et cependant, ce n'est pas *vraiment* Étienne, n'est-ce pas ?

Gabriel Saint-Simon sourit, de ces sourires qu'ont les hommes tristes quand ils savent que la partie est terminée et qu'ils ont perdu. Les yeux verts de l'administrateur-gérant s'éclaircirent encore tandis qu'ils se plantaient sans animosité dans ceux de Matthias.

– J'ai toujours voulu le meilleur pour mon fils, inspecteur Lavau. Tout ce que j'ai fait, je l'ai fait pour lui.

Matthias, qui n'était pas le genre à se laisser étouffer par l'empathie, sentit pourtant son cœur se serrer. En cet instant il lui apparut, clair comme le jour, que Gabriel Saint-Simon n'avait jamais rien désiré d'autre que le bonheur des siens. En cela il avait toujours été sincère ; hélas l'inspecteur savait mieux que quiconque à quel point l'enfer est pavé de bonnes intentions. Le tonnerre claqua à nouveau, et il resserra ses doigts autour de la rambarde.

– Je suis désolé, Saint-Simon.

L'administrateur-gérant ricana, les yeux pleins de larmes, et se détourna. Matthias fit un pas en avant sur l'échafaudage, qui tangua.

– Je suis désolé que vous ayez perdu votre fils. Car Étienne est mort, ce jour-là, dans les escaliers. Votre fils de cinq ans a fait une chute mortelle. Et pour une raison inexplicable, vous et votre femme avez dissimulé son décès. L'enfant n'a vu ni médecin ni voisins pendant plusieurs semaines. Chacun pensait que votre épouse veillait sur lui alors qu'en réalité il avait cessé de respirer.

Sur ces derniers mots, Matthias avait élevé la voix, insufflant à ses paroles une forme de violence. Gabriel Saint-Simon fit volte-face, le regard luisant de fièvre.

– Vous ne comprenez pas. Nous étions arrivés depuis peu de temps, j'avais toutes mes preuves à faire. Je…

J'ai toujours cru en cet endroit, inspecteur Lavau, et j'ai toujours su que ma destinée était de devenir capitaine de ce navire. Je voulais de toutes mes forces être une partie prenante, jouer un rôle. Et j'ai réussi. Regardez où je suis à présent.

Matthias eut un mouvement de recul, écœuré. Le peu de sympathie qu'il avait ressentie un instant plus tôt venait de s'envoler.

– Mais comment vous aurait-on fait confiance pour être le père de tous ces gens si l'on avait su que vous n'étiez pas parvenu à protéger votre propre enfant, n'est-ce pas ?

Gabriel Saint-Simon hocha la tête. Il semblait hagard, revivant le passé comme autant de coups de poignard portés à son cœur.

– Caroline aurait dû le surveiller. Elle ne cessait de me répéter qu'elle n'avait pas confiance dans les nourrices du Familistère, que son curé lui disait pis que pendre de la communauté du palais. Elle avait toujours refusé de confier Étienne au pouponnat, mais elle l'a quand même laissé sortir seul de l'appartement, et il en est mort ! À cause de son obstination et de sa négligence, j'ai perdu mon fils. Aurais-je dû aussi perdre mon rêve ?

– Alors vous l'avez remplacé.

Saint-Simon fit un tour sur lui-même, passant nerveusement les mains sur son visage. L'échafaudage oscilla.

– Étienne n'avait assisté qu'à quelques leçons aux écoles, personne ne s'était encore attaché à lui. Caroline le gardait trop jalousement. Je savais que si je trouvais un garçon qui lui ressemblait suffisamment, nous pourrions donner le change.

– Et vous êtes tombé sur Abel. Abel Pollet.

L'administrateur-gérant frémit à l'évocation de ce nom, et acquiesça.

– C'était extraordinaire, inspecteur. Ce petit était le portrait vivant de mon fils mort quelques jours plus tôt. Les mêmes grands yeux noirs, les mêmes cheveux bruns ébouriffés... Il avait la même taille, la même corpulence. Étienne et lui auraient pu être frères.

– À cela près qu'Étienne était droitier, objecta Matthias, alors qu'Abel est gaucher. Si bien que l'enfant qui, avant sa chute, dessinait remarquablement de la main droite a soudain régressé quand il est retourné à l'école après l'accident. Il utilisait naturellement sa main gauche.

Gabriel Saint-Simon tenait toujours entre ses doigts le mouchoir brodé des initiales de sa défunte épouse. Il le regarda quelques secondes avant de poursuivre.

– Nous avons mis cela sur le compte de la chute, comme quoi le choc avait provoqué chez Étienne une anomalie. Rien que la discipline ne pourrait, avec le temps, corriger.

– Chassez le naturel, il revient au galop. Votre fils, Saint-Simon, ou plutôt le garçon que vous avez élevé comme tel, n'a jamais pu se départir de sa véritable manualité. Dans le feu de l'action violente, il tuait de sa main gauche. Et quand il signait ses crimes...

Matthias tira de sa poche l'un des billets et le tendit à Saint-Simon, qui l'examina d'un œil absent.

– ... il se conformait à ce qu'on avait essayé de lui apprendre. Il écrivait de la main droite, mais avec toute la maladresse d'un gaucher refoulé. Je dois avouer que cette partie-là m'a donné du fil à retordre.

L'administrateur-gérant frissonna pour la première fois, gagné par le froid mordant. La pénombre avait pris possession des lieux, et le chantier en reconstruction revêtait des allures de ruines désertées par les vivants. Les échafaudages grinçaient, les doigts de Matthias, gelés, glissaient sur la rambarde d'acier. Machinalement, Saint-Simon rendit le feuillet à Matthias.

– Comment avez-vous su ?

L'inspecteur principal haussa les épaules.

– Il y avait un faisceau d'indices concordants, dit-il. Les mots griffonnés de la main du tueur, qui reliaient les scènes de crime. L'absence d'empreintes digitales, alors même que les meurtres étaient brouillons et désordonnés. Le coupable qui devait être un gaucher. Grâce à tous ces éléments, Esther a retrouvé la trace d'Abel Pollet.

– Et… pour Étienne ?

Le directeur du Familistère n'eut guère besoin de préciser sa pensée ; Matthias comprit immédiatement le sens de sa question.

– Je savais qu'Abel se cachait au Familistère sous une fausse identité, mais je cherchais un individu arrivé il y a environ deux ans, juste après les meurtres de Colombes. Jamais je n'aurais fait le rapprochement avec votre fils, qui a grandi entre ces murs, si Violette Champois ne m'avait pas parlé des méthodes de Beaucœur pour forcer les enfants gauchers à écrire de la main droite, et n'avait pas évoqué l'accident d'Étienne.

Un autre détail lui revenait, mais Matthias ne pouvait le mentionner sans révéler le lien de parenté qui unissait Esther et Abel. Depuis le premier jour, Étienne Saint-Simon lui paraissait familier. Chaque fois qu'il croisait son regard, l'inspecteur était frappé d'une impression de déjà-vu. Il savait à présent que le jeune homme lui rappelait Esther. Ou plus exactement, la photographie d'Esther chez ses parents, quand elle avait encore les yeux noirs. *Abel a les yeux de sa sœur.*

Gabriel Saint-Simon avait entamé la descente de l'échafaudage. Pas fâché de réduire la distance qui le séparait du sol, Matthias le suivit. Les planches craquaient sous ses bottes, il se demanda comment des dizaines d'ouvriers parvenaient à travailler tous les jours dans cette cage à poules géante, tels des équilibristes.

Alors qu'ils se trouvaient encore à plus de cinq mètres du sol, l'administrateur-gérant se retourna.

– Le billet que vous m'avez montré. *Je vous pardonne.* Qu'est-ce que cela signifie ?

Matthias tiqua. C'était évident, à présent.

– J'ai mon idée sur la question. Mais nous vérifierons auprès de votre fils quand je procéderai à son arrestation.

Aux derniers mots de l'inspecteur, Saint-Simon se raidit et il laissa échapper un ricanement teinté de tristesse. Comme un écho, le vent s'engouffra dans les nombreuses ouvertures du bâtiment, faisant trembler la structure de bois et de métal. Puis l'administrateur-gérant passa la main dans son dos, sous sa veste de costume en lainage, et dégaina un pistolet Luger P08 qu'il braqua sur son interlocuteur. Matthias se figea.

– Qu'est-ce que vous foutez, Saint-Simon ?

– J'irai en enfer, inspecteur. Je sais cela depuis bien longtemps. Depuis le jour où j'ai accepté – par conviction ou par ambition, Dieu seul me jugera – de remplacer mon enfant par un autre. J'irai en enfer, mais il n'est pas dit que j'aurai laissé mon fils unique payer pour mes péchés.

Aussi dur et froid que la rambarde métallique à laquelle il s'agrippait, Matthias n'esquissa pas un mouvement. Les pans de son cache-poussière claquèrent sous le souffle des courants d'air quand il déporta son poids pour prendre appui sur sa jambe droite légèrement en retrait. Son regard se fit aussi tranchant que des lames.

– Il y a quinze ans, vous avez pris la mauvaise décision, Saint-Simon. La pire qui soit. Ne commettez pas la même erreur aujourd'hui. Abel…

– Ne l'appelez pas comme ça ! hurla soudain l'administrateur, hors de lui. C'est mon fils ! C'est Étienne !

L'inspecteur principal fixa le Luger qui s'agitait, tremblant, au bout du bras de son adversaire. Au-dehors la tempête enfla, et il haussa le ton.

– Votre fils a tué six personnes, Gabriel. Six. Il est dangereux…

Mais l'administrateur-gérant n'écoutait plus. Lui qui n'avait jamais levé la main sur personne avant le début de cette sombre histoire, il franchit la faible distance qui le séparait de l'inspecteur et cogna. Dans un cri de rage étranglé, il lança son poing fermé sur la crosse du pistolet en direction de la tempe de Matthias qui, surpris, le reçut de plein fouet. Le policier sentit sa peau se déchirer et le sang s'échapper de la plaie. Bien vite cependant ses réflexes revinrent et il esquissa le deuxième coup, avant de passer à l'attaque. D'un mouvement sec et rapide, il propulsa son poing dans la figure de l'administrateur-gérant, le faisant reculer de plusieurs mètres. Une sourde colère lui arracha un grondement animal. Saint-Simon chancela, tombant à la renverse, se rattrapant de justesse à la rambarde. Il saignait abondamment du nez. Levant ses yeux verts vers l'inspecteur, il vit ce géant à l'air patibulaire qui fondait sur lui, cette masse d'homme inébranlable que rien, il le savait, n'aurait pu arrêter.

Rien, hormis une balle de Luger P08.

Au moment où Matthias tendait le bras pour l'empoigner au collet, Gabriel Saint-Simon leva le sien et tira à bout portant. Le monde se figea. Parce que le tonnerre avait couvert la déflagration, le policier mit quelques secondes à comprendre que la brûlure qu'il ressentait au niveau du ventre avait quelque chose à voir avec l'arme fumante que Saint-Simon tenait à la main. Matthias passa ses doigts sous le cache-poussière et sentit sa chemise de lin s'imbiber de sang. Ses genoux cédèrent sous son poids et il tomba dans les bras de son adversaire, qui l'étendit tant bien que mal sur les planches branlantes de l'échafaudage. L'inspecteur pressait sa blessure avec force, sentant malgré lui la nausée qui le prenait, lui qui ne supportait pas la vue du sang. Il était près de défaillir, pourtant une pensée le tint éveillé tandis qu'il voyait Saint-Simon s'éloigner et sortir de son champ de vision, tandis qu'il sentait, à la façon dont les planches bougeaient sous son corps, l'homme qui venait de lui tirer dessus descendre une à une les échelles vers la terre ferme. L'abandonner.

Esther. Où était Esther ? Elle était partie à la recherche d'Abel. La jeune femme allait confronter seule l'homme qui avait assassiné six personnes. Qu'allait-il lui faire ? Pourquoi l'avait-il laissée quitter l'appartement sans lui ? Le cœur dans la gorge, Matthias lâcha un râle de douleur. Ses doigts crispés sur la plaie de son ventre, il sentait ses forces le déserter. Bientôt, le son de la pluie s'estompa, la colère du vent s'amenuisa. *Esther, bordel, où êtes-vous ?*

Une seconde détonation retentit, qui ne résultait pas cette fois d'un tir de pistolet. Une forte odeur s'éleva aussitôt, huileuse et soufrée, en provenance des générateurs électrogènes qui servaient à éclairer le chantier.

Des appareils équipés de moteurs à combustion interne, alimentés au mazout, et qui venaient d'exploser. Matthias tourna la tête vers la source du son, n'apercevant qu'une lueur orangée qui dansait plus bas, sur la terre ferme. La panique n'eut pas le temps de le saisir. Ses doigts se décrispèrent autour de sa plaie, et il sombra.

# Chapitre 32

## Tu as failli manquer la fin

Un peu plus tôt, Esther Louve était partie à la recherche de la chienne que l'inspecteur, par sa négligence, avait laissée filer.

Esther était un chasseur, un fin limier. Cela lui prenait quelques minutes ou des années, mais quand elle cherchait, elle trouvait. Elle s'était lancée à la poursuite du tueur de Colombes et du Familistère, et elle avait débusqué Abel.

Se rappelant que Red croquait parfois mulots et souris, la jeune femme explora les greniers ; le chien-loup ne s'y trouvait pas. Elle fouilla les cabinets à balayures, descendit jusque dans les tréfonds du bâtiment et sonda les caves. Ces dernières, entièrement voûtées en brique, s'étendaient sous le palais en un immense réseau de cellules individuelles. Esther appela sa chienne, mais elle ne dégota que d'innombrables casiers à boissons qui servaient aux économats.

En revanche, elle n'avait pas cherché de frère. Elle n'avait rien voulu, et pourtant Abel *Pollet* était tombé du ciel.

Esther traversa le grand hall du palais et franchit la porte qui donnait sur la place principale. Le temps ne s'arrangeait pas. Indifférente à la pluie, la jeune femme se dirigea vers le pont qui enjambait l'Oise, gageant que Red avait gagné le jardin d'agrément où elle s'était promenée en compagnie de Matthias. Encore à bonne distance, un groupe d'hommes sortit du réfectoire. Remontant le col de leurs manteaux, ils prenaient leur élan avant de s'élancer vers le palais, pressés de rentrer chez eux et d'échapper à l'ondée.

Un seul resta immobile sur la chaussée, à contempler Esther qui remontait la rue dans sa direction. Celui qu'elle connaissait sous le nom d'Étienne Saint-Simon flattait discrètement le pelage mouillé de la chienne, assise à ses pieds. Ainsi c'était là qu'elle avait disparu ; Red s'en était allée rejoindre son ancien camarade. Quand elle ne fut plus qu'à quelques pas, Esther planta son regard mordoré dans celui d'Abel, noir comme les terrils de Bourgogne.

Elle tressaillit ; manqua d'air un court instant.

Comme la pluie redoublait, le jeune homme indiqua du bout du doigt la buanderie-piscine, de l'autre côté du pont. Esther acquiesça sans un mot et lui emboîta le pas jusqu'à un petit édifice, à l'extrémité est de la cité familistérienne, qui constituait la façade du bâtiment du côté des usines. Abel poussa une porte blanche ; Red puis Esther s'engouffrèrent à sa suite dans la partie aveugle de l'édifice.

Aussitôt, la mélopée de l'orage changea de tonalité. Seulement éclairée par des châssis aménagés dans la toiture, la piscine présentait une impressionnante charpente en bois et, en son centre, un bassin de cinquante mètres carrés et de deux mètres cinquante de profondeur, au-dessus duquel flottaient des vapeurs d'eau chaude.

Esther referma la porte sur leur étrange trio.

Abel, à présent assis sur un banc de bois le long du mur, tapota la place près de lui. La chienne bondit à ses côtés et posa sa patte épaisse dans la main tendue. Il la secoua doucement, en une parodie de salut qui le fit sourire tandis que l'animal remuait frénétiquement la queue. Puis Red s'allongea, sa tête reposant sur la jambe du jeune homme. Esther assistait à une scène mille fois jouée ; chacun de leurs gestes était teinté de la couleur surannée des habitudes.

Elle s'approcha et prit place sur le banc, à un bras de distance. Le bruit de ses bottines sur le sol carrelé tira le jeune homme de sa rêverie. Il leva le visage vers Esther et, pour la première fois, elle vit comme ils se ressemblaient, comme les traits fins de son visage étaient semblables aux siens.

Abel Pollet, son frère. Qu'était-elle censée ressentir ?

Esther ouvrit les mains, en une sobre invitation.

– Aide-moi à comprendre, dit-elle. Comment tu en es arrivé là.

Ses paroles délièrent la langue du jeune homme, le délièrent tout entier. Il sortit de sa torpeur et se mit à trembler, serrant ses mains autour de ses épaules dans un vain effort pour se réchauffer. Comme Esther, il était trempé. Il se mit alors à parler à sa sœur comme s'il l'avait toujours connue. Sans doute se voyait-il en elle comme elle se voyait en lui ; comme elle reconnaissait, dans les eaux noires de ses yeux, la fillette qu'elle avait été. Ils étaient le miroir l'un de l'autre, à des époques pourtant si éloignées qu'ils se croisaient ce soir-là pour la première fois.

– C'est mon père, éructa-t-il. Je veux dire, mon faux père. Gabriel. À la fin de la guerre, il a voulu que j'aille à l'aventure. Il racontait tout le temps l'histoire de Godin, qu'avait fait le tour du pays en compagnonnage avant de créer le Familistère. Il disait *mon gars, c'est important de mesurer sa chance et ta chance, tu ne pourras pas la mesurer proprement si tu vas pas voir comment ça se passe ailleurs. Pas longtemps, quelques années, et tu reviens.*

Abel fit une pause, comme si les sentiments qui l'avaient assailli au cours de cette pénible conversation avec son père lui revenaient d'un coup et qu'il lui fallait un instant pour les digérer.

– J'avais pas envie. J'étais *réservé*, c'est Mme Champois qui disait comme ça. Et là mon père, il m'a dit *fils, il y a une vérité que tu ne connais pas.*

Abel renifla, son regard se perdit dans le lointain.

– Il m'a raconté tout un tas de choses. J'ai pas tout retenu, ça cuisait dans ma tête, j'avais l'impression que mon cerveau allait exploser.

– Il t'a raconté que tu n'étais pas son fils, n'est-ce pas ? Que tu n'étais pas Étienne.

Le jeune homme hocha convulsivement la tête, les mains toujours serrées sur ses épaules, telles deux serres de rapace plantées dans sa chair.

– Il m'a dit *tu devrais aller les voir*. Les Pollet. Enfin si je voulais. L'important, c'était que je sache et que je choisisse. J'avais jamais rien choisi, moi. Ici on choisit rien. On vous dit *faites ça* et on fait ça parce que c'est mieux qu'ailleurs. Mais j'avais jamais rien choisi. Je savais pas.

Une larme roula sur la joue d'Abel.

– J'étais en colère, je suis parti comme mon père me disait. Je savais pas quoi faire d'autre.

– Tu es allé voir les… Tu es allé à Grand-Cœur ? En 1918 ?

Tant de temps s'était écoulé, mais Esther était toujours incapable de prononcer le nom de ses parents. Abel secoua la tête.

– Je suis parti au tout début de l'année 1919, mais je ne suis pas allé les voir tout de suite. J'ai fait un peu la route comme Godin, j'avais bien compris que je devais faire comme lui. Voir comment on travaillait en France dans les usines. Sauf que j'en ai eu assez des usines, alors j'ai dégoté un petit emploi dans un estaminet, près de Paris.

– Au Saint-Sauveur.

Nouveau hochement de tête.

– Personne savait d'où je venais, j'avais dit que je m'appelais Abel Pollet. Je ne sais pas pourquoi j'ai dit ça. Sans doute parce que j'en voulais à mon père. Je veux dire, à Gabriel. Mais les Lamentin, c'étaient de mauvaises gens.

– Ils te maltraitaient.

– C'est au bout de quelques semaines que ça a commencé à dérailler. La femme, Sarah, elle était fourbe. Et lui…

Abel détourna le regard, plongeant ses yeux d'onyx dans les eaux sombres du bassin. Un frisson parcourut Esther.

– Ils s'en sont pris à toi, insista-t-elle, alors tu les as tués.

– Non. Enfin si, mais pas tout de suite. D'abord, je suis allé à Grand-Cœur.

– Quand était-ce ?

Esther, qui savait ses parents décédés quelques années plus tôt, essayait de reconstituer un puzzle auquel il manquait encore des pièces.

– Aux premiers jours de 1920, je crois.

– Pourquoi y es-tu allé ? Que cherchais-tu ?

La question le froissa. Il parut soudain hors de lui, les yeux étrécis, et s'écria :

– Ce que je cherchais ? À ton avis ? Je cherchais ce que tu cherches aussi, pauvre folle ! Des réponses !

Esther sursauta, prise de court par la violence de son invective. Red sauta sur le sol, les oreilles pointées vers le jeune homme, ses grands yeux doux interrogatifs. Abel se prit la tête entre les mains.

– Pourquoi on m'avait refilé à un homme qui avait laissé son fils mourir, c'était ma première question ! Pourquoi on m'avait pas gardé. Pourquoi j'avais juste été… échangé contre rien du tout.

– Quelle réponse as-tu obtenue ?

Il se calma d'un coup, croisa les bras sur sa poitrine.

– Une que j'attendais pas.

Elle patienta et, pendant un instant, seul le bruit de la pluie sur les châssis d'éclairage se fit entendre. Puis Abel reprit la parole.

– C'étaient pas des méchants, les Pollet, dit-il avec une certaine douceur dans la voix. Ils m'ont raconté que j'avais eu une sœur et que cette sœur avait été prise par quelqu'un. Qu'ils étaient plus capables de s'occuper d'un autre enfant. J'étais né pile quand ma sœur avait disparu, c'était pas un bon moment. Du coup, quand Gabriel Saint-Simon leur avait proposé de me prendre, ils ont dit oui. Ils étaient contents de savoir que j'avais bien grandi.

Écrasée de tristesse, Esther leva le visage vers la charpente pour qu'il ne la vît pas fermer les yeux.

– Je le voyais bien, tu sais, Esther, dit encore Abel en prononçant son prénom pour la première fois.

Et cela fit mal, si mal à Esther. Son prénom, qui sifflait et qui roulait, si doux dans la bouche de son frère.

– Je voyais bien, poursuivit-il, qu'ils étaient déjà morts. Ils étaient morts quand tu avais disparu. Ils étaient vivants, mais leur âme était morte.

Les larmes, cette fois-ci et sans doute pour la première fois depuis de nombreuses années, s'échappèrent des yeux d'Esther. Elles étaient chaudes et salées. Abel s'en aperçut et, étendant le bras, effleura la joue de la jeune femme.

– Ne pleure pas. C'est fini, tout ça, maintenant.

– Continue, coupa-t-elle en se dégageant.

– J'allais partir quand il est arrivé. Ton inspecteur. J'étais dans la cuisine, il ne me voyait pas mais j'entendais tout. C'est pour ça que j'ai dit à mon père de l'appeler, après Eleanor. J'ai soufflé son nom en me disant que ça te ferait p't'-être venir. Et t'es venue. Bref. Il a dit que tu étais vivante et que tu allais bien. Il a raconté ton histoire avec cette femme, Adèle… Comment tu en avais fini avec elle.

Le cœur d'Esther manqua un battement, tandis qu'elle prenait la mesure des paroles d'Abel. *Comment tu en avais fini avec elle*. Soudain, la jeune femme fut projetée cinq ans en arrière, dans le salon des Lestrange à Haut-de-Cœur, ce salon qui transpirait la vanité avec ses guéridons, ses consoles et ses coussins brodés. Elle sentait le poids du fusil au bout de son bras, une antiquité qui avait appartenu à un vieux comte et sur laquelle elle avait miraculeusement mis la main. Le visage d'Adèle, son aimable figure qui faisait la conquête de tous ceux qu'elle rencontrait, dansa devant ses yeux. Et alors qu'elle avait passé cinq ans à tenter d'oublier, les détails de leur ultime conversation affluèrent à sa mémoire. Esther déroula le fil de son calvaire, ces mots venimeux qui glissaient de la bouche d'Adèle comme des évidences. Puis ce qu'elle, Esther, avait dit.

Voyant qu'elle comprenait enfin, Abel hocha lentement la tête.

– *Je vous pardonne*, souffla-t-elle.

– Oui.

– *Je vous pardonne.*

La voix d'Esther se fit plus forte.

– C'est ce que j'ai dit à Adèle Lestrange avant de lui coller des plombs de fusil en pleine tête. Elle voulait que je lui pardonne ce qu'elle m'avait fait, me garder prisonnière dans ce pigeonnier pendant dix ans. Je lui ai dit *je vous pardonne.*

Un triste sourire fendit le visage du jeune homme en deux. S'il paraissait soulagé que son secret fût éventé, Esther ne lut dans ses yeux noirs aucune once de culpabilité ; Abel Pollet ne ressentait ni remords ni regrets.

– Mais… pourquoi ?

Il haussa les épaules et quand il répondit, un sentiment bileux teintait sa voix ; de la hargne, peut-être.

– Tu as fait ce qu'il fallait, toi. La plupart des gens, on leur tape dessus toute leur vie et ils font rien. Des pauvres et des misérables qu'on humilie, qu'on écrase bien comme il faut pour être sûr qu'ils prendront jamais la place des bourgeois. Et ils font rien. Ils se plaignent. Mais toi…

Abel leva les mains et les enroula autour du visage d'Esther, avec la délicatesse dont on use pour manipuler de précieux objets. Elle frissonna au contact de sa peau glacée.

– Toi, tu as survécu, et tu t'es vengée. L'inspecteur Lavau m'a tout raconté. Enfin, pas à moi, aux Pollet.

À nos parents. Il a donné tous les détails, Esther, il voulait les convaincre, il voulait qu'ils comprennent ce que tu avais traversé.

Abel laissa retomber ses mains, le pli de sa bouche indiquant son dépit.

– Je te l'ai dit, il n'y avait rien à en tirer. Il est reparti bredouille. Mais moi… Moi, j'étais convaincu. J'avais la réponse que je cherchais, tu comprends ?

Elle comprenait. Et tandis que l'effroyable vérité se frayait un chemin jusqu'à son esprit, son cœur se souleva. Était-ce seulement possible qu'en éliminant son bourreau elle ait engendré un monstre ? Se pouvait-il qu'en rendant justice, car Esther ne doutait pas qu'elle s'était rendu justice, elle ait condamné six personnes à la mort ?

– J'ai fait comme toi. J'ai suivi ton exemple…

Le pépiement de la douce voix d'Abel lui parvenait à présent comme un murmure. Il poursuivait ses justifications, les yeux brillants d'amour, cet amour fraternel qu'il avait instantanément ressenti en entendant le récit de Matthias Lavau, cet amour gonflé d'admiration qui lui avait donné des ailes.

– Ce n'est pas ma faute, éructa Esther.

Abel s'interrompit, la figure empreinte d'un étonnement sincère.

– Bien sûr que non. Pourquoi parles-tu de faute ? Je viens de t'expliquer que tu m'avais sauvé. Que ton exemple…

– Arrête ! Tais-toi !

Elle avait hurlé. Sautant sur ses pieds, elle mit fin au contact des mains d'Abel sur les siennes, sur ses épaules, sur ses joues. Sous sa collerette de cuir, elle sentait son épaisse cicatrice palpiter. *Il n'en est pas question.*

Six petits mots en boucle dans son esprit, six petits mots qui enflaient telle l'eau bouillante sur un réchaud, qui faisaient plus de tapage sous son crâne que la tempête qui s'était abattue sur le Familistère. Esther reprit contenance et se redressa.

– De quoi t'ai-je sauvé, Abel ? Dis-moi. D'un père et d'une mère qui, malgré leurs fautes, t'ont offert un foyer aimant ? D'une vie décente dans un lieu décent ? Est-ce de cela que je t'ai *sauvé* ?

Déstabilisé, le jeune homme resta coi. Cela ne dura qu'une seconde.

– TU NE COMPRENDS RIEN ! TU NE COMPRENDS RIEN !

– Non. Je ne comprends pas.

– Les Lamentin ! Ils m'ont fait vivre l'enfer, il fallait que ça s'arrête ! Ils…

Sa voix s'étrangla, Esther se prit à espérer que le jeune homme allait se taire, qu'un éclair allait le priver de paroles, mais elle ne fut pas exaucée.

– Sarah me faisait écrire ses livres de comptes. Oh, elle savait bien que c'était pour moi un exercice difficile. Ça l'a toujours été. Écrire, c'est mon calvaire. Mais elle m'obligeait, juste pour mieux me houspiller et me frapper. Elle faisait toujours ça quand l'estaminet était plein, comme ça le spectacle était plus jouissif, tu vois ? Quant à Ernest… Il m'appelait quand il prenait son bain et il me forçait à le savonner. Je lui frottais le dos et quand j'avais fini il m'attrapait la main et m'obligeait à lui briquer la queue ! Il riait, ce porc !

La jeune femme déglutit. Elle avait retrouvé sa froide apparence et, pourtant, la douleur de son frère lui cuisait les entrailles.

– Ce sale cochon. Même propre il puait, même propre il me filait envie de vomir. Et un jour, il a invité un ami à se joindre à lui…

– Désiré Orsini.

Abel hocha la tête.

– J'avais pas prévu de le tuer, celui-là. Il était con et méchant, mais je le voyais pas tous les jours. Sauf qu'il savait ce qu'Ernest me faisait puisqu'il avait participé, alors il a tout de suite soupçonné que c'est moi qui les avais tués, les Lamentin.

– Pourquoi ne t'a-t-il pas dénoncé à la police ?

– Il aurait fallu expliquer pourquoi. Mon *mobile*. Il se serait impliqué, cet abruti.

– Tu t'en es débarrassé.

Abel acquiesça. Une moue de dégoût tordait sa bouche ourlée. Au-dehors, une déflagration retentit, perçant le vacarme de l'orage. Esther se retourna, cherchant la source de la détonation, mais Abel la ramena à lui.

– Il n'a eu que ce qu'il méritait. C'était un ivrogne et il battait sa femme.

La jeune femme se garda de répliquer que ladite femme purgeait depuis deux ans une peine de prison pour un meurtre qu'elle n'avait pas commis.

– Comment t'es-tu arrangé avec Armand Laforest ? Tu lui as proposé d'entrer au Familistère en échange de son silence ?

– Armand ne savait rien. J'ai fait semblant de le croire coupable, comme les autres. C'est moi qui lui ai fait une faveur en l'aidant à se cacher ici. Et tant qu'il restait introuvable, on continuait de le soupçonner, lui, et pas moi.

Abel marqua une pause, puis conclut, d'un ton buté :

– J'ai fait comme toi, Esther. J'ai tué mes bourreaux et je leur ai pardonné.

– Et les autres ?

Abel haussa les épaules. Ses mèches sauvages ne cessaient de lui tomber dans les yeux, ruisselantes de pluie, et il les rejetait d'un mouvement de tête irrité.

– Des concours de circonstances.

– Ça ne va pas suffire, Abel.

Les deux syllabes le firent sourire.

– Tu sais, cela me fait toujours bizarre de m'entendre appeler comme ça. J'ai si longtemps été Étienne...

– Les autres, Abel. Eleanor Fontaine, Paul Beaucœur, Rosalie Escudé. Pourquoi sont-ils morts ? Qu'avaient-ils à voir avec ce qui t'est arrivé à Colombes ? De quoi...

Esther prit une profonde inspiration pour finir sa phrase.

– Que leur as-tu pardonné ?

– C'est à cause de mon père. Gabriel. Il a craqué.

– Craqué ?

– Paul Beaucœur.

Trois syllabes, vomies dans la nuit.

– Il disait tout le temps que j'étais un gamin bizarre, fourbe, que j'étais devenu con après l'accident dans les escaliers. La vérité, c'est que Beaucœur, il supportait pas que mon père soit devenu gérant. Il aurait voulu la place, tu vois. Il s'vengeait en m'cherchant des poux dans la tête. Alors pour qu'il nous lâche, Gabriel l'a nommé directeur des écoles.

– Et pendant quinze ans, vous avez eu la paix.

Abel acquiesça.

– Quand le conseil de gérance l'a forcé à passer la main, il a pas supporté. Il passait son temps le nez dans ses albums, à ressasser. Je crois qu'à force de gamberger sur ses fichues photos il a fini par comprendre.

– La mort d'Étienne et ton... adoption.

Abel éclata d'un rire cynique.

– Disons ça. Il a menacé Gabriel de tout révéler et de l'envoyer en prison. Et, au lieu de nier, mon père a paniqué. Il a tout avoué à ce crétin et en a appelé à son indulgence.

Esther laissa échapper un petit ricanement.

– Mais quelle indulgence peut-on attendre de la part d'un homme qui attache des enfants pour les contraindre à écrire de la main droite...

Le jeune homme eut un geste qui signifiait *tu vois, tu comprends enfin.*

– Avec lui non plus, j'ai pas eu de remords. C'était pas une bonne personne.

– Mais Eleanor ? Et Rosalie ?

À l'évocation de ces deux prénoms, Abel sembla perdre pied. La hargne qui l'habitait jusqu'alors céda le pas à la fébrilité.

– Eleanor... Une chic femme, oui, une chic femme. Sauf qu'après la mort de Beaucœur – Abel dit cela comme s'il n'avait rien à voir avec l'événement – elle a bien vu que Gabriel n'était pas dans son assiette. Je l'ai supplié de ne rien dire, mais mon père, il disait que c'était pas correct de mentir à la personne qu'on aimait, il voulait tout lui confesser, comme avec un curé. Il voulait lui raconter, pour Étienne. Le vrai Étienne. Je voulais pas, Esther, je voulais pas ! Mais il a rien écouté. Je... je n'avais pas le choix, Esther...

Il pleurait à présent, des larmes d'enfant, des sanglots qui agitaient ses épaules frêles en apparence, mais qu'Esther savait maintenant suffisamment puissantes pour supporter un bras vengeur. Le spectacle de ce chagrin lui tordit le ventre, elle tremblait de froid, de peur et de douleur mêlés. Elle se rassit près de lui et, dans un geste maladroit, posa sa main sur son épaule.

– Et Rosalie ? demanda-t-elle en un souffle qu'il devina plus qu'il n'entendit.

Abel renifla.

– Elle… elle m'aimait, Rosalie. Elle voulait qu'on se marie. Elle parlait beaucoup, elle jacassait comme pas possible, je n'en pouvais plus, tu comprends ? On aurait dit un automate, à répéter sans cesse que j'allais l'épouser, et que si je refusais, *si je la rejetais*, elle irait droit chez l'inspecteur Lavau pour raconter comment elle m'avait vu sortir de chez Eleanor le soir de sa mort.

Il s'interrompit, porta une main à sa bouche pour se ronger un ongle.

– Elle piaillait trop. Je me suis dit *c'est pas possible, je peux pas épouser une fille qui piaille comme ça tout le temps.*

Comme une ponctuation à cette imparable conclusion, Red jappa une fois. La chienne furetait à présent du côté de la porte par laquelle ils étaient entrés. Ignorant ce manège, la jeune femme murmura :

– Tous ces morts, Abel… Et pourtant tu ne seras jamais en paix.

Il sourit à travers ses larmes.

– Non. Je le sais, à présent. Mais si je ne les avais pas tués, on ne se serait jamais retrouvés.

Il n'y avait là rien à redire, puisque c'était vrai. *Comme le destin est cruel*, songea-t-elle en levant son regard vers les cieux sombres. *Me redonner une famille, un frère criminel, pour me l'arracher aussitôt.*

– Il faut te rendre à l'inspecteur, Abel.

Il secoua la tête.

– Je serais condamné à mort. Ce n'est pas possible.

Esther n'eut jamais l'occasion de rassurer son frère. Au-delà de la tempête qui grondait sous leurs crânes, de soudains éclats de voix leur parvinrent avec netteté. À l'extérieur, un brouhaha de panique et de confusion enflait. Red aboya en écho et Esther se leva, comprenant que la pluie avait cessé.

– Qu'est-ce que…

La porte s'ouvrit à toute volée. La silhouette de Gabriel Saint-Simon se matérialisa dans l'encadrement et la clameur qui montait du dehors éclata aux oreilles d'Esther.

– LE FEU ! UN INCENDIE ! DANS L'AILE GAUCHE !

Une voix désincarnée que celle de l'administrateur-gérant qui, les yeux hagards, se précipitait vers son fils. Il n'échappa pas à Esther qu'il tenait un pistolet à la main, une arme qui paraissait lui brûler les doigts, un objet encombrant dont il se hâta de se défaire en le posant sur le banc. Comme il s'agenouillait devant Abel, il croisa le regard de la jeune femme ; elle n'y lut que remords et culpabilité.

*Matthias.*

Alors, pour la dernière fois, elle contempla le visage de son frère, ce profil au nez droit comme le sien, aux lèvres pleines et douces, tandis qu'il lui disait adieu sans la regarder. Puis dans un clignement de paupières, Esther Louve s'envola. Elle n'entendit pas le rire léger comme une plume s'échapper de la bouche du jeune homme.

– Ah, père, te voilà enfin. Tu as failli manquer la fin.

Esther franchissait le seuil de la porte quand le coup de feu retentit. Gabriel Saint-Simon hurla, mais elle ne se retourna pas.

# Chapitre 33

## Je suis là

Il fallut moins d'une minute à Esther pour parcourir la centaine de mètres qui séparait l'entrée de la piscine de la place centrale du Familistère. Moins d'une minute, qui pourtant lui sembla une heure. Des bruits alentour, elle ne percevait plus qu'un vrombissement léger, comme celui d'un petit insecte. L'ouïe lui faisait défaut, Esther avait éteint le monde. Elle ne pouvait s'appesantir sur les cris de panique, sur les exclamations, sur les hommes qui se précipitaient en tous sens, un manteau passé sur leurs vêtements de nuit. Et, surtout, elle ne pouvait regarder en arrière, vers ce corps affaissé au bord du bassin d'eau chaude.

Si elle se laissait aller à pareille faiblesse, elle s'effondrerait.

Au lieu de quoi, Esther courait à perdre haleine. Traversant sans s'arrêter la place centrale, elle fila droit vers l'aile gauche, dont les flammes léchaient la carcasse, illuminant le ciel nocturne. On l'y avait précédée, les Familistériens s'organisaient, formant de longues files mouvantes qui se passaient de bras en bras des seaux remplis d'eau. Un souffle chaud cueillit Esther alors qu'elle était encore à trente mètres, mais elle ne ralentit pas. Elle avait chassé de son esprit toute pensée qui ne fût pas Matthias, Matthias qui était là-dedans, une balle dans le corps, en proie à l'incendie qui ravageait le bâtiment de pierre. Esther avait oublié les morts, elle avait oublié l'enquête et jusqu'à ce frère qui, à peine retrouvé, disparaissait à jamais. Rien de tout cela n'avait plus la moindre importance si Matthias devait mourir. La mort de l'inspecteur n'était pas chose envisageable. Le monde d'Esther, ce monde cruellement incohérent, ne trouvait son sens que dans la présence sauvage et tempétueuse de Matthias Lavau. Il était son amarre.

Ignorant les voix qui lui criaient de rester en retrait, Esther s'engouffra dans l'aile gauche.

La vague de chaleur l'écrasa sans prévenir, lui coupant le souffle. Stoppant enfin sa course folle, elle leva un bras pour protéger son visage et plissa les paupières, scrutant l'espace pour apercevoir l'inspecteur. En travaux depuis plusieurs mois, l'édifice offrait aux flammes de nombreux courants d'air dont elles se repaissaient goulûment, ondulant vers le ciel comme autant de danseuses éméchées. Matthias n'était en vue nulle part. Esther pénétra plus avant dans le bâtiment et tourna sur elle-même, levant le regard vers les échafaudages dressés contre les parois.

C'est alors qu'elle le vit. À peut-être cinq ou six mètres du sol, sur une planche d'à peine soixante-dix centimètres de large, il gisait inconscient. Pétrifiée, Esther fut secouée d'un spasme violent. Elle se courba en avant et vomit.

Le crépitement furieux du feu et le halètement du vent faisaient à présent un vacarme de tous les diables.

Esther refoula avec peine les vagues de panique qui montaient dans sa poitrine, puis se redressa. Elle serait morte plutôt que de ressortir de cet enfer sans Matthias ; elle n'avait pas le choix. Alors, elle marcha jusqu'à l'échelle de l'échafaudage et, sans plus réfléchir, en agrippa les barreaux.

Son propre hurlement lui déchira la gorge, tandis qu'elle écartait ses mains du morceau de métal brûlant. Les yeux inondés de larmes, elle ignora le sang qui exsudait de ses paumes martyrisées et fit taire la douleur d'une torsion de pensée. Arrachant d'un coup les dix-sept boutons noirs de sa collerette de cuir, elle se défit du vêtement et l'enroula autour de ses mains pour s'en servir de protection. Une odeur de cuir grillé s'éleva tandis qu'elle se hissait sur l'échelle sans quitter des yeux le corps inerte de l'inspecteur.

– MATTHIAS ! hurla-t-elle. MATTHIAS !

Il ne réagit pas. Esther parvint enfin sur la planche branlante. Par un miracle qu'elle ne s'attarda pas à expliquer, les flammes n'avaient pas encore atteint cette portion de l'échafaudage, s'échappant à l'appel de l'oxygène par des fenêtres situées au niveau inférieur. Ce n'était cependant qu'une question de minutes. Elle se précipita sur le policier et, en hâte, souleva un pan de sa chemise. La balle tirée par l'administrateur-gérant avait percé l'abdomen inférieur et s'était fichée, si l'instinct d'Esther ne la trompait pas, dans le cartilage costal. Un infime soulagement la saisit à la pensée qu'avec un peu de chance aucun des organes vitaux de Matthias n'était touché. Prenant une brève inspiration, elle appuya fortement sur la blessure.

La douleur le sortit des limbes de l'inconscience : Matthias ouvrit les yeux en poussant un grognement féroce. Esther, sans plus se contenir, se pencha et embrassa l'inspecteur. Un baiser furieux, impérieux qui, l'espace de quelques secondes, fit s'évanouir l'incendie qui détruisait le monde autour d'eux. Les lèvres sèches de Matthias répondirent à ce baiser avec force.

Esther reprit ses esprits et s'arracha à cette étreinte.

– Par le ciel, vous êtes réveillé ! Levez-vous !

– Esther…

– Je suis là, il faut sortir d'ici, allez, levez-vous !

Matthias redressa la tête tandis qu'elle l'empoignait sous les épaules pour lui venir en aide. À la vue du sang sur sa chemise, il blêmit.

– Bordel de Dieu, Esther…

– Ce n'est pas le moment de faire l'enfant, inspecteur. Levez-vous. Si nous ne descendons pas maintenant, nous allons griller comme des cochons dans cette ruine ! NON ! Ne touchez pas les rambardes.

Prenant appui sur la jeune femme, Matthias se releva à grand-peine. La douleur déformait ses traits, et ses yeux s'écarquillèrent quand il prit conscience du brasier qui les entourait. Il chancela.

– Regardez-moi.

Esther entoura son visage de ses mains, qu'avaient-elles, ses mains ? Était-ce son sang à lui qui tachait ses paumes ? Était-elle blessée ? Il plongea son regard dans les yeux mordorés, que les flammes alentour faisaient luire de mille éclats.

– Regarde-moi, répéta-t-elle. Ce n'est pas fini, Matthias. Toi et moi.

– Tu es partie, murmura-t-il. Tu es partie.

Il ne parlait pas de sa récente escapade à Paris pour les besoins de l'enquête, elle le savait. Matthias Lavau, le garçon perdu, l'enfant déposé au pied d'un arbre dans la forêt enneigée, vivait la crainte au cœur. Perché sur un échafaudage brûlant alors qu'un incendie ravageait l'édifice, une balle dans la cage thoracique, il n'avait peur en réalité que d'une chose. Esther lui sourit.

– Je sais. Mais je suis là maintenant. Je suis revenue.

Il acquiesça en silence, la gorge serrée. Les élancements dans son corps lui firent craindre de vomir tripes et boyaux, s'il parlait. Il inspira un grand coup et fit un premier pas en avant.

Au-dessous d'eux, le feu dévorait tout sur son passage.

Les sacs de matériaux, les caisses à outils, les bâches, les tables de travail et les tréteaux de bois, tout flambait dans un brasier qui s'élevait de plus en plus haut. Sur le pan sud du bâtiment, les flammes avaient atteint les structures métalliques de la verrière qui n'avait pas eu le temps d'être posée.

Une voix, alors, s'éleva du dehors. Esther, qui progressait sur l'échafaudage dans un vain espoir de s'éloigner des flammes, s'arrêta et tendit l'oreille.

– Par ici ! Par ici !

Derrière elle, elle sentait l'odeur de transpiration de Matthias, une transpiration d'effort et d'effroi. La planche se trouvait exactement entre les deuxième et troisième étages du bâtiment, ce qui permit à Esther de se pencher par l'une des fenêtres béantes du niveau supérieur.

En l'espace de quelques minutes, les files de Familistériens luttant contre l'incendie avaient gonflé. Cette nuit, pas une âme ne dormait au Palais social ; chacun s'activait à sa mesure pour lutter contre l'effondrement de la belle utopie. Les enfants, retranchés le long de l'aile droite, contemplaient le spectacle avec sidération, quand les plus grands se relayaient pour courir remplir les seaux d'eau vides qui leur revenaient.

Le regard d'Esther fut attiré par un mouvement au pied du bâtiment en flammes. On agitait les bras vers eux, on les interpellait. Sous les fenêtres, les hommes avaient entassé des sacs de sable et de plâtre sauvés de l'incendie, qui formaient à présent une grosse colline informe.

– Par ici ! Sautez !

*Sauter ?*

Esther recula, la tête lui tournait. D'un regard par-dessus son épaule, elle constata que l'échelle qui lui avait permis de parvenir jusqu'à l'inspecteur était à présent impraticable. Le métal ondulait sous la chaleur, les flammes en léchaient les pieds. Ils étaient cernés.

À son oreille, Matthias chuchota :

– Nous n'avons pas le choix.

Elle secoua frénétiquement la tête.

– Je ne peux pas.

– Si, tu peux. Tu es montée jusqu'ici.

À nouveau, leurs deux regards se télescopèrent. Dans les yeux gris acier de l'inspecteur, une sourde détermination avait remplacé la peur. Ses prunelles luisaient de fièvre, et Esther se demanda si, finalement, la balle n'avait pas causé plus de dommages qu'elle n'avait cru au premier abord.

– *Ce n'est pas fini, toi et moi*, murmura-t-il en reprenant ses mots exacts. Alors, Esther Louve, tu vas enjamber cette foutue fenêtre et sauter. Les sacs amortiront ta chute.

– Je ne…

Puisant dans ses dernières ressources, il la souleva par la taille en poussant un cri de douleur et la jeta dans le vide, dans la nuit qui flambait de toutes parts.

La chute d'Esther dura l'éternité.

Le cri qu'elle aurait voulu pousser resta coincé dans sa gorge tandis que l'effroi la glaçait tout entière et qu'elle tombait, tombait, sans jamais devoir s'arrêter. Quand elle atterrit sur les sacs empilés, il lui sembla que tous les os de son corps se brisaient, qu'elle se disloquait tel un baigneur martyrisé par un enfant en colère. Restait-il quelque chose d'intact en elle ?

Deux mains puissantes la tirèrent par les épaules, on tâtait ses bras et ses jambes. *Vous n'avez rien ! Vous n'êtes pas blessée !* C'était une erreur, Esther avait l'âme en miettes, elle n'était plus qu'un tas de morceaux.

On la sortit de son couffin de sable et on la remit sur ses pieds, tremblante. Une quinte de toux la fit retomber à genoux, son corps expulsant la fumée inhalée. Ses mains, qu'elle avait posées sur le sol pour reprendre appui, se changèrent subitement en deux puits d'une souffrance absurde et incomparable qui lui coupa le souffle. Déjà on se détournait d'elle, on levait la tête vers la trouée du troisième étage où Matthias – Esther le devina d'un simple coup d'œil – était à bout de forces. Cramponné au rebord de pierre, il paraissait sur le point de s'évanouir.

Un vacarme infernal retentit et l'on vit, par les ouvertures béantes des premier et deuxième étages, l'échafaudage qui s'effondrait sur lui-même. Le cœur d'Esther suspendit ses battements. Le sang stoppa net sa course dans ses veines tandis que l'inspecteur, dans un hurlement de rage, déployait ses dernières forces pour ne pas disparaître dans le brasier.

La sueur lui coulait dans les yeux, brûlante. Matthias, quand ses jambes se dérobèrent sous lui, ne comprit pas instantanément que c'était en réalité le sol qui s'était effondré. Arrimé au rebord de pierre, il hoquetait. Ses bras tétanisés ne tiendraient plus longtemps, l'épuisement aurait bientôt raison de lui. Puis il vit Esther, silhouette infime au pied du palais, qui le regardait. Elle était debout, elle allait bien. Esther vivait et l'attendait en bas. Il fallait la rejoindre.

Dans un dernier effort qui lui coûta tout ce qu'il avait, Matthias se hissa sur le rebord de la fenêtre et lâcha prise.

# Épilogue

Esther Louve, aussi étrange que cela puisse paraître, n'avait jamais fleuri une tombe de sa vie. Elle qui avait pourtant côtoyé la mort de près, de trop près peut-être pour quelqu'un qui entendait vivre, était étrangère à cette coutume. Esther n'achetait pas de fleurs et n'honorait pas les morts.

Ce matin-là pourtant, elle s'était rendue chez un fleuriste de la rue du Bastion-Saint-André, de l'autre côté du canal du Moulin, et avait acheté un bouquet. Un bouquet assez maigre, des renoncules et des camélias fatigués, comme si la saison était déjà passée. Elle s'était ensuite dirigée vers le cimetière Saint-Médard, puis tout au fond, vers un carré qui abritait quelques tombes oubliées. Sur un morceau de pelouse, elle s'était arrêtée devant un rectangle de terre fraîchement retourné.

L'homme enterré là reposait seul. Il n'avait ni père ni mère qui eût chauffé la place avant lui, pas de famille pour lui tenir compagnie dans la blanche éternité. Esther déposa son bouquet sur la tombe, ses yeux couleur des feuilles d'automne parcourant les inscriptions sur la sobre pierre tombale. Il pleuvait ce jour-là sur Guise, et les larmes du ciel se mêlèrent à celles, discrètes, de la jeune femme.

Elle ne resta pas longtemps, ne voulant surtout pas s'appesantir sur la perte qui lui déchirait la poitrine. Regagnant la rue Saint-Médard, elle remonta jusqu'aux usines Godin, avant de traverser l'Oise et de longer la buanderie du Familistère.

Alors qu'elle arrivait en vue de la place principale, une ambulance freina un peu plus loin et se gara le long du canal. Esther s'arrêta un instant, le temps d'observer l'individu qui, repoussant l'aide des infirmiers, descendait du véhicule, raide et lent. L'homme avait encore au fond des yeux cette lueur fiévreuse, ce reste de peur viscérale qui marque ceux que la mort a courtisés de trop près. Et pourtant comme il avait de l'allure, avec ses épaules larges et sa haute taille, son cache-poussière battant dans la brise qui s'était levée. Sa barbe trop longue ne cachait rien de ses traits suaves et volontaires, creusés par les ans, et ses boucles brunes teintées d'argent lui tombaient dans les yeux. Matthias Lavau, rentrant tout juste de l'hôpital où l'on avait soigné ses blessures, n'avait rien perdu de sa superbe.

Esther s'apprêtait à le rejoindre – il fallait venir en aide à l'ambulancier, l'inspecteur était en train de lui balancer une canne au visage – quand elle sentit une main sur son épaule.

– Il va devoir se passer de vous encore un moment, ma chère, dit la voix de Violette Champois dans son dos. Vous avez rendez-vous au cabinet médical pour changer vos pansements.

Esther regarda tour à tour ses mains bandées, puis la silhouette de Matthias qui chancelait à l'entrée de la cité. Violette renchérit :

– Cet homme-là, il est comme les mauvaises herbes. Vous essayez de les arracher, mais ça finit toujours par repousser.

Et tandis qu'elle se dirigeait vers le palais pour y recevoir ses soins, Esther songea que, sous son apparente acrimonie, la vieille directrice faisait de gros efforts pour masquer son admiration.

*

Matthias Lavau, peu désireux de se farcir les escaliers du Familistère pour se retrouver enfermé dans l'appartement 23 où il n'avait plus rien à fiche, s'était laborieusement traîné jusqu'au mausolée de Jean-Baptiste Godin, dans le jardin d'agrément. Fidèle au poste, Red lui tenait compagnie. Quand elle se dressa sur son arrière-train pour poser ses pattes épaisses sur le torse de l'inspecteur, ce dernier poussa un gémissement de douleur et se débarrassa prestement de l'animal. Elle ne s'en formalisa pas et poursuivit son exploration du sentier.

Matthias était parvenu à s'extraire de l'aile gauche en flammes et avait sauté, à la suite d'Esther, sur les sacs de ciment et de plâtre. La balle qu'il avait dans le corps avait pulvérisé un morceau de côte et des fragments d'os s'étaient répandus dans sa cage thoracique. Le choc et la douleur lui avaient fait perdre connaissance et on l'avait transporté d'urgence à l'hôpital, tandis que les Familistériens continuaient de lutter contre l'incendie. Le départ de feu avait été causé par le générateur électrogène déficient.

Au petit matin, on avait retrouvé Gabriel Saint-Simon prostré près du corps de son fils. Le sang du jeune homme s'était égoutté dans le bassin, teintant l'eau tiède de volutes rosées, et le long de son flanc Red était allongée. Son museau reposant sur la poitrine d'Abel, elle paraissait attendre qu'il se réveille.

L'administrateur-gérant, bien qu'aucun crime de sang ne lui fût imputé, avait cependant été arrêté. Il avait dissimulé la mort de son véritable fils, dix-sept ans plus tôt, et devrait répondre de ses actes devant la justice. Brisé, il n'avait opposé aucune résistance.

Violette Champois avait sans attendre été promue administratrice par le conseil de gérance du Familistère. Nul ne doutait qu'elle s'acquitterait de ses missions avec toute la droiture – l'inspecteur aurait dit la raideur, mais personne ne lui avait demandé son avis – qui la caractérisait.

Matthias, dans un état critique, n'avait pas assisté à l'enterrement d'Abel Pollet au cimetière Saint-Médard. Abel Pollet, ou Étienne Saint-Simon ; il ignorait même sous quel nom le jeune homme avait été porté en terre. À ce stade, il s'en contrefoutait.

Quand Esther le rejoignit, emmitouflée dans sa pelisse de mouton, les bras serrés autour d'elle pour se protéger du vent, son soulagement fut immense. Il ne dit rien, la laissant venir à lui. Esther ne portait plus sa collerette de cuir, réduite en cendres dans l'incendie, et elle avait à la place enroulé un châle épais autour de son cou, qui lui couvrait le menton. Après qu'ils eurent contemplé le mausolée en silence pendant un moment, il souffla d'une voix rauque :

– Je suis désolé, pour ton frère. C'était un tueur, mais c'était ton frère. Tu dois avoir le cœur brisé.

Les yeux perdus dans les inscriptions de la pierre, elle haussa les épaules ; il y avait de la fatalité dans ce geste. Elle répondit pourtant :

– Il bat toujours.

Puis elle se tourna vers lui. Matthias avait l'air fatigué, les yeux cernés de noir et les traits tendus. L'inquiétude lui vrillait les nerfs, et elle comprit soudain combien il avait souffert de son absence. Une souffrance brute, intacte : à aucun moment au cours de leur longue séparation Matthias Lavau n'avait envisagé d'oublier Esther Louve.

– Il n'y a que toi qui puisses me briser le cœur.

C'est ainsi qu'Esther choisit de dire ses sentiments ; une façon qui n'était pas moins bonne qu'une autre. C'était déjà bien, l'inspecteur le savait. Il déglutit.

– Je ne te briserai jamais le cœur.

– Je sais, répondit-elle.

Elle siffla entre ses dents, Matthias ignorait qu'elle pouvait faire cela, un sifflement puissant qui fit rappliquer la chienne au galop. L'inspecteur ne put s'empêcher de se demander ce qu'ils allaient faire de cet animal, que diable les chiens ne faisaient pas de moto ! Mais Esther aimait Red, alors il s'y ferait.

Et comme ils étaient venus, ils s'en furent. Cette fois, ils étaient ensemble.

FIN

# Note de l'autrice

Bien que je me sois énormément documentée pour écrire ce roman, une inexactitude historique s'est glissée dans le texte. En effet, la restauration de l'aile gauche du Palais social n'a été entamée qu'en 1923, et non en 1922. Or, j'avais besoin pour les scènes finales que les travaux aient commencé ; j'ai donc pris cette petite liberté. Je souhaite également souligner que les habitants du Familistère présents dans mon récit sont entièrement fictifs et en aucun cas inspirés de personnes réelles.

# Sources

Il me sera difficile de dresser la liste exhaustive de toutes mes sources pour ce roman, mais je tenais à présenter ici mes trois livres de chevet pendant mes recherches et la période d'écriture.

En premier lieu, je n'aurais pas pu me passer de *L'Album du Familistère*, publié sous la direction de Frédéric K. Panni et Hugues Fontaine aux Éditions du Familistère. Ce pavé de 700 pages retrace l'histoire, les inspirations, les enjeux, les obstacles, les innovations, les résultats de l'Utopie désirée et réalisée par Jean-Baptiste André Godin. C'est bien simple, il n'est pas un jour d'écriture où je n'ai ouvert ce livre pour y piocher une information.

La bande dessinée *De briques et de sang* de Régis Hautière et David François, parue chez Casterman, m'a permis de mettre des images sur le Familistère du début du XX^e^ siècle, ainsi que d'en apprendre davantage sur le fonctionnement du conseil de gérance.

Je me suis également beaucoup inspirée de l'excellent livre de Pierre Piazza, *Meurtres à la une – Le quotidien du crime à Paris en 1900* (éditions de La Martinière). En effet, où trouver meilleure inspiration criminelle que dans les faits divers qui ont défrayé la chronique ? Cet ouvrage, qui fait la part belle aux méthodes de police technique et scientifique, m'a fourni d'innombrables idées et détails pour construire mon intrigue. Pierre, si tu passes par ici, merci pour ce travail remarquable.

# Remerciements

Parce que avant *Mauvais Cœur* il y a eu *Les Malvenus*, je tenais à remercier du fond du cœur toutes les personnes qui ont permis à ce premier tome de prendre son envol.

Les libraires, qui m'ont ouvert leur porte et n'ont eu de cesse de recommander le livre ; les organisateur·rices de salons littéraires, qui m'ont fait l'honneur de nombreuses invitations ; les chroniqueur·ses des réseaux sociaux, qui ont généreusement partagé leurs avis ; et bien entendu les lecteur·rices dont l'appétit et la curiosité donnent leur chance aux premiers romans.

Merci à Bénédicte et à Caroline, ainsi qu'aux équipes des éditions du Seuil et des éditions de l'Épée. Je mesure ma chance de pouvoir travailler avec des personnes qui croient en ma plume comme vous le faites.

Merci enfin à la personne qui, la première, me relit et ne me fait aucun cadeau. Qui, chaque jour qui passe, me pousse dans la bonne direction et me soutient sans jamais faillir.

# Table

RÉALISATION : NORD COMPO À VILLENEUVE-D'ASCQ
ACHEVÉ D'IMPRIMER SUR ROTO-PAGE
PAR L'IMPRIMERIE FLOCH À MAYENNE
DÉPÔT LÉGAL : FÉVRIER 2025. N° 155234 (105988)
IMPRIMÉ EN FRANCE